九州の南朝

太郎良盛幸・佐藤一則

新泉社

九州の南朝　目次

装幀　勝木雄二

南朝と北朝

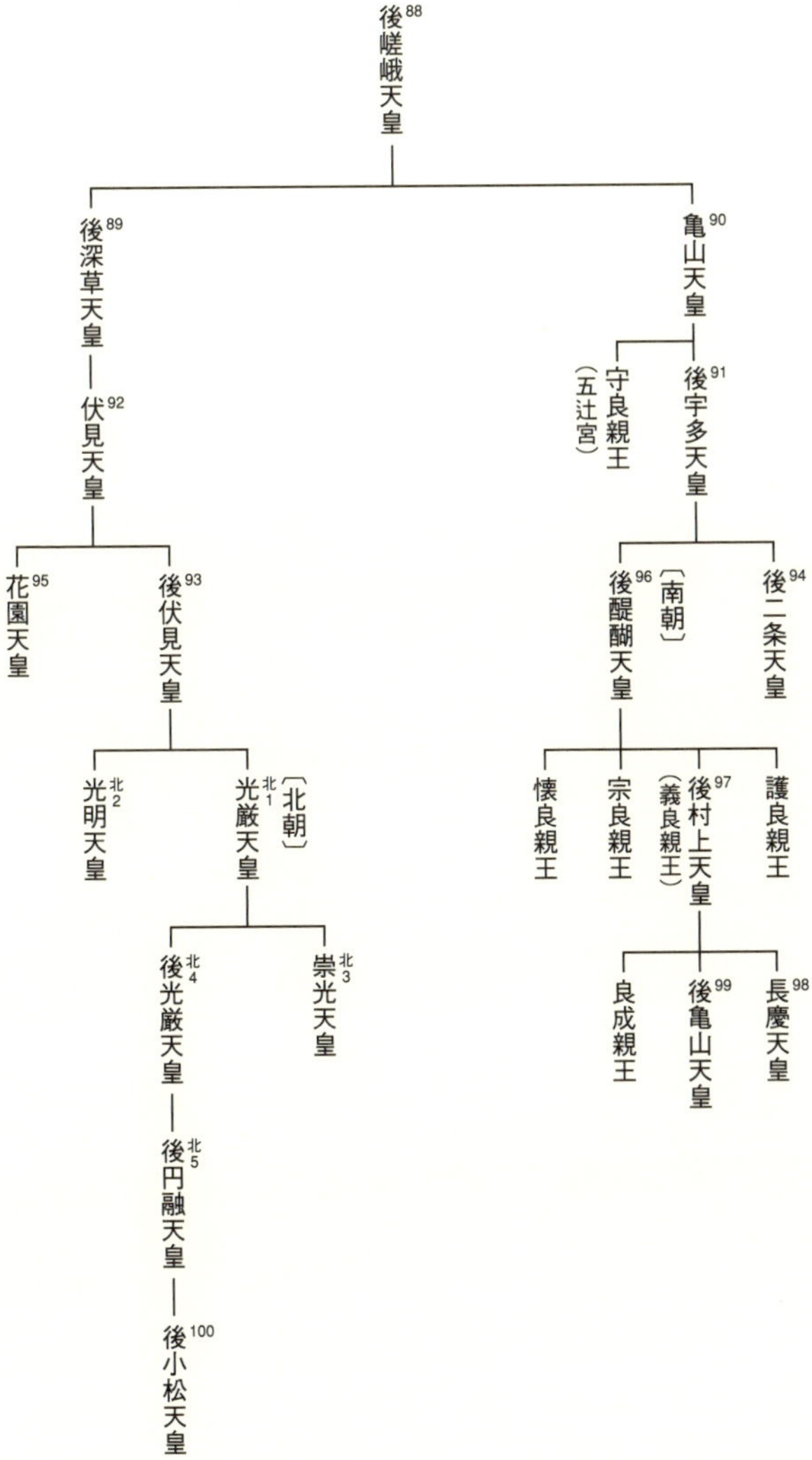

後嵯峨天皇 88
亀山天皇 90
後深草天皇 89
後宇多天皇 91
守良親王（五辻宮）
伏見天皇 92
後二条天皇 94
後醍醐天皇 96
〔南朝〕
後伏見天皇 93
花園天皇 95
護良親王
後村上天皇 97
（義良親王）
宗良親王
懐良親王
光厳天皇 北1
〔北朝〕
光明天皇 北2
長慶天皇 98
後亀山天皇 99
良成親王
崇光天皇 北3
後光厳天皇 北4
後円融天皇 北5
後小松天皇 100

五條氏

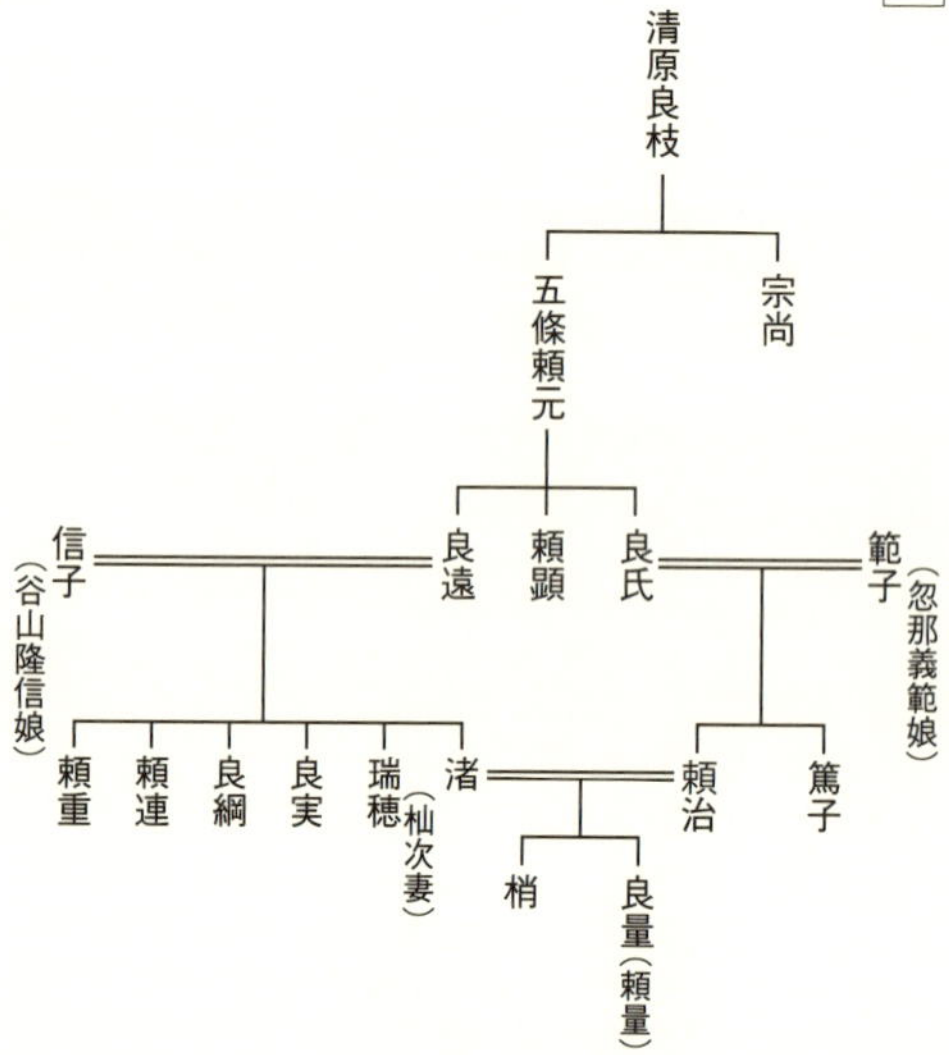
清原良枝
宗尚
五條頼元
良氏
範子（忽那義範娘）
頼顕
良遠
信子（谷山隆信娘）
篤子
頼治
渚
良量（頼量）
梢
瑞穂（杣次妻）
良実
良綱
頼連
頼重

忽那氏

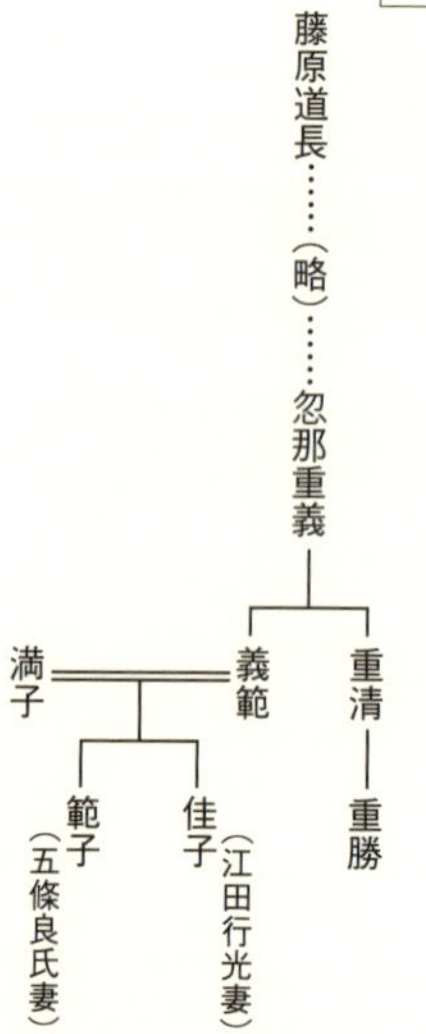
藤原道長……（略）……忽那重義
重清
重勝
義範
満子
佳子（江田行光妻）
範子（五條良氏妻）

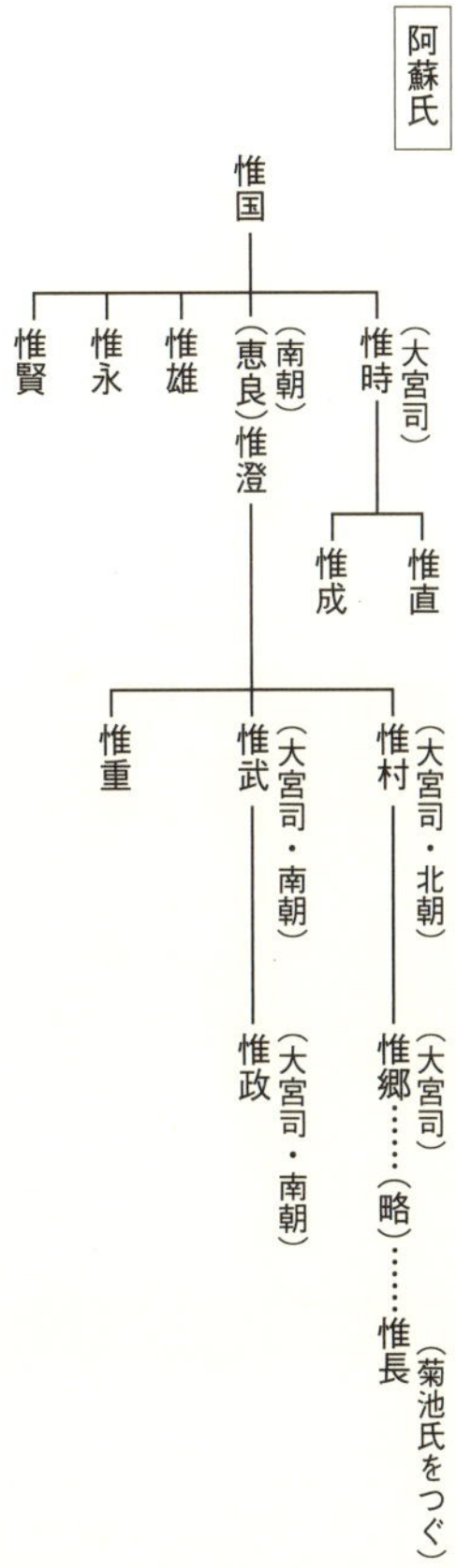
阿蘇氏
惟国
(大宮司)惟時
(南朝)(恵良)惟澄
惟雄
惟永
惟賢
惟直
惟成
(大宮司・北朝)惟村
(大宮司・南朝)惟武
惟重
(大宮司)惟郷……(略)……惟長(菊池氏をつぐ)
惟政(大宮司・南朝)

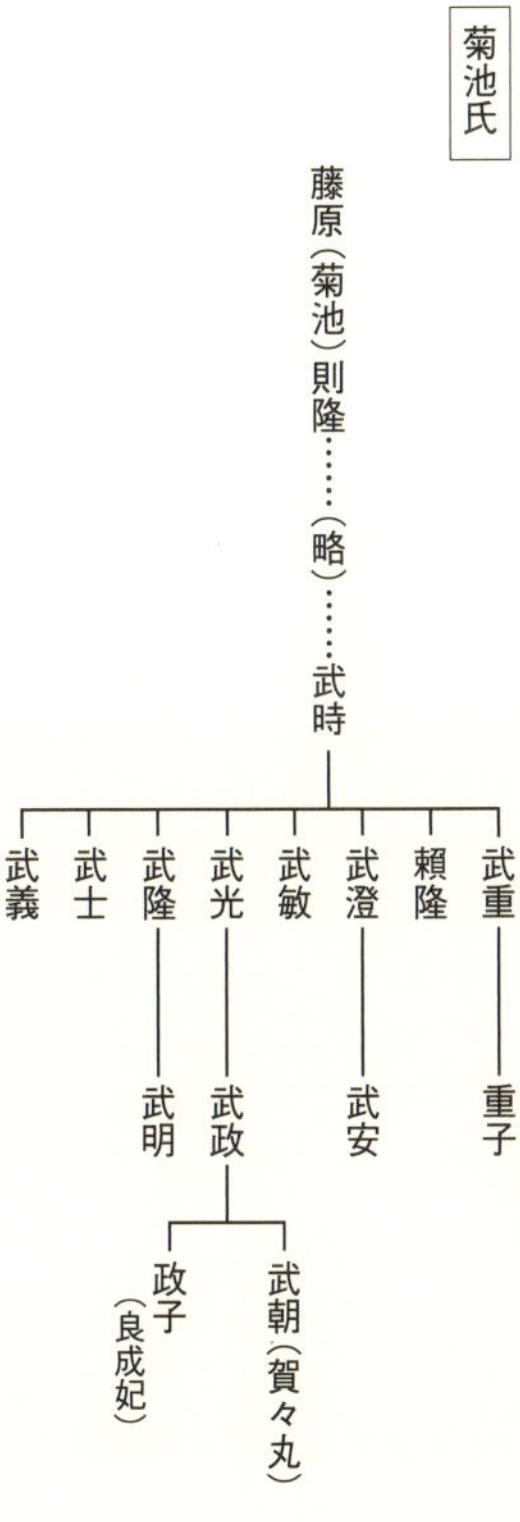
菊池氏
藤原(菊池)則隆……(略)……武時
武重
頼隆
武澄
武敏
武光
武隆
武士
武義
重子(懐良妃)
武安
武政
武明
武朝(賀々丸)
政子(良成妃)

一色氏

- 一色範氏
  - 直氏
  - 範光
  - 範房

少弐氏

- 少弐資頼……（略）……頼尚
  - 直資――頼国
  - 頼澄――貞頼
  - 冬資

江田氏

- 江田行光
  - 行晴
  - 行重
    - 行宗――行秀
    - 行忠
  - 行靖

栗原氏

- 栗原貞幸
  - 貞盛――貞頼――貞光
  - 貞政
  - 忠光（大渕）――忠行
  - 秀久（月足）――秀貞

- 栗原泰氏……（略）……杣王
  - 栗原杣次
  - 楓

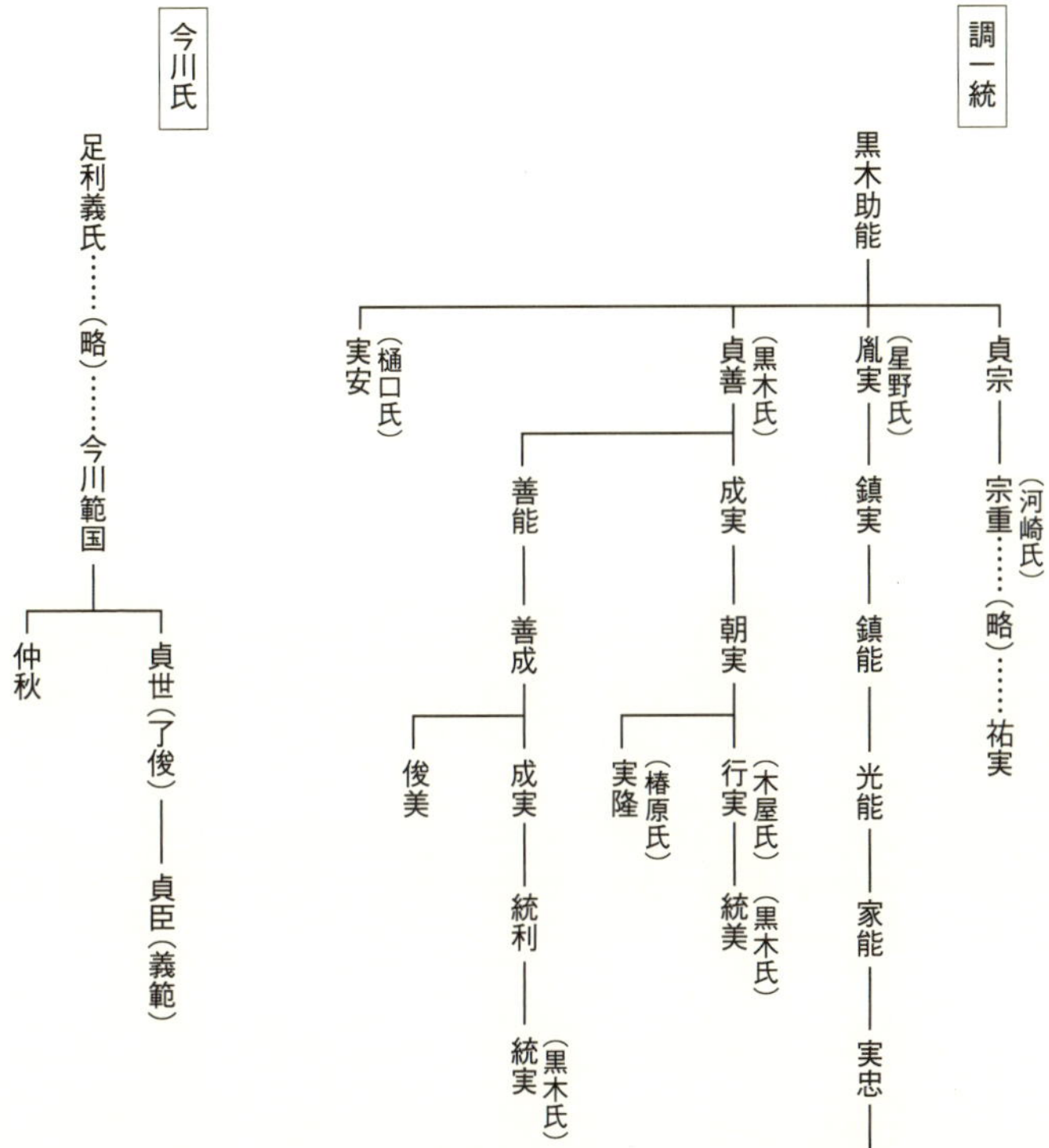

(系図には一部著者の創作が加えてある)

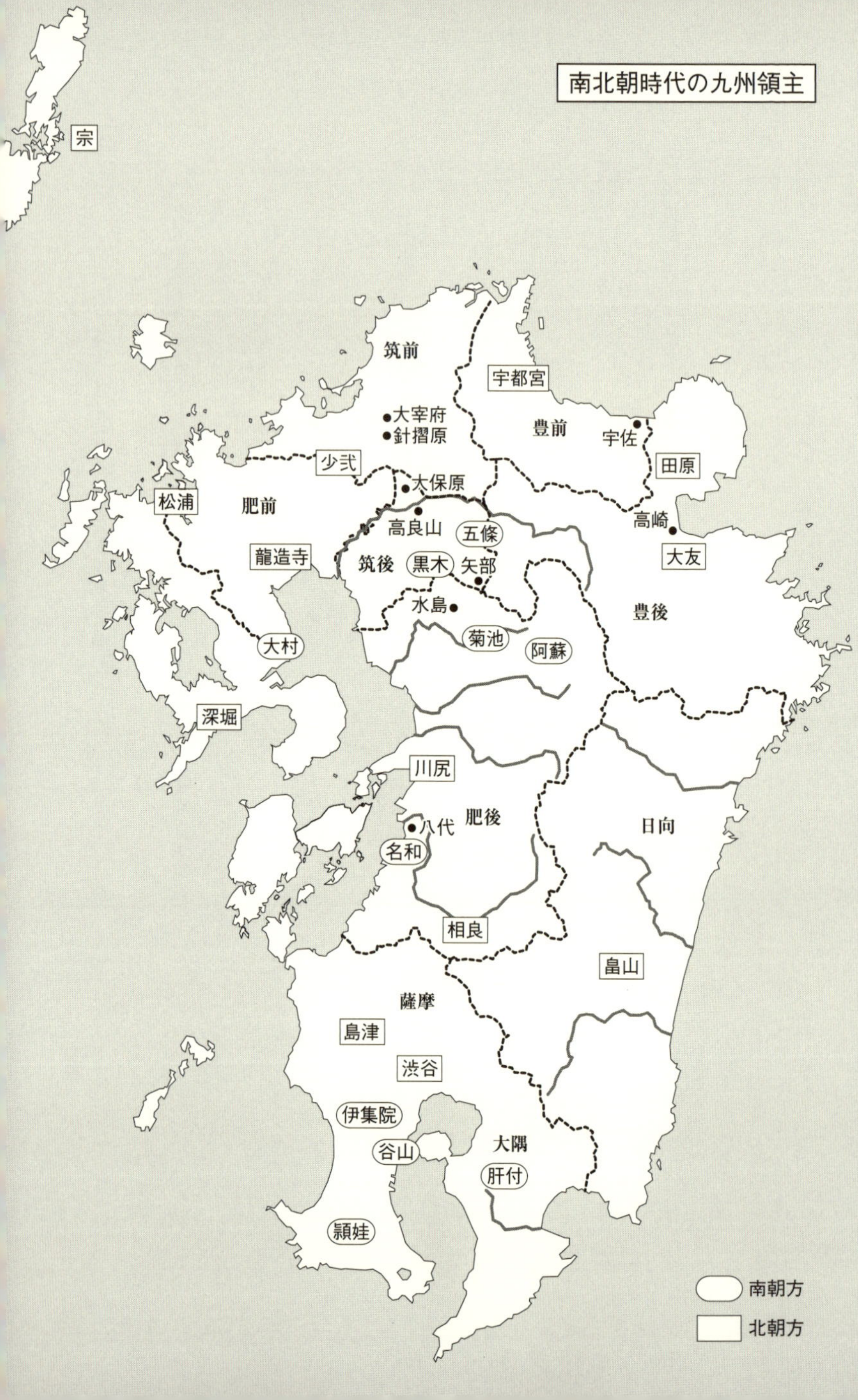
南北朝時代の九州領主
宗
筑前
宇都宮
大宰府
針摺原
豊前
宇佐
少弐
田原
松浦
肥前
大保原
高崎
高良山
五條
龍造寺
筑後
黒木
矢部
大友
水島
豊後
菊池
阿蘇
大村
深堀
川尻
肥後
八代
日向
名和
相良
畠山
薩摩
島津
渋谷
伊集院
大隅
谷山
肝付
頴娃
南朝方
北朝方

一　征西府の旗の下に

懐良親王の傅

元弘四年（一三三四）正月三日辰刻《たつのこく》（八時頃）、帝《みかど》よりの使いが清原頼元《きよはらよりもと》の京都三条の屋敷を訪れた。

ドーン、ドーンと門がたたかれ、

「お頼み申す。帝《みかど》の使いの者でございます。開門願います」

使者の訪れに気づいた門番は、栗原貞幸《くりはらさだゆき》に知らせた。貞幸は頼元の居室へ走った。

「頼元様、帝よりの使者がおみえになりました」

栗原貞幸は関東出自の公家侍《くげざむらい》で、代々清原家に仕える武士である。

正月でもあり、頼元は家族全員で朝餉《あさげ》をとっていた。

頼元の父良枝《よしえ》は、後醍醐《ごだいご》天皇の侍読《じどく》を務め昇殿を許され、頼元も鋳銭司次官《ちゅうせんしすけ》で昇殿を許された記所寄人《よりうど》を務めている。余談ながら、清原一族は代々学者で学問をもって朝廷に仕えており、平安時代に『枕草子』を著した清少納言《せいしょうなごん》も同族である。帝から召されても不思議な家柄ではない。

頼元は「我らの帝への年賀の挨拶は五日のはずであるが……」と思案してみたが、帝よりの使いの趣旨がわからなかった。

「待たせては失礼になろう」ととっさに判断し、栗原貞幸に命じた。

「急ぎ使者を客室に案内せよ。私も衣服を整えすぐに行く」

頼元は衣服を整え、一面雪化粧《ゆきげしょう》をした庭を眺めながら、廊下を通り客室に向かった。

客室に入ると、上座に使者が着座していた。頼元は、直ちに下座に平伏した。

使者が、「面《おもて》を上げられよ」と促した。

頼元は頭《こうべ》を上げた。見覚えのある顔ではあったが、名前は知らない。

「早朝よりの御使者、ご苦労様でございます」

「正月早々、しかも早朝、前触れなしに痛み入る。帝のお召しである。許せ」

使者は懐《ふところ》から一枚の奉書を取り出した。

「依頼したき儀あり。急ぎ参内《さんだい》せよ」

頼元は、緊張で顔をこわばらせて「承知しました」と平伏した。

使者が帰ると、頼元は出仕の支度を調え、栗原貞幸を伴い小雪が散る道を御所に急いだ。

「何事だろう」

考えてもわからない。

いつの間にか御所に着いていた。門には、出迎えの舎人《とねり》たち五名が待っていた。頼元の頭は、いよいよ混乱した。

貞幸とどこで別れたのかも意識になく、気がつくと帝に拝謁《はいえつ》する部屋に平伏して座っていた。冬の寒い日にもかかわらず、緊張で汗が額を流れた。玉座《ぎょくざ》を隔てて御簾《みす》があり、玉座の左側にはもう一つ座席があった。

頼元の横に座っていた侍従《じじゅう》が抑揚のある声を上げた。

「帝の御出座である」

後醍醐帝以外にも御簾の向こう側で人が数名動く気配がした。今までの拝謁と比べて人が多いようであった。

程なく、後醍醐帝の声が聞こえた。

「頼元、苦しゅうない。面を上げよ」

頼元は、顔を上げて御簾ごしに後醍醐帝の顔を見た。

目はきらきらと光っていたが、穏やかなお顔であった。帝の瞳が何か語りかけているように思えた。

「頼元、本日は朕《ちん》のたっての頼みがある。懐良《かねなが》のことは知っておろう。懐良も今年六歳となった。傅《ふ》(もりやく)が決まっていない。そちに頼みたい」

頼元は、カーッと体中がほてってくるのを覚えながら「ハッ」と平伏した。

「后《きさき》、そちも申せ」

六歳になったばかりの懐良親王を連れた后が声をかけた。

「頼元殿、顔を上げてください。こちらにおられますのが懐良様でございます。なにとぞ、帝の仰せをお聞き入れください」

美貌の誉《ほま》れが高く、才智に秀でているとの評判が高い后の言葉は手短でやさしかったが、声には説得力があった。

五條頼元

続けて懐良親王が澄んだ声を発した。

「よろしく頼む」

もとより断れる立場ではないが、頼元は親王自らも自分を信頼されていると感じた。そして「謹んでお受け致します」と答えた。

後醍醐帝が、

「これで朕も安堵した。今回の傅のことはよくよく吟味を重ねてのことである。后にも、后の父藤原《ふじわら》為道《ためみち》にも相談したうえのことである。為道もそちの傅のことは願ってもないことと賛同しておる。近々、一同を集めて宴《うたげ》を催そう」

と言葉をかけた。

侍従の一人が奉書を持って立ち、それを広げて読んだ。

「頼元に、五條《ごじょう》の姓を与える。今後は、五條頼元を名乗れ」

こうして頼元は、懐良親王の傅となった。

五條良氏

延元五年（一三四〇）、三月二日未明、伊予忽那島《いよくつなじま》。

五條頼元《ごじょうよりもと》は、ゴロゴロ、ゴロゴローという春雷のとどろく音で目を覚ました。

ビュービューと風が鳴き、バラバラと雨が屋根をたたいていた。頼元が、今までに経験したことのなかった春の嵐であった。「春一番」とよばれる春の嵐は、春の訪れの前兆である。

この頃、足利尊氏《あしかがたかうじ》により京都を追われ、吉野へ脱出した後醍醐帝《ごだいごてい》は、義良親王《よしなが》（のちの後村上天皇）を奥羽、宗良親王《むねなが》を遠江《とおとうみ》、懐良親王《かねなが》を九州に派遣して全国の南朝勢力の拡大を図ろうとしていた。

頼元が、懐良親王の傅《もりやく》として、九州南朝方の勢力拡大を図るため親王に随行し、吉野を発ち忽那島に身を寄せてから早三年が過ぎようとしていた。

忽那島は、伊予水軍忽那一族の根拠地であった。

忽那一族は、平安時代より忽那島（中島）を本拠とし、忽那諸島を開発して勢力を築いた豪族である。南北朝の争乱期には、瀬戸内海の制海権を握り、南朝方として活躍した。

この年五十一歳になる頼元は、この三年間の忽那島在留をあまりに長く感じていた。吹き荒れている春の嵐に、長い冬が終わる予感を感じながら、頼元は眠りに落ちることなく朝を待った。

相変わらずバラバラと雨が館の屋根をたたいていたが、ようやく朝の光が障子《しょうじ》越しに入りはじめた。

頼元には、この春の嵐が幸運を呼ぶ風に思えた。誰かと話したかった。阿曽宮《あそのみや》の隣室に寝ているはずの嫡男良氏《ちゃくなんよしうじ》の部屋の側まで足を運んでみた。

阿曽宮は懐良親王の別名で、三年前吉野から九州への出発に際して、後醍醐帝が九州肥後の大宮司《だいぐうじ》家《け》である阿蘇惟時《あそこれとき》と菊池《きくち》氏の援助を期待して授けた名前である。

今年二十二歳になる良氏は、頼元とともに、阿曽宮を擁護して随行した十三人の一人であった。忽那島にきてからは、阿曽宮の教育係として、精魂傾けて宮の教育にあたっていた。

頼元・良氏の教育方針は、阿曽宮を「教養ある武人」に育て上げることであった。

教育の日課は、朝餉《あさげ》が終わる巳刻《みのこく》（十時頃）から未刻《ひつじのこく》（十四時頃）までは、政《まつりごと》・古典・詩歌など学問全般の指導、半刻《はんとき》（一時間）の休息後日暮れまで、武術・馬術などの武芸指導であった。

忽那島でこの日課が三カ月続いた十二月九日、良氏が、夕餉《ゆうげ》を侍女とともに運んでいた忽那義範《くつなよしのり》の次女範子《のりこ》に声をかけた。

「範子殿、いつもお世話をかけております。美味しく頂いております」

「ありがとうございます」

良氏が、夕餉の後片付けをしている範子に再び声をかけた。

「夕餉の魚、宮様が非常に美味しいと言われておりました」

「ありがとうございます。ところで良氏様、明日宮様とご一緒に津《つ》（港）にお出かけになる時間はございませんか」

範子は、ひたむきに阿曽宮を指導する良氏に好意を寄せていた。範子は、賢い娘である。良氏の指導が、熱心さのあまり余裕がないことに危惧《きぐ》を抱いてのこの言葉だった。

「範子殿、津で何かあるのですか」

「今は漁の最盛期で、多くの民が漁に出ています。多くの船や津の賑《にぎ》わいを視ることができます」

良氏は、この一言で自分の指導に欠けているものに気づいた。

「民の暮らしぶりを視ることは、宮様にとって大切なことです。ぜひ参りましょう。して、何刻《なんどき》がよ

忽那島

いでしょうか」

これ以降、良氏は宮を外に連れ出しては、民の暮らしぶりや忽那義範の兵の訓練などを視察したり、船に乗って海へ出たりするようになった。このことは、宮を視野の広い人物へと大きく成長させることになった。

また、良氏と範子は、このことを機に、時折言葉を交わすようになった。二人の仲は日に日に深まっていき、やがて頼元と義範の知るところとなり、二人は半年後の六月に結ばれた。

頼元が、良氏の部屋に行くと良氏は部屋にはいなかった。隣室の阿曽宮と二人で話をしている様子だった。

頼元は、部屋の廊下から、声をかけてみた。

「宮様、頼元でございます」

阿曽宮の若々しい澄んだ声が返ってきた。

「頼元か、ちょうど良かった。入れ」

「失礼します」

戸をあけ部屋に入ると、阿曽宮と良氏が話し込んでいた。

いきなり阿曽宮が尋ねた。

「頼元、尋ねたいことがある」

「何でございますか」

「この春の嵐についてである。私は初めて経験する強い嵐であるが、これは、吉だろうか凶だろうか」

障子越しにピカッと稲妻《いなずま》がひかり、ゴロゴローという音が聞こえてきた。

頼元は、この春雷を聞きながら、確信したように言った。

「吉でございます。これは私たちに吉をもたらす嵐でございます」

「そうか、二人もそうではないかと話していたところであった」

三人とも考えが一致し、喜び歓談しているうちに刻《とき》がすぎ嵐もおさまり始めた。

「朝餉の時刻でございます」という侍女の声がして、膳《ぜん》が二つ運ばれてきた。良氏は宮の信頼も厚く、食事もほとんど一緒で、宮の食事前には毒味もしていた。

膳には、飯・卵・めざし・わかめ入りの汁・漬け物などが並べられていた。卵は、今年十一歳の発育盛りの宮のために毎日副えられていた。それらを一口ずつ毒味した良氏が、

「結構な朝餉でございます」

というと阿曽宮が頼元に声をかけた。

「じい、久しぶり一緒に食してはどうか」

「ありがとうございます。私の膳をここに運ばせます」

と答えて自分の部屋に向かった頼元は、膳を持った侍女とともに程なく部屋に戻り、三人での朝餉になった。

食事の途中で、阿曽宮が突然尋ねた。

「頼元、九州入りは何月頃になるだろうか」

頼元は、この問いかけに驚いた。そして、阿曽宮が三年のうちに大きく成長しているのを感じて詳細に答えた。

「早ければ五月になりましょう。義範《よしのり》殿が準備されている船・食糧・武器等の手配は四月にはできるそうです。中院義定《なかのいんよしさだ》殿も四月には一旦九州より戻られるとの連絡が来ております。義定殿が戻られるということは、九州入りの体制が整ったということでしょう」

中院義定は、頼元たちとともに親王に従ってきた侍従で、頼元の命で親王の九州入りのため、九州で諸将の宮方への協力依頼をしていた。

忽那義範は兄重清《しげきよ》が足利尊氏《あしかがたかうじ》に呼応したのに対して、兄と決別して南朝方を支援していた。若い頃、京都御所に仕えていたことがあり、北畠親房《きたばたけちかふさ》と面識があった。

北畠親房は後醍醐帝の懐刀《ふところがたな》の一人で、律令時代の「天皇親政」を理想に掲げる帝を必死で支えていた人物である。義範は「民の暮らしが良くならない今の政治は間違っている」と熱っぽく語る親房に心酔し、親房の妹満子《みつし》を妻としていた。

義範は、親王一行が忽那島に身を寄せてからの三年間にも、足利尊氏方の安芸《あき》の守護武田氏や河野《こうの》通盛《みちもり》らの来襲を退け、さらに進んで河野通盛の本拠地である築城《ちくじょう》をはじめ中予《ちゅうよ》・東予《とうよ》の尊氏方諸城を攻略していた。

阿曽宮が言った。

「そうであったか。それで安堵した。昨年、父帝《ちちみかど》（後醍醐帝）が崩御《ほうぎょ》され、九州入りも遅れているので少し焦っていた。苦労をかけるな」

三人の朝餉が終わりさらに歓談していると、廊下より大きな声がした。

「宮様、義範でございます。お邪魔してよろしいでしょうか」

「どうぞお入りください」

「範子《のりこ》より三人揃われているとお聞きしましたので参上致しました」

頼元が尋ねた。

「義範殿、自ら出向かれるとは何かございましたか」

「申し訳ないことですが、五月の九州入りを延期していただけないでしょうか」

阿曽宮が尋ねた。

「何か重大なことが起こったのか」

「一昨日のことですが、元《げん》へ出かけていた二隻の交易船が、元の海賊に積み荷を奪われて帰国しました。もう一隻は行方不明です」

良氏が尋ねた。

「九州入りの物資が不足するのですか」

「そうです。一年分の食糧・九州の諸将への手土産など大量に買い付けてくる予定でしたので目算が狂いました。一両日中に再度交易船を送ります。今回のようにならぬよう、交易船を守る軍船を五隻同行させます。二カ月ほど延期していただければ何とかなるでしょう」

阿曽宮が答えた。

「苦労をかける。よろしく頼む」

義範が力強く言った。

「今日の激しい春の嵐は、宮様方の前途を祝するものです。本年必ず九州入りができます」

阿曽宮の瞳が輝いた。

「交易船のことは災いだったが、四人の春の嵐に対する考えが一致するのは縁起がよい。九州入りは今年実現するであろう。義範、そちが頼みだ」

この頃、元との間には正式な国交はなかったが、民間での私貿易は、瀬戸内海沿岸や九州の商人・武士を中心におこなわれていた。義範は、交易による利益に着目し、年数回の交易船を元に送り莫大な利益をあげていた。四国で豊富に産出する銅・刀剣・海産物などを輸出し、宋銭・生糸・織物・食糧等を輸入するものであった。

懐良の成長

この年の四月二十五日、中院義定《なかのいんよしさだ》が忽那島《くつなじま》に戻ってきた。

懐良《かねなが》（阿曽宮《あそのみや》）は、中院義定帰島の連絡が入ると、主立った者を集めた。

懐良の前で中院義定が挨拶した。

「宮様、ただいま戻りました。ご息災で何よりでございます」

懐良がねぎらいの言葉をかけた。

「三年間ご苦労であった。では早速報告せよ」

「月日を要しましたが、何とか九州入りの目途が立ちました。肥後の恵良惟澄《えらこれずみ》が奮戦しておりますし、日向では五辻宮守良親王《いつつじのみやもりよし》が地固めをされました。また、薩摩《さつま》の谷山隆信《たにやまたかのぶ》も協力を惜しまないということです」

頼元が尋ねた。

「菊池《きくち》へはどこから入る予定ですか」

「豊前《ぶぜん》に上陸し、阿蘇《あそ》より菊池に入る予定です」

この日以降、良氏《よしうじ》の懐良親王への教育にはいっそう熱が入り、懐良もさらに意欲的になった。朝餉が終わり巳刻《みのこく》(十時頃)から未刻《ひつじのこく》(十四時頃)までの政《まつりごと》・古典・詩歌など学問全般の指導は以前と変わらなかったが、武術・馬術の指導には特に熱がはいった。この指導は、頼元・良氏の意向ではあったが、懐良自らも九州入り以降のあらゆる事態を想定して武術・馬術の訓練を希望していた。

武術・馬術の指導には、忽那義範《くつなよしのり》があたった。

また、武術・馬術にとどまらず、集団的な戦闘訓練も取り入れられた。敵味方に分かれ、五百人の部下を従えた大がかりなもので、実戦に近いかたちでおこなわれた。

士気を高めるための訓練では、良氏が、後醍醐帝より頼元に与えられた「金烏《きんう》の御旗《みはた》」を掲げて参加するのが常であった。

一方、敵方に見立てた相手は、親王に同行している頼元の三男良遠《よしとお》であった。十八歳になった良遠の教育も必要だったからである。

懐良は意志が強く、生涯「民心」を重んじた。その思想・哲学は、懐良の教育に精魂を傾けた頼元父子の考え方を反映したものであり、その大部分は忽那島在留の時期に形成された。

良氏と頼元は、懐良のために民の生活について直接見聞する機会を意識をしてつくった。

六月十五日、良氏は、朝早くから雨の中を懐良と良遠を蓑《みの》・傘《かさ》の出立ちで田植えの見学に連れ出した。義範も数名の供と同行した。

この島には水田は少なく、京都・吉野でもこのような機会はなかったので、懐良が田植えの様子を見るのは初めてだった。

「昨日までは晴れていたのに、どうして雨の中で田植えをするのか」

懐良の問いに、義範が説明した。

「この島には大きな川がありません。水がないと田植えはできません。民たちはこの雨を待っていたのです」

「多くの民が働いているようだが、縄《なわ》を持っている童《わらべ》は何をしているのか」

良氏が命じた。

「良遠、説明申し上げよ」

「植える苗の間を計るための縄だと、昨年満子《みつし》様より教わりました」

この日のことは、懐良に深い印象として残った。

懐良の教育の一環として、義範の妻満子が招かれることもあった。北畠親房《きたばたけちかふさ》の妹である満子は、宮中に仕えていたこともあり、懐良の母とも面識があった。

六月二十三日、懐良は母と面影を重ねたのか、満子に正直に尋ねた。

「先日の田植えの様子を見て、私が何をすべきかよくわからなくなった。父帝の意志を受け継いで、民が安心して暮らせる天皇親政の国を創り上げなければならないことはよくわかっているのだが」

「宮様、上に立つ御方には強い意志と大義、民の暮らしを重んじることが必要です。田植えを見て民の暮らしぶりを考えられたのは大変良いことです。明日は浜の漁師《りょうし》たちの様子を見に参りましょう」

翌日は夏の日差しが強い快晴だった。巳刻（十時頃）、港に出ると、次々に朝の漁から戻る小舟が帰港していた。

良遠が尋ねた。

「何刻頃《なんどき》から漁に出ていたのでしょう」

満子が答えた。

「寅刻《とらのこく》（四時頃）には出たのでしょう」

津には、女子供たちが集まっていた。

「早くから海に出ていたのだな。浜辺にいる多くの者たちは何をしているのか」

懐良が尋ねた。

「漁で捕れた魚をさばくためです」

「どのようにするのか」

「保存ができるように塩漬や干物などにします」

「満子、案内してくれたわけがわかった。民の暮らしぶりを常に理解せよということだな」

「そうです。民抜きにはりっぱな政《まつりごと》はおこなえないというのが、私たちの考えです」

懐良は、こうして日に日に成長し、大義と民の暮らしを理解するようになっていった。

悲願の船出

七月になっても交易船は帰らなかった。台風も襲来しており、帰港が遅れることは予想されていたが、時が移り八月半ばとなった。

懐良《かねなが》一行にも、忽那義範《くつなよしのり》にも焦りが見え始めていた。焦りを振り払うかのように激しい戦闘訓練がおこなわれていた八月二十五日申刻《さるのこく》（十六時頃）、訓練中の義範のところに物見よりの早馬が着き、

「殿、交易船が帰ってきました」と報告した。

「ご苦労。そして船は何隻帰ったか」

「軍船まで含めて八隻、津に向かっています」

「宮様、お聞きのとおりです。本日の訓練はこれで打ち切らせていただきます。城に帰りますが、仔細《しさい》はその後に報告致します」

「そう致せ」

と懐良が答えると、義範は馬を跳ばして城に戻った。

義範は城に帰る途中、津を一望した。交易船三隻のみではなく、軍船にも物資が積まれているのを見て、今回の交易が平和裏におこなわれなかったことを知った。

城に戻ると、程なく交易船の長が義範の居室に来て報告した。

「殿、ただいま帰りました。遅くなって申し訳ございません」

「ご苦労であった。元《げん》の国は大変なことになっておるようであるな」

「まだ報告もしておりませんのにどうしてわかるのですか」

「前回の交易がうまくいかなかったこと、軍船にまで物資を積み込んでいるのを見ればわかる」

「元の沿岸は今、無法地帯となっております。私たちの積んだ銅で商人との取引もできず、交易船が襲われる始末でした。殿から命じられていた食糧・物資は奪って参りました」

「お前たちを責めるわけにもいくまい。とにかくご苦労であった。すぐに、帰国をねぎらう宴《うたげ》を開こう。皆に伝えよ」

義範は、懐良以下主立った面々に集まってもらい、報告した。

「交易船が戻り、九州入りの準備は整いました」

「ありがたい。これで安堵した」と懐良が礼を言った。

頼元《よりもと》が尋ねた。

「八隻の船の様子、何か異変が起こったのでしょう」

「さすが頼元様、何もかもお見通しですね。もう元の国との交易はできません。沿岸部は無法地帯となっているようです。仔細は後日に報告しますが、九州への船出は、熊野《くまの》の水軍衆に応援を頼む手配がありますので、九月十五日ではいかがでしょうか」

懐良が答えた。

「それで結構だ。万事義範に頼む」

懐良一行には、この日以降忙しい日々が続いた。親王の九州入りを九州の諸将に伝え、協力を依頼する必要があったからである。

特に、阿蘇大宮司《あそだいぐうじ》家の阿蘇惟時《あそこれとき》の説得が課題であり、懐良親王の書状と使いを送る手配が必要であった。

また、懐良一行に随行する兵士の数や人選、食糧の手配など義範との打ち合わせなどもあった。

熊野水軍も到着した翌日の九月十三日、懐良一行の門出を祝う宴が、城で開かれた。

すでに九州入りをしている五人を除く懐良一行八人、義範の一族、諸将などを加えて二十五人の宴であった。

中央に親王一行八人の席が設けられ、左右に頼元父子、諸将の席が設けられていた。

冒頭、義範が門出《かどで》を祝う挨拶をした。

「宮様、おめでとうございます。ようやく九州への船出の準備が整いました。本日は、忽那《くつな》一族をあげ励ましの宴を開かせていただきます」

懐良が、礼の言葉を述べた。

「義範、何から何まで世話をかける。恩は一生忘れまいぞ」

義範が言った。

「さあ、始めよう。酒をつげ」

申刻（十六時頃）より宴が始まった。膳には、瀬戸内地方でとれた魚の刺身・焼鯛《やきだい》・山菜の汁・栗などが並べられていた。

宴が進んだところで、懐良が義範に尋ねた。

「私は毎日おいしい食事をいただいているが、今日の膳は初めてだ。何というものか」

「膳の手配を致しました妻の満子《みつし》より説明させましょう。満子説明せよ」

「出陣の勝利を願う膳でございます。『めでたい』鯛《たい》と『勝つ』勝栗《かちぐり》を並べるのは、私ども忽那一族の慣わしにございます。山の幸、海の幸を揃えさせていただきました」

「心のこもった膳、ありがたい」

懐良が目を潤ませながら礼を言った。

宴が進んだところで、頼元が尋ねた。

「義範殿、私どもに随行される方々をお引き合わせくださるということでしたが」

「そうでありました。今がちょうど良い。早速お引き合わせしましょう」

「随行の者は、総員百二十名と考えております。随行する侍大将は江田行光《えだゆきみつ》です。江田行光もこの席におります。行光、挨拶をせよ」

行光は、臆することなくすっと立ち上がり、懐良一行に向かって深々と頭を下げたあと部屋中に響きわたる大きな歯切れの良い声で挨拶をした。

「清和源氏《せいわげんじ》新田《にった》支族、江田行義《えだゆきよし》が三子行光でございます」

義範が行光を座らせ説明を加えた。

「江田行義は新田義貞《にったよしさだ》様と同族で、義貞様旗揚げ以来、共に各地で活躍されておりましたが、今は尊氏《たかうじ》軍に敗れ行方がわかりません。二年前、三男の行光のみが八名で追っ手を逃れ私を頼ってきました。忽那に来てから、たびたび出陣しておりますが、すばらしい働きをしております。妻満子も大変気に入り、先頃私の長女佳子《よしこ》と祝言をあげたばかりでございます。九州では頼元様の手足となって働く者も必要でしょう。九州入りにあたり、頼元様の与力に加えていただければ幸いです。

百二十人の供の内、宮様の落ち着き先が決まりしだい百名は忽那に返していただこうと考えていますが、行光たち二十人はそのまま九州にとどまらせ宮様のために働かせようと考えています。

また、行光の妻佳子と良氏様の妻範子《のりこ》の両名は身重《みおも》ですので、九州で落ち着かれるまで私に預けていただけないでしょうか」

頼元が懐良に尋ねた。

「宮様いかが致しましょうか」

「心強いことである。行光を頼元の与力とせよ」

と懐良が命じ、行光は長く頼元に仕えることになった。また義範の娘二人はしばらく忽那島に残ることになった。

九月十五日早朝、熊野水軍も加えた十七隻の船が九州へ向かった。

谷山征西府

勇躍九州に向かった懐良《かねなが》一行ではあったが、九州上陸は難渋を極めた。

要因は二つあった。

一つは上陸予定であった豊前《ぶぜん》の地が宇都宮氏の内紛により上陸できなかったことである。

二つめは、阿蘇大宮司《あそだいぐうじ》家の阿蘇惟時《あそこれとき》が南朝方への助勢を鮮明にしておらず、阿蘇経由での菊池入りができなかったことであった。

一年近くを労した一行は、やむなく日向《ひゅうが》に地盤を固めていた五辻宮《いつつじのみや》をたよることにしたが、ここからも、阿蘇経由での菊池入りは果たせなかった。

次善の策として、頼元《よりもと》は南朝方への助勢を鮮明にしている薩摩の谷山隆信《たにやまたかのぶ》の居城に入る提案をし、懐良も承知した。

興国三年（一三四二）五月一日、夜明けを待って日向を出発した懐良一行の十七隻の軍船は、午刻《うまのこく》（十二時頃）には錦江湾《きんこうわん》に到着した。春霞《はるがすみ》の中ではあったが、海辺にひときわ高い山が見えた。船団の中ほどの軍船に乗っていた懐良が、「あの扇の形をしている山は何か」とやや興奮して頼元に尋ねた。

「私も初めてですが、おそらく薩摩富士《さつまふじ》と呼ばれている開聞岳《かいもんだけ》で、薩摩を代表する山でしょう」

まもなく船団は、薩摩の津（山川港《やまかわこう》）に続々と入りはじめた。霞んではいたが、港に甲冑《かっちゅう》をつけた二百人ほどの兵士が見えた。

懐良が、再度頼元に尋ねた。

「津にいるのは兵士のようだが、味方だろうか」

「薩摩の津は、谷山隆信殿の勢力圏ですから、おそらく私たちに助勢してくれる兵士でしょう」

さらに津に近づくと十騎の騎馬武者が現われ、馬を下りて親王一行の上陸を待った。

一行の上陸が終わると、一人の武者が港の広場に案内した。広場には二百人の兵と数人の武者が平伏し、武将が床机《しょうぎ》に腰を下ろしていた。

広場に案内した武者が伝えた。

「殿、親王一行を御案内致しました」

武将は「ご苦労」と言った後、懐良の前に進み平伏し、挨拶をした。

「宮様お待ち申し上げておりました。谷山隆信でございます。隆信、命をかけて宮様をお守り致します。ご安心ください」

この年十四歳になり、背丈も一段と伸び凛々しく成長した懐良が、澄んだよく通る声で力強く言った。

「苦労をかける。隆信のことは皆から聞いておる。このたびの助勢ありがたく思う。出迎えの兵たちもご苦労。頭《こうべ》を上げよ。心から感謝する」

兵士たちは、一瞬頭を上げ、感動して一斉に「はっ」と声を上げ再度平伏した。

隆信は、「宮様、長旅でお疲れでしょう。すぐに城へ御案内致します」といった後、「輿《こし》をこれへ」と命じた。

親王一行は、百二十人の兵士・五百人近い水軍衆を従え、城へ向かった。

兵士・水軍衆は、忽那義範《くつなよしのり》が準備をした干飯《ほしいい》・焼米《やきごめ》、魚の干物、刀剣・甲冑、金・銅などのおびただしい土産を担いで随行した。

谷山隆信の居城、谷山城は山を利用してつくられた天然の要塞であった。

城までは三刻（六時間）以上かかって到着した。

食糧・武器類の運搬を指揮していた江田行光《えだゆきみつ》が尋ねた。

「頼元様、運搬が終わりました。いかが致しましょうか」

頼元は懐良とも諮《はか》り、金・銅を除き、土産のすべてを谷山隆信に渡すことにしていた。

頼元は、「しばし待て」と命じ、側にいた谷山隆信に言った。

「隆信殿、これからお世話になります。これらの食糧・武器類はすべて隆信殿がお受け取りください。宮様のご意向です」

「それはできません。これからは、必要となる物ばかりですのでお持ちください」

と隆信は言ったが、輿《こし》を降り床机《しょうぎ》にすわっていた懐良がきっぱりと言った。

「隆信、私からの感謝の気持ちだ。受け取れ」

懐良からも重ねて言われた隆信は、固辞するのはかえって失礼になると判断し、申し出を受けた。

「宮様方のせっかくのご厚意ですので、ありがたくちょうだい致します」と応え「者ども、食糧・武器類を受け取り蔵まで運べ」と家臣たちに命じた。

隆信は、懐良一行を護衛してきた兵士・水軍衆に向かって大きく張りのある声で丁寧に言った。

「忽那《くつな》・熊野《くまの》の水軍衆、兵士の皆々方、長い護衛の旅、ご苦労でござった。谷山城に入られた以上、この隆信が命に代えて宮様をお守り申し上げる。本日は、皆々方を慰労する粗宴を準備させている。くつろいでいただきたい。なお、宮様が谷山城に入られたことは敵方も察知しておろうが、敵への備えはすでに終わっておる。ご安心あれ。各々方には明日、忽那・熊野に帰国してもらうことにする。それぞれの殿によしなに伝えてもらいたい」

「ははあ」

兵士たちが大きな声を上げて平伏した。

やがて、懐良一行八人と江田行光ら随行した将二十人は、谷山城本丸の大広間に案内された。大広間には、四十の膳が並べられていた。

懐良を中心に、一同が着座し酉刻《とりのこく》（十八時頃）より宴となった。

「宮様、随行の皆々様方、長旅お疲れでございました。ただいまより歓迎の宴を始めさせていただきます」

隆信の言葉で侍女たちが一斉に酒を注ぎ宴が始まった。

この日、懐良は初めて酒を飲んだ。これまでは、「酒は、育ち盛りの宮様の身体に良くない」という頼元の意向で、懐良が酒を飲むことはなかった。

この日、頼元は懐良に進言した。

「宮様、今日はめでたい日です。十四歳におなりですので、お口に合うようでしたら御酒をお召しください」

歓談しながら小半刻《こはんとき》（三十分）が過ぎると、隆信が立ちあがった。

「宮様、私ども一党をお引き合わせしたいと存じます。よろしいでしょうか」

「ぜひとも頼む」

隆信が名を呼ぶと、隆信の家族や家臣がそれぞれが立って一礼した。その後は、頼元が懐良一行を紹介した。

半刻（一時間）が経過すると、隆信や家臣たちが親王一行の前にすわって酒を注ぎ挨拶を始めた。

隆信が、親王と頼元の前に座った。

「宮様、お願いがございます」

懐良は、面長な顔をやや紅潮させて応えた。

「何なりと申せ」

「一、二年でもかまいませんので、この谷山城で征西府《せいせいふ》を開いていただきたいのですが」

懐良は、隣席の頼元の顔を一瞬見た。頼元の瞳は「良いでしょう」と応えていた。

「九州のことは私にまかされておる。征西府を開こう。しかし、なぜ隆信はそれを望むのか」

「この隆信、宮様を助勢致しますのは島津と対立しているからばかりではありません。宮様に、今のように不公平ではない、民のためになる新しい政《まつりごと》をおこなっていただきたいからでございます。その第一歩を谷山から始めていただきますのは、このうえない名誉であります」

懐良はすっと立ち上がり、さらに顔を紅潮させて一同に向かって宣した。

「皆の者、この地に征西府を開くことにする。明日より体制を整えよ」

一同は、感動して「ははあ」と平伏した。

その後、女たちによる舞も披露され、宴は戌刻《いぬのこく》（二十時頃）を過ぎても続いた。

薩摩の攻防

興国三年（一三四二）五月三日、懐良《かねなが》は、征西府《せいせいふ》の開設と宮方への助勢を依頼する令旨《りようじ》を諸将に発した。

この令旨は、懐良の北朝《ほくちょう》（足利尊氏方《あしかがたかうじ》）に対する宣戦布告を意味するものであり、北朝方島津貞久《しまづさだひさ》との激しい攻防が続くことになった。

六月六日巳刻《みのこく》（十時頃）、谷山隆信《たにやまたかのぶ》と弟の隆治《たかはる》が、新築なった征西府の館を訪れ懐良に報告した。

「宮様、島津勢が新福寺城《しんぷくじじょう》に進出し、谷山城を窺っております。我らも兵を集めて島津を討とうと思います。いつ攻撃を始めましょうか」

「隆信、頼元《よりもと》らの存念も聞いてみよう。頼元は、いかが考えるか」

「一刻も早いほうがよいと存じます。時がたてば征西府の力を侮《あなど》られ、島津方につく諸将が増える恐れがあります。しかし、隆信殿、我らも兵の準備が必要でしょう。何日必要ですか」

隆信が力強く答えた。

「宮様、一刻も早いほうがよいという頼元様の考えには、私も同感です。早速明日総攻撃をかけましょう」

良氏《よしうじ》が尋ねた。

「明日で準備は大丈夫でしょうか。我らの兵の数はどれくらいになりますか」

「準備は完全にはできませんが、戦は相手の虚を突かねば勝てません。敵は、我らが城を頼みに守るものと考えているはずです。攻める予定で、守る備えはしていないと思われますので明日がよいでしょう。城内には五百人の兵しかいませんが、宮様随行の方々もまだ百人は残っておられます。それに策があります」

懐良が尋ねた。

「いかなる策か」

「今夜のうちに新福寺城まで密かに移動し、明日夜明けを待って攻撃します。また、百人の兵を、船で背後に回らせ挟撃します。加えて、軍船十隻にも兵を乗せ海上より威嚇《いかく》します」

「よしわかった。そのように手配せよ。私も出陣する」

「宮様は城にお残りください。私どものみで大丈夫です」

「征西府を開いて最初の戦だ。私が出陣しなくてどうする」

六月七日卯刻《うのこく》（六時頃）、四百人の軍勢が、隆信のたたくドーン、ドン、ドン、ドーンという太鼓の合図により、ガーン、ガン、ガン、ガーン、ガン、ガンと交易船が元《げん》より持ち帰った銅鑼《どら》がたたかれ、四百人の兵が新福寺城に討ち入った。

島津方は、谷山勢が城を攻めるなど全く想定していなかった。初めて聞く銅鑼の音にも驚き、簡単に城への侵入を許してしまった。夜明けでもあり、島津勢がまだ眠りから覚めていないことも征西府方には幸いした。

「かかれー、かかれー」という隆信の大声と銅鑼、太鼓の音が、島津の兵を恐怖に陥れた。小半刻《こはんとき》（三十分）で半数の兵が討たれたり、戦わずに逃げたりした。しかし、半刻《はんとき》（一時間）後には島津勢も体制を立て直し、互角の戦いとなった。

この時であった。城外に待機していた懐良直属部隊の百人が、懐良の「かかれー」の命で「金烏《きんう》の御旗《みはた》」（八幡大菩薩旗）を掲げて突入した。

「金烏の御旗」は、懐良親王の九州下向にあたり、後醍醐天皇より征西副将軍である五條頼元に下賜された「征西将軍のみしるし」である。金烏とは、太陽の異称、太陽の中に住んでいるという想像上の鳥といわれている。

金烏の御旗を掲げている五條良氏が叫んだ。

「金烏の御旗である。征西大将軍の宮に逆らうか」

この部隊の戦意は高かった。特に懐良の与力となった江田行光《えだゆきみつ》と忽那島《くつなじま》で訓練を積んだ良遠《よしとお》の活躍には、目を見張るものがあった。

島津勢はひるみ、宮方は再び優勢となった。ほぼ同時刻、城の北方より船で移動していた谷山隆信の弟隆治の部隊が銅鑼を打ちながら城に迫った。これを見た島津方の将は、挟撃され退路を断たれる危険を感じ退却を命じ、島津勢は城を捨てて逃走した。

懐良自らが出陣したこの戦いは、隆信の計略と懐良のとっさの判断で、宮方の大勝利となった。この勝利の影響は大きかった。島津勢が城に残した武器・食糧の類《たぐい》は予想を超えるものであり、宮方に大きな利益をもたらした。また、「宮方大勝利」と「宮方への助力」を呼びかける令旨が頼元の手によってしたためられ、薩摩《さつま》・大隅《おおすみ》の諸将に発せられた。これによって、宮方に味方をする諸将が増えてきた。

この戦の後も、島津貞久との攻防は続いた。中でも六月十九日の島津勢三千人の谷山城総攻撃は激

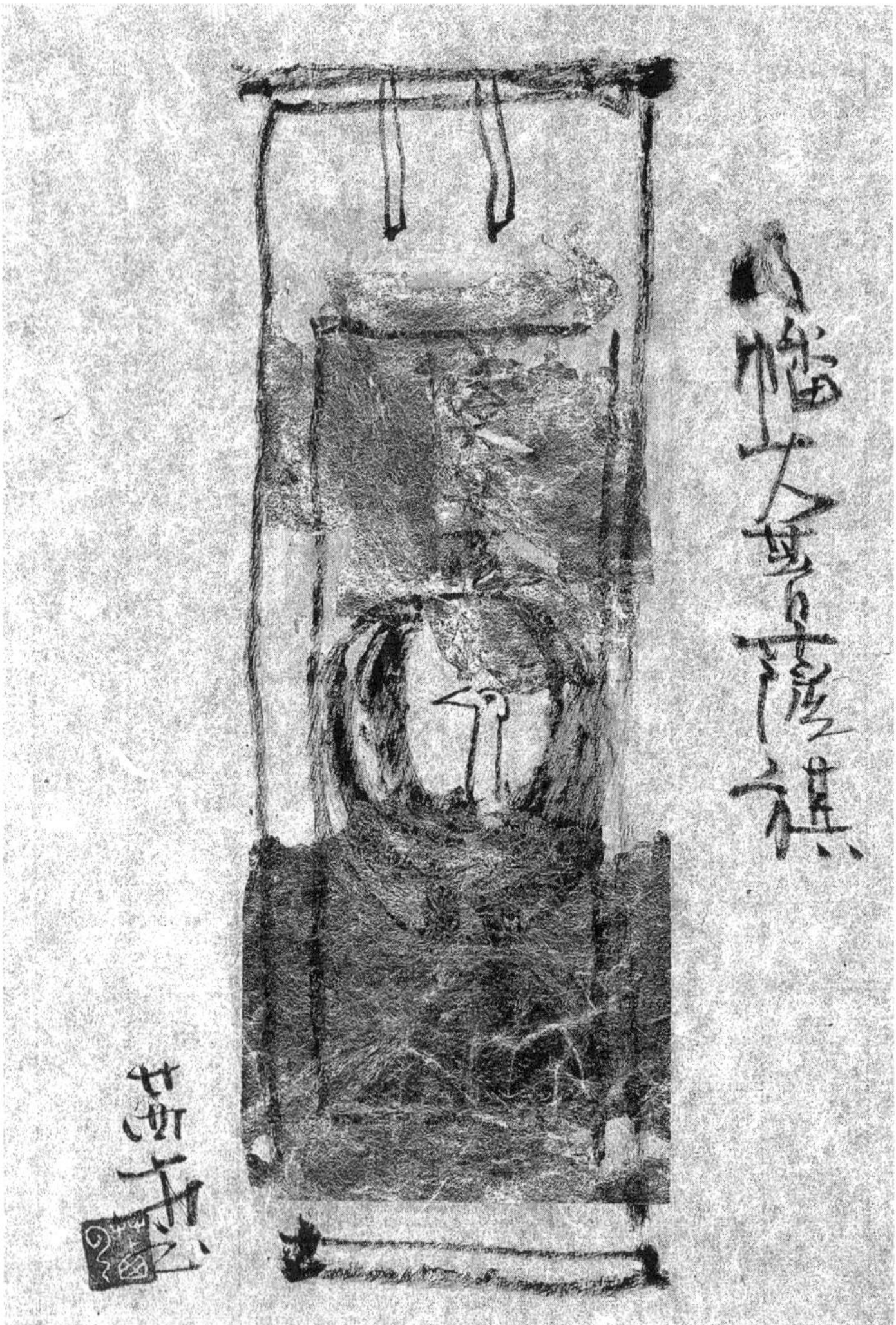

金烏の御旗

戦となった。千五百人以上に増えていた征西府方は、三日間持ちこたえた。

三日目になると、谷山隆治率いる別働隊五百人が島津勢の背後に回り退路を断とうとしたため、島津貞久は軍を退いた。

事態はさらに好転し、六月二十七日、伊集院忠国《いじゅういんただくに》が、一族二百人を率いて谷山城に入ったのをはじめ、桑波多《くわた》・原田《はらだ》・光富《みつとみ》などの諸将も谷山城に駆けつけた。そして、七月十四日になると頴娃定澄《えいさだずみ》らの諸将が新たに宮方として旗上げをし、島津貞久は、南薩摩を失い千台《せんだい》に逃げ込む形勢となった。

五條頼元は、この機会をとらえて再度阿蘇惟時《あそこれとき》に「名和《なわ》一族と連合して北から島津を攻めよ」という令旨を送るように親王に進言した。懐良も了承し阿蘇惟時に令旨が発せられた。しかし、谷山征西府の強勢は北朝方にも伝わり北朝方も必死の工作を続けたため、ついに惟時は動かなかった。

時の経過とともに島津貞久も体制を立て直し、戦闘は膠着状態に陥り、陸路からの菊池入りは挫折した。

二　陽は昇る

指宿の湯治場

攻防が膠着状態となり、四年が経過した。この間に、五條良氏《ごじょうよしうじ》の妻子や江田行光《えだゆきみつ》の妻子も忽那島《くつなじま》よりそれぞれの子供を連れて谷山城に入っていた。良氏の長男は、頼治《よりはる》と名付けられていた。

さて良遠《よしとお》のことである。良遠も妻子を設けていた。

良遠は、四年前の六月十九日、谷山城攻防戦の折、右肩と左腕に刀傷を受けた。戦の三日後、懐良《かねなが》が命じた。

「良遠、ここでは手当もままならぬ。山川の津付近に湯が出ているところがあると聞く。傷をゆっくり治せ」

「たいしたことはありません。大丈夫です」

「刀傷は侮れない。一カ月ほど戦列を離れよ」

良遠は、懐良の命で城を離れ、湯が出ている指宿《いぶすき》（指宿市）で治療に専念することになった。

良遠には、指宿の湯治場まで輿《こし》と護衛の武者五人がつけられた。また、谷山隆信《たにやまたかのぶ》は、良遠の食事など身の回りの世話をさせるために、娘信子《のぶこ》と侍女の二人も同行させた。

湯治場にきて三日目、良遠が朝餉《あさげ》の後片付けをしている信子に感謝の言葉をかけた。

「毎日の食事、身の回りの世話、ありがとうございます。手が自由に動かせないとは何とも不自由で早く動かせるようになると良いのですが」

「良遠様、あまりお気になさらないでください。私からお願いがあるのですが」

「信子様、手も動かせない私に何かできることがございますか」

「私と侍女に和歌を教えていただけませんか」

「まだ字を書ける状態ではありませんが」

「良遠様が言われることを私たちが紙に書けばよろしいのでは」

こうして、良遠は、二人に和歌を教えることになった。

朝餉の半刻《はんとき》（一時間）後、信子は、侍女と硯箱《すずりばこ》・筆・紙を持って良遠の部屋を訪れた。

「よろしくお願い致します」

良遠が驚いて尋ねた。

「信子様、硯や筆がよくこの湯治場にありましたね」

「湯治場にはないと思い、これらは谷山から持ってまいりました」

良遠は、信子の用意周到さに感心しながら「早速始めましょう」と言い、和歌の起源、決まりなどを説明したあと、和歌を披露した。

うのはなのよそには月の影もなしけふあふ人はやすらぎぞおぼゆ
信子が、紙に書き留めながら言った。

「何とまあ、良遠様の気持ちがよく表わされている和歌ですね」

こうして、朝餉の後にそれぞれが和歌を創り、披露するのが日課になった。

五條家は、本来学問をもって朝廷に仕える家柄である。良遠は、忽那島在留時代より将来役立つように意識的に軍略本を研究していたので、久しぶりに和歌を詠む日々に充実感を覚え、京都や吉野の時代に戻ったような錯覚に陥った。そして日を重ねるにつれて、信子と和歌を詠むのを待ちどおしく感じるようになった。

十日後、良遠の左腕の傷の包帯を外しながら、

「腕の傷はもう大丈夫のようですね。肩の刀傷が今しばらくかかりそうですが、傷が治れば和歌も詠めなくなると考えると寂しくなります」

と信子が言うのを、良遠は黙って聞いていたが、信子と同様に感じていた。

和歌を詠む日常は続いたが、良遠は信子への思いが深まるのを抑えるように、肩に負担をかけない程度に馬に乗ったり、左腕で素振りを始めたりした。

七月一日午刻《うまのこく》（十二時）、谷山隆信が、戦の合間に指宿の湯治場を訪れて尋ねた。

「良遠様、傷の具合はいかがですか」

「馬に乗ったり素振りができる程度に回復致しました。もう谷山に戻ろうと思います」

隆信が笑いながら言った。

「宮様と頼元様が言われていたとおりですね。『良遠の性格だ。ある程度傷が治れば戻るであろう。完全に直さないと先々が困る。一カ月は戻るな』という命でございました」

「信子様のお世話で腕の包帯もとれております。大丈夫です」

「刀傷を侮ってはなりません。宮様方の好意を受け取ってください。ところで信子、お前たちは毎日どう過ごしているか」

「良遠様の朝餉・夕餉の支度、身の回りのお世話をしておりますが、和歌なども教えていただいております」

「和歌とは恐れ入った。どのような歌を詠んでいるのか」

信子が、和歌が書き記されている紙の束を持ってきた。隆信は、感心して一枚一枚詠んでいたが、信子の詠んだ

暮つかた待つ人へだつ池田湖の沖つ方より白波の立つ

という歌に目をとめ、さりげなく言った。

「信子、ずいぶんと上手に詠んでいるな。良遠様の世話を交替させるつもりで侍女を伴ってきたがその必要はなさそうだな。良遠様と話がある。しばし席を外せ」

信子が席を外すと隆信が改まって言った。

「良遠様、信子を娶ってくれませんか」

良遠は、突然の申し出に困惑した。

「ありがたいことですが、宮様や父にも相談しなければなりません」

「そのことでしたら、信子を身の回りの世話につけたときから、宮様と頼元様には承知していただい

ております」

「わかりました。信子様が承知してくださればそう致します」

一刻《ひととき》（二時間）後、隆信は、指宿を発ち谷山に帰った。

この日の夕餉の時、信子が尋ねた。

「父の話が気になりますが、私には話していただけないことでしょうか」

「話せないこともないが、そのうち話しましょう。ところで、いつか尋ねようと思っていましたが、夕餉に添えられる山菜・魚類はどのようにして求めておられるのですか」

「山菜は、近くの民が分けてくれることもありますが、私が付近の野山から採ってまいります。海の幸は、山川の津まで出かけて求めております。漁師たちが安く分けてくれます。湯治のための銭は十分に頂いておりますが、銭を少しでも残そうと考えておりますので」

「銭のことまで考えておられるとは。ところで津までは、かなりの道のりではありませんか」

「騎馬にてまいります」

「信子様は、馬に乗れるのですか」

「馬に乗ることと弓扱いは、幼い頃より父に教わっております」

「ならば、騎馬で津を訪れてみましょう」

七月六日、夕餉の時、良遠が言った。

「信子様、明日の朝餉の前に、騎馬で出かけませんか。この天気ですと運が良ければ、茜雲《あかねぐも》が見えるかもしれません」

翌日、二人は夜明けを待って馬に乗り、池田湖の見える丘に出かけた。

童顔の残る信子が、瞳を輝かせながら叫んだ。

「東の空に茜雲が見え始めました。馬をおりましょう」

「忽那島《くつなじま》ではずいぶんとこのような空を見ました。九州の空はもの哀しいものでしたが、今日の茜雲は、希望に満ちて見えます」

二人は、小半刻（三十分）肩を寄せ合って、茜雲と湖に移る雲を眺めていた。

陽が上がり、茜雲が白い雲に変わると、信子が言った。

「山川の津まで足をのばしましょうか」

山川の津は、漁に出た船が次々に帰り、浜は人であふれていた。信子が、しみじみと言った。

「私は、この湯治場にお伴したお陰で、浜の暮らしを見たり和歌を教えていただいたり楽しい日々を過ごすことができました。良遠様、まさに、怪我の功名ですね」

「それは私も同様だ」

この日の夕餉後、信子は、自分の部屋には戻らず二人は結ばれた。

肥後入国

興国六年（一三四五）、南朝方では北畠親房《きたばたけちかふさ》が、吉野に帰り南朝の興隆の計画を練り、楠木正行《くすのきまさつら》が紀伊・河内で、宗良《むねなが》親王は三河三嶽山城《みかわみたけやまじょう》によって兵を挙げ、また東国でも兵を起こす準備が進められていた。

好機到来と考えた懐良《かねなが》は、海路から菊池を目指すことにして、中院義定《なかのいんよしさだ》を肥後に先発させた。

興国七年（一三四六）二月五日、中院義定は八代《やつしろ》に到着した。八代到着後の中院義定の活動はめざましく、翌年になると、親王一行の肥後入りの準備が整った。また、征西府方は、懐良の肥後入りを安全にするため、熊野《くまの》、忽那《くつな》等の水軍に、北朝方の各地を攻撃させた。

正平二年（一三四七）、五月十日、忽那・熊野の水軍三十五隻が、筑前宗像《ちくぜんむなかた》を攻撃した。宗像大宮司は、予想外の攻撃を九州探題一色範氏《いっしきのりうじ》に報告し援軍を頼んだ。一色範氏は軍を集めて宗像に向かわせ、足利尊氏方諸将の注目は九州北岸に集まった。

五月二十七日、南朝方水軍三十六隻が日向《ひゅうが》沖を南に向かい、二十九日には島津貞久《しまづさだひさ》方の東福寺城を攻撃した。

南朝方水軍の兵船は、関船《せきぶね》様式で船足が速く、この後も九州の北朝方諸将を悩ませることになった。関船は、櫓《ろ》が四十挺以上あり矢倉《やぐら》を備え、船首が低く船尾の高い軍船であり、日本国内のみではなく遠く中国・朝鮮沿岸まで出て活動していた。中国・朝鮮ではこれを倭寇《わこう》と呼んでいたが、倭寇の七割は中国・朝鮮の海賊であった。

十一月二十四日早朝、懐良一行は、谷山征西府を発つことにした。谷山には、侍従の三条泰季《さんじょうやすすえ》を指図役《さしずやく》として、さらに江田行光《えだゆきみつ》一族郎党五十人及び良氏《よしうじ》の妻範子《のりこ》と長男頼治《よりはる》、長女篤子《あつこ》、良遠《よしとお》の妻信子《のぶこ》と娘の渚《なぎさ》・瑞穂《みずほ》も残すことになった。

懐良は出発にあたり谷山隆信《たにやまたかのぶ》に感謝の言葉をかけた。

「隆信、長い間苦労をかけた。島津を討伐しないままこの地を離れるのは残念だが、一刻も早く肥後を統一し、北より島津を攻めよう。なお、江田行光は、薩摩の情勢が好転するまで谷山に残すことした。隆信の手足として使ってくれ。また、良氏・良遠の妻子はしばらく預かってくれ」

「宮様、ありがたいお言葉、痛み入ります。隆信、谷山で征西府を開いていただいたこと、このうえない誉れと思っております。今後とも、この薩摩で宮様のために命がけで働きたいと存じます。またお会いできますことを楽しみにしております」

見送りには、谷山隆信の兵五百人と残留する江田行光、行光の妻子、範子、頼治、篤子、信子、渚、瑞穂ら百人ほどが出ていた。

懐良の側に控えている良氏、良遠は、見送る妻範子、信子と目があった。谷山での親子での暮らしはわずか二年であった。妻子との別れがつらかったが、軽く首を縦に振り「子供らを頼む」と視線を送った。範子と信子も、視線を返しうなずいた。

この日、薩摩の空は晴れ渡り、懐良は、見慣れた桜島をしばらく遠望していたが、意を決し「出発!」と叫んだ。

一行が、薩摩の津(山川港)に到着すると、熊野・忽那・松浦等の水軍衆百人が出迎えた。

「皆の者、ご苦労」

懐良が張りのある声でねぎらった。水軍衆は一斉に平伏した。

五條頼元《ごじょうよりもと》は、水軍衆に混じって栗原貞幸《くりはらさだゆき》がいるのを見つけた。栗原貞幸は、京都では頼元に仕えていた武士であるが、九州入りには同行せず吉野にとどまっていた。

「宮様、吉野にいるはずの栗原貞幸が出迎えています」

「吉野からだと。委細を聞きたい。近くに呼べ」

栗原貞幸が呼ばれ、懐良の前に平伏した。

懐良が尋ねた。

「面《おもて》を上げよ。吉野で何か起こったのか」

「宮様、頼元様お久しぶりでございます。吉野は大丈夫です。帝《みかど》より肥後入りをせよとの命を受けましたので一族郎等三十人を率いて参着致しました。案内は熊野の水軍衆にお願い致しました。それにしても宮様は見違えるように成長されまして……」

栗原貞幸は目を潤ませ、声を詰まらせながら答えた。

「肥後入りを前にありがたいことである。忠勤を励め」

と懐良が答えた。

一行は、巳刻《みのこく》（十時頃）には護衛の軍船十五隻に乗船し、薩摩半島を迂回して九州西海岸を北上した。

十五隻の軍船は、途中、水俣《みなまた》・芦北《あしきた》を経て十二月十八日午刻《うまのこく》（十二時頃）には、八代《やつしろ》に到着した。

津には中院義定《なかのいんよしさだ》、名和氏の代官の内河義真《うちかわよしざね》らの兵三百人が出迎えた。懐良は中院義貞の館に案内された。

この日、中院義定は懐良の肥後入りを喜び、自分の館で祝いの宴《うたげ》を催し、懐良、頼元父子をはじめ内河義真など南朝方として奮闘している諸将三十人が参加した。

膳には、鯛《たい》、牡蠣《かき》、アワビなど不知火海《しらぬいかい》でとれた海の幸、干しゼンマイやタケノコの煮物、猪肉など山の幸が並べられていた。

申刻《さるのこく》（十六時頃）より宴が始まった。

中院義定が、挨拶した。

「大将軍の宮様、肥後入国おめでとうございます。この八代の地は、私の兵と内河義真殿の兵で固めております。ゆっくりと御逗留《ごとうりゅう》ください。恵良惟澄《えらこれずみ》殿がまだ到着しておりませんが、兵を率いての移動で遅れているものと思われます。先に宴を始めます」

懐良が答えた。

「義定をはじめ皆の者、ご苦労であった。遠慮なく馳走になろう」

侍女たち二十人ほどが杯に酒を注ぎ、宴が始まって半刻《はんとき》（一時間）が過ぎた頃、内河義真の部下が宴の部屋に来て義真に知らせた。

「殿、恵良惟澄様の部隊四百人が館に向かっています」

「ご苦労、早速大将軍の宮様にお知らせしよう」

懐良は、この頃より五條頼元の進言によって、征西府および親王の立場をより明確にさせるために「大将軍の宮」と呼ばれるようになっていた。

内河義真が部屋に戻って懐良に伝えた。

「大将軍の宮様、恵良惟澄殿の部隊がまもなく参着するとのことです」

懐良は、その報告を聞くとすぐに立ち上がった。

「皆の者、宴を一時中断しよう。恵良惟澄を出迎えたい」

この言葉で、三十人が一斉に立ち上がり館の前に出て並んだ。中央には床机《しょうぎ》が五つ並べられ、懐良・頼元などが座り、他の武将は後に立った。

程なく、恵良惟澄の兵四百人と荷駄部隊百人が到着した。

懐良が出迎えているのに気づいた馬上の惟澄が、

「者ども、大将軍の宮様のお出迎えである。面を下げよ」と命じ、兵が一斉に平伏した。

惟澄もすばやく馬を下りて親王の前まで進み平伏した。

「恵良惟澄、面を上げよ。会えて嬉しく思うぞ」と懐良が声をかけた。

恵良惟澄が、顔を上げ目を潤ませて言った。

「大将軍の宮様、この日を待ち望んでおりました。お会いでき光栄に存じます。今日は、到着が遅れ申し訳ございません」

「惟澄、今日の日を迎えられたのは、ひとえにそなたの忠勤によるところが大きい。今日はゆっくり語り合おうぞ」

「もったいないお言葉、ありがとうございます。それから干飯《ほしいい》・焼米《やきごめ》・栗・川魚の干物を持参致しておりますのでお納めください」

「ありがたいことである。さあ館に入れ」

恵良（阿蘇）惟澄は、阿蘇大宮司家の中でただ一人当初から宮方としての立場を鮮明にして活動してきた武将である。

八代の地で、内河義真や中院義定が勢力を築くことができたのも、恵良惟澄の後ろ盾によるところが大きかった。懐良や頼元の恵良惟澄への期待は大きく、忽那島・谷山征西府時代より頻繁に連絡が取られていた。

宴は、恵良惟澄を加えて、戌刻《いぬのこく》（二十時頃）まで続いた。

菊池武光

正平三年（一三四八）一月二日、八代の津を出発した懐良《かねなが》一行は、午刻《うまのこく》（十二時頃）には、宇土津《うとのつ》（宇土港）に上陸した。

宇土津には、菊池武光《きくちたけみつ》や宇土城主の宇土高俊《うとたかとし》らと五百人の将兵が出迎えた。

菊池武光は、菊池武時《たけとき》の息子で豊田十郎《とよだじゅうろう》と称して、恵良惟澄《えらこれずみ》とともに益城《ましき》方面で南朝方として戦っていた武将である。三年前に、一族の衆望を担って十九歳で菊池家の家督を継ぎ、二年前には北朝方合志幸隆《ごうしゆきたか》に奪われていた菊池本城を奪回し、菊池を南朝方の拠点とすることに成功していた。宇土高俊は菊池氏の支族である。

津の一角に陣が張られており、懐良が船を下りると平伏していた菊池武光が、面長な顔を上げてよくとおる涼やかな声で挨拶した。

「菊池武光でございます。大将軍の宮様、お初にお目にかかります。今日の日を一日千秋の思いで待っておりました」

「私も同じ気持ちだ。永年の奮闘痛み入る」

「大将軍の宮様、ありがたきお言葉を賜り武門の誉れでございます。今から早速宇土城へ向かいます。お疲れでしょうから輿《こし》を用意しております。どうぞ輿へお乗りください」

「武光、大将軍が輿で移動したとなっては士気もあがるまい。馬を用意せよ」

「大将軍の宮様、さすがでございます。馬を早速手配致しましょう」

騎乗の懐良は、「金烏《きんう》の御旗《みはた》」を持った五條良氏《ごじょうよしうじ》を先頭に進ませ、五百人の部隊を率いて宇土城まで移動した。

菊池武光は、懐良が宇土城に入ると、

「大将軍の宮様、我らは一旦菊池に帰り、宮様御一行受け入れの準備をしたいと思います」

と言い残して菊池へ帰った。

十日間宇土に滞在した懐良は、一月十四日菊池へ出発したが、途中、恵良惟澄の居城のある御船《みふね》に

菊池武光

滞在した。

一月二十日、懐良一行は菊池に発つことになった。この日の早朝、恵良惟澄は、朝餉《あさげ》を親王一行とともにとる準備をさせた。親王と侍従合わせて十名の朝餉であった。

膳には、鯛・栗・飯・汁物などが並べられていた。恵良惟澄が挨拶した。

「大将軍の宮様、皆様方、本日はおめでとうございます。菊池入りにより、いよいよ九州を治める基盤が整います。本日の朝餉は新しい門出《かどで》の膳でございます。ゆっくりとお召し上がりください」

「惟澄、心のこもった膳ありがたく思うぞ」

惟澄が「ハハッ」と平伏した。

皆の朝餉が終わる頃、懐良が五條頼元を促した。

頼元が奉書を持って立ち上がって惟澄に伝えた。

「恵良惟澄、肥後砥用郷《ともちのさと》を安堵し、筑後権守《ちくごごんのかみ》に任ずる」

これは、懐良が永年の恵良惟澄の忠勤に報いたものであった。

この日は、雲一つない冬晴れで、昨夜降った雪が映え一面銀世界であった。巳刻《みのこく》（十時頃）、菊池武光が六百人の兵を率いて一族郎党とともに出迎えた。

「大将軍の宮様、今から御所へ御案内致します」

武光は、短期間の内に隈部城《くまべじょう》の西北に御所を建築していた。

懐良は、もう御所ができているのかと内心驚いたが、何事もなかったように答えた。

「ご苦労。早速征西府を開こう。菊池へは騎馬にて向かうことにする。良氏、馬の用意を致せ」

甲冑をまとった懐良の騎馬武者ぶりは、「征西大将軍」にふさわしい出で立ちであった。

懐良親王直属の兵百人を加えた七百人の部隊が、菊池までの道のりを良氏の掲げる「金烏《きんう》の御旗《みはた》」を先頭にしてゆっくりと進んだ。一行は、右手に雪化粧をしている阿蘇の山々を眺めながら進んだ。

未刻《ひつじのこく》（十四時頃）には、菊池郷《きくちのさと》に入った。城までの沿道には、武光が手配した老若男女《ろうにゃくなんにょ》多くの民が出迎えていた。

やがて懐良は、武光の案内で御所に入った。

五條頼元は、御所の造りに驚いた。さほど大きい御所ではなかったが、檜《ひのき》材がふんだんに使われ、花鳥風月《かちょうふうげつ》を描いた屛風《びょうぶ》等も備えられており京都にいた頃の御所とそっくりであった。玉座《ぎょくざ》を設けてある部屋や執務室、親王や侍従たちの部屋もつくられていた。急いで建築されてはいるが、建築材料・調度品等々も時間をかけて準備されていると推察された。武光が、菊池家の家督を継いだ三年前より今日を想定していたのだと考え、頼元は「非凡な人物である」とつぶやいた。

申刻《さるのこく》（十六時頃）より、武光は隈部城内で親王一行を歓迎する宴を開いた。宴には、親王一行二十人と菊池一族の主立った者十五人が参加した。

菊池武光が挨拶した。

「大将軍の宮様、菊池までの道中ご苦労様でございました。宮様の九州統一まで菊池一族をあげて宮様をお守り致しますのでご安心ください。本日は、菊池一族をお見知りおきいただきたく、宴《うたげ》を催しますのでゆっくりとおくつろぎください」

「武光、心遣いご苦労」

宴が始まり、参加者一同の紹介がおこなわれ、皆胸襟《きょうきん》を開いて歓談した。

五條頼元が武光に尋ねた。

「御所にありました屏風・机・硯箱《すずりばこ》・軍配扇《ぐんばいせん》・経典・陶磁器等々の調度品の見事さには驚きましたが、どのようにして集められたのですか」

「私が家督を継いで以来、兵の訓練は厳しくおこなって参りましたが、一方で、菊池川の水運を利用した交易にも力を入れました。その利益で国内各地はもとより中国からも取り寄せました」

懐良も尋ねた。

「忽那義範《くつなよしのり》が中国・朝鮮にまで出かけていることは知っていたが、武光の水軍もそうしているのか」

「交易船だけでは安全が保てませんので、宇土高俊に命じて軍船も造らせております」

「菊池一族が強いわけだ」

宴が進むと、鼓《つづみ》と唄に合わせて三人の女により舞が披露された。

「阿蘇の山より湧き出ずる水を集める菊池川、菊池郷に恵み産む……」

唄に合わせた舞は、懐良一行の心を和ませた。舞が終わると、懐良が武光に尋ねた。

「ずいぶんと華麗で洗練された舞であるが、誰が舞っていたのか」

「兄武重の娘重子《しげこ》、私の妻と妹でございます。本日はこれだけの披露しかできませんが、来年には城内で能を披露させていただきます」

翌日、懐良をはじめとする征西府首脳の九州統一についての方針が話し合われた。

頼元が口火を切った。

「中央の情勢を考えると急がねばならぬ。九州の統一は五年を目途とするのが大将軍の宮のお考えである。これを念頭にして方針を決めてもらいたい」

懐良が言った。

「武光、そちのことである。思案があろう。腹蔵無く申せ」

「大将軍の宮様、私の考えを先に述べていいのでしょうか。宮様にもお考えがあると存じますが」

「遠慮はいらぬ。思案を述べよ」

「では申し上げます。第一の大事は大将軍の宮様が慌てずに行動されることです」

「武光殿それはどういう意味ですか」と頼元が尋ねた。

「大将軍の宮様に味方をする諸将を増やすためには、一度たりとも負け戦はできないということです。そのため、勝つ備えをした後で戦うことにしてほしいと存じます」

「武光、あいわかった」

「まず、肥後、筑後を万全にする必要があります。そのため、阿蘇惟時《あそこれとき》に宮様への助勢を鮮明にさせることと筑後諸将の対策が必要です」

「それは、かねてより頼元と私も考えていたところである。さらに対策を強めよう」

「尊氏《たかうじ》方九州探題一色範氏《いっしきのりうじ》と少弐頼尚《しょうによりひさ》、大友氏時《おおともうじとき》、島津貞久《しまづさだひさ》との離反を計らねば九州統一は不可能かと考えられます」

「それは私も願うところであるが、可能か」

「今のところ具体的な策は持ち合わせておりません。もともと少弐ら三人は、一色範氏の配下につくことを快く思っておりませんので、策はおのずと出てくるものと存じます。それから、大将軍の宮様直属の兵を充実させることが肝要です。菊池一族からも配属致しますが、それだけでは十分とはいえません」

「直属の兵と言えば、五條良氏・良遠が育てている兵と吉野より来た栗原貞幸《くりはらさだゆき》らを合わせて三十騎、徒《かち》百人ほどであるが、このことについて良氏はどう考えているか」

良氏が答えた。

「私は、まずは谷山にいる江田行光《えだゆきみつ》らを菊池に呼べないかと思案しておりました。また、中央より新田一族なども集めたらとも考えておりました」

この日の軍議は、時間をかけておこなわれ方針が決定した。この年は、阿蘇の原野で激しい兵の訓練が繰り返されて一年が終わった。

一方この年、畿内では、一月五日、南朝方唯一の将楠木正行《くすのきまさつら》が四条畷《しじょうなわて》で高師直《こうのもろなお》軍に敗れて戦死した。さらに、高師直は余勢をかって吉野に攻め入り吉野は炎上、後村上帝が奥吉野の賀名生《あのお》に逃れ、南朝方はきわめて厳しい事態に陥っていた。

松囃子能

翌年（一三四九）の一月二日、菊池武光《きくちたけみつ》は、懐良《かねなが》の菊池入りを内外に示すために、隈部城《くまべじょう》内において能や唄、舞などを披露する大々的な宴《うたげ》を催した。

城内の広場に、能・唄や踊りをおこなうための大きな舞台が造られ、舞台の正面には、懐良一行と主立った者のために三十の座席が設けられた。舞台は座席以外の広場の各所から見えるように造られ、菊池一族の諸将が揃った。また城下の民にも呼びかけられ、多くの民が集まった。

巳刻《みのこく》（十時頃）、御所に武光自らが訪れた。

「大将軍の宮様、宴の準備が整いました。ご案内致します」

「武光、宴は午刻《うまのこく》（十二時頃）より始まると頼元より聞いていたが……」

「大将軍の宮様には伏せておりましたが、頼元様と計り、八代《やつしろ》の内河義真《うちかわよしざね》殿、益城《ましき》の恵良惟澄《えらこれずみ》殿をはじめ、筑後の諸将に本日の案内をしておりました。本日すでに諸将が到着しておりますので、宴の前に挨拶を受けていただきたく早めに案内に参りました」

側に控えていた頼元に懐良が尋ねた。

「なぜ伏せておいたのだ」

「諸将の到着が少なければ、大将軍の宮に心労をおかけすると思い控えておりました」

「頼元、武光、そうであったか。しかし、我らの間に遠慮は無用だ。以後慎め。ところで何人ぐらいの将が到着しているのか」

武光が答えた。

「先ほどまでに筑後の諸将を含め十人にはなっておりました」

「それでは早く行かずばなるまい」

御所より広場に出ると、諸将に随行してきたとみられる千人程の将兵が後方に控え、十三人の武将が床机に腰掛けて座っていた。

武光が、懐良に言った。

『違鷹羽《ちがいたかのは》』の旗の一団が見えますので、阿蘇惟時《あそこれとき》が腰を上げたのかもしれません」

「惟時にも使いを出していたのか」

「頼元様にも相談して、あてにしないで待っておりました」

武光の兄にあたる菊池《きくち》武澄《たけずみ》が駆け寄ってきて言った。

「大将軍の宮様、先ほど阿蘇惟時殿が到着されました」

「大将軍の宮様、やはり間違いございませんでした」

懐良が、中央の床机《しょうぎ》に腰をかけ、諸将の拝謁が始まった。最初に阿蘇惟時が、懐良親王の前に進み平伏した。

頼元が言った。

「阿蘇惟時殿、面《おもて》を上げられよ」

惟時が顔を上げた。

「大将軍の宮様、参着が遅れました。今よりは、一族をあげて宮様のために働く所存でございます」

「惟時、ご苦労。今日は、ゆるりと宴を楽しもうではないか」

阿蘇惟時は、この言葉に救われた。

内河義真、恵良惟澄に続き、星野、黒木など筑後の諸将が拝謁した。

「黒木の木屋行実《きやゆきざね》でございます。大将軍の宮様に拝謁できまして光栄に存じます。一族をあげて、宮様にご奉公申し上げます」

「遠路ご苦労であった。九州の平定にはそちたちの力添えが必要である。後で筑後の情勢など聞かせてくれ」

木屋行実が身体を震わせながら、ハハッと平伏した。

拝謁が終わると程なく宴が始まった。幕開けは、十歳前後と思われる童《わらべ》たち二十人による太鼓の演舞であった。

ドーン、ドン、ドン、ドン、ドーン
武者姿をした童たちが舞台を太鼓をたたきながら走り回った。一月ではあったが、冬晴れのこの日は幾分暖かく、童たちの額には汗がにじんでいた。

懐良が武光に尋ねた。

「勇壮な太鼓であるな。本日が初めてではなかろう」

「そうでございます。菊池一族は出陣前には、童たちに太鼓を打たせ出陣するようにしております。子供たちに恥じない戦いをしてくるために、私が家督を継いでから続けております」

太鼓が終わると太鼓と鼓《つづみ》にあわせて「阿蘇の山より湧き出ずる水を集める菊池川、菊池郷に恵み産む……」と唄われ、三十人の女たちによる舞が舞われ、武重《たけしげ》の娘重子姫も加わっていた。

床机席《しょうぎ》の懐良、諸将、広場に座っている数千の兵や民たちがくいいるように見た。

頼元は、真剣なまなざしで舞を見ている懐良を横目で見ながらある事を思いついた。

舞が終わると、松囃子能《まつばやしのう》が始まった。この能は、武光がこの日のために京より能楽師を招き、一族に学ばせたものであった。

ポン、ポンという鼓の音に合わせて「天下泰平《てんかたいへい》・国家安穏《こつかあんのん》・武運長久《ぶうんちようきゆう》・息災延命《そくさいえんめい》、弓は袋に入れ、剣は箱に納め、我朝《わがちよう》にては、延喜《えんぎ》の帝《みかど》の御代《みよ》とも言いつべし……」という唱詞が謡われ、能が舞われた。

五條頼元が言った。

「大将軍の宮様、能は御幼少の頃、帝やお后様《きさき》とともに京にて観ておられます。覚えておられますか。私も十数年ぶりですが、京の能と比べても全く遜色がありません」

「そうか。帝とともにか。残念ながら記憶に残っていない。それにしても心が動かされる舞である。今日の日を忘れないようにしたいが、何か良い方法はないか」

「大将軍の宮様、武光殿に頼んで、末永く残る木を植えられてはいかがでしょうか」

懐良が武光に尋ねた。

「武光、何か良い木はないか」

待っていたかのように武光が即座に答えた。

「椋《むく》の木ではいかがでしょうか」

「椋の木とは、食用にもなる小粒の実をつける木のことか」

「そうです。木が成長すれば、実をつけ人の食用になるばかりではなく、益鳥である椋鳥《むくどり》をはじめ多くの鳥が集まってきます。本日、諸将が大将軍の宮様の下に集まった記念にもなりましょう」

数日後、懐良親王は、広場の一角に自ら椋の木を植えた。この木は末永く残り今でも「将軍木《しょうぐんぼく》」と呼ばれ、菊池高校正門の側に立っている。また、この日に舞われた「松囃子能《まつばやしのう》」は、その後も天下泰平を祈願して毎年舞われ、六五〇年以上の歴史を刻み、「将軍木」の南側には能舞台も常設されている。

この「松囃子能」の催しは、征西府に大きな収穫をもたらした。この日のことが各地に伝わり、味方に加わる諸将が増えるとともに、九州各地で宮方として活動している諸将に大きな勇気を与えた。

八女郷

菊池武光《きくちたけみつ》は、「松囃子能」を催した日の申刻《さるのこく》（十六時頃）より隈部城《くまべじょう》で懐良《かねなが》を囲んで諸将を歓迎する宴を催した。

一通りの挨拶が終わると、武光は懐良の前に座り、話しかけた。

「大将軍の宮様、お願いがございます。先日御挨拶させた重子をお側においていただけないでしょうか」

突然の話に懐良が頬を赤く染め答えた。

「武光、不意打ちは困る。頼元にも諮《はか》らねばならず、姫の気持ちもあろう」

「頼元様よりの相談があっての話でございますし、重子も承知致しております」

「そこまで話が進んでいるのであれば受けねばなるまい」

こうして重子は懐良の側にいることになった。

さらに宴が進むと、懐良が急に武光に言った。

「武光、直属の兵のことで頭を悩ましている。今、直属といえば谷山にいる江田行光《えだゆきみつ》、五條頼元の家臣栗原貞幸《くりはらさだゆき》など百騎三百人ほどである。行く先々で、食糧・武器類など諸将に世話をかけている。九州統一までの間どこかに根拠地を求めたい」

「大将軍の宮様、頼元様も同じお考えですか」

「もちろんのこと。元々頼元父子が言い出したことである」

「わかりました。私にも考えはございますが、諸将にも計ってみましょう」

武光が、大きく重みのある声で言った。

「各々方、宴たけなわではござるが、話を聞いていただきたい。大将軍の宮様が、五條様など旗本方の根拠地を探されている。適当な場所があれば申し出てほしい」

一瞬の静寂が流れた。やがて阿蘇惟時《あそこれとき》が立ち上がった。

「阿蘇郷《あそのさと》をおつかいください。広大な原野が広く残っています」

「惟時殿、かたじけない」

中央より離れた下座に座って、腕組みしながら頭を垂れ、考え込んでいた木屋行実《きやゆきざね》が、頭を上げ隣席の黒木統利《くろぎむねとし》となにやら話した後立ち上がって言った。

「筑後八女郷《やめのさと》の木屋行実でございます。八女郷東部はいかがでしょうか。矢部川と星野川の谷が深く入っています。今は、山民《やまのたみ》しか住んでおりませんが、適地がございます」

懐良の側でこれを聞いた五條頼元が尋ねた。

「木屋行実殿、谷が深く入っているとのことですが、どのくらい入っていますか」

「矢部川河口から、私の居城のある木屋《きや》まで八里（三二キロ）、さらに八女津媛《やめつひめ》神社のある矢部里《やべのさと》まで七里はありましょう」

武光が言った。

「阿蘇惟時殿、木屋行実殿、ありがたい。大将軍の宮様と相談のうえ、いずれかにお世話になろう」

宴は、戌刻《いぬのこく》（二十時頃）まで続いた。宴が終わると懐良は、良氏を伴って御所に向かった。御所に着くと、良氏が言った。

「今晩はこれで失礼します。お疲れでしょうからゆっくりお休みください」

「まだ早いではないか、私の部屋で話そう」

「部屋には重子様がお待ちと存じます」

懐良は顔を赤らめ「武光は気が早いな」とつぶやくように言いながら良氏と別れた。

懐良が部屋に戻ると、重子が正座をして待っていた。二十一歳の懐良は、こうした経験がない。どうしたらよいかわからず一瞬静寂が流れた。懐良は、やがて意を決して重子の側に座り声をかけた。

「重子か。よろしく頼む」

「大将軍の宮様、私こそよろしくお願い致します」

懐良には次にかける言葉が見つからない。また静寂が流れた。

重子は、すぐに懐良の心中を察し、

「御酒《ささ》をお持ちしましょうか」と尋ねた。

「今少したしなもう」

すぐに酒が運ばれた。

「お注ぎ致します」

懐良は、杯をさしだし、杯を一気に飲み干すと緊張が解け話しだした。

「重子は私の母上にどことなく似ているようだ。重子はいくつになる」

「十七歳でございます」

「武光から私のことを聞いたときは驚いたであろう」

「大将軍の宮様が菊池入りをされましてから、お側に置いていただければと思っておりましたので嬉しく存じました」

「私の側にいると苦労も多いと思うが大丈夫か」

「少しでも宮様のお役に立てるように致します」

懐良は何気ない会話にやすらぎを覚えた。

歓迎の宴があった翌日、懐良、五條頼元父子、菊池武光、菊池武澄ら征西府首脳は、「征西府九州統一」の方針と当面の作戦についての話し合いを持った。

冒頭、懐良が会合の趣旨を述べた。

「皆の者、本日は九州統一の方針確認と当面の作戦を決定する。それぞれの考えを腹蔵なく述べよ」

頼元が口火を切った。

「まずは、以前に武光殿が申されておりましたように、尊氏方九州探題一色範氏《いっしきのりうじ》と少弐頼尚《しょうによりひさ》、大友氏《おおともうじ》時《とき》、島津《しまづ》貞久《さだひさ》との離反を計らねば九州統一は不可能かと考えられます。しかしながら機が熟しておりません。武光殿、当面はどう動くべきでしょうか」

武光が答えた。

「しばらく様子を見ながら銭を蓄え、兵の訓練を強化し、当面は肥後、筑後を固めるべきでしょう」

良氏が武光に問いかけた。

「直属部隊の訓練を強化したいと存じます。効果的な方法をお教えください」

「太刀・槍・弓等の訓練は、菊池でも可能です。しかし、大きな戦いに備えての騎馬の訓練は阿蘇の原野まで出向くべきでしょう」

懐良が尋ねた。

「武光、懸案の直属軍の根拠地は、八女郷《やめのさと》東部の山岳地帯ではどうだろうか」

「大将軍の宮様、頼元・良氏様も承知されておりますか」

「頼元父子が、栗原貞幸にも諮《はか》っているようである。平野部の根拠地もほしいが、そのような場所はあるまい」

「よくぞ申されました。それに、大宰府を目指すには筑後の山民《やまのたみ》を味方にすることが必要でしょう」

征西府首脳は、この日の方針決定を次々に行動に移した。

まず、懐良は五條良氏を八女郷に派遣した。すでに征西府への協力を表明している黒木統利、木屋行実をはじめとする星野、河崎などの八女の諸将との結びつきを強めるためであった。

二月二十五日、良氏は、栗原貞幸ら三十騎百人と忽那《くつな》から送られてきた海産物や武光が準備した米・刀剣などの武器を積んだ荷駄部隊を率いて八女郷に向かった。

良氏は、二カ月に及ぶ八女郷滞在で、数々の成果をあげて菊池に帰った。八女の諸将はあらためて征西府への忠誠を誓うとともに、懐良の筑後入りを切望した。また、良氏は八女郷東部の山深い矢部里に入り、山民の長《おさ》、杣王《そまおう》から征西府への協力を取り付けた。一方、菊池に残った懐良と頼顕《よりあき》、良遠《よしとお》は、武光部隊の訓練に連日参加して用兵を学んだ。中でも、阿蘇の原野での訓練は成果が上がった。

四月になると、谷山の江田行光《えだゆきみつ》が、良氏、良遠の妻子とともに菊池に合流し、征西府直属部隊は八十騎二百四十人に増えた。訓練はさらに激しくなった。

正平御免革

正平四年（一三四九）、九月十四日、懐良《かねなが》は、重子《しげこ》・五條良氏《ごじょうよしうじ》とともに八代妙見宮《やつしろみょうけんぐう》を訪れた。この地で製造されている「革」の研究のためであった。

「銭を蓄える」というのは征西府の大方針であった。懐良は、頼元が忽那義範《くつなよしのり》などの水軍衆や菊池武《きくちたけ》光《みつ》の援助で多少の「銭の蓄え」をしているのは承知していた。

しかし、懐良は、良氏が常々「自ら銭を得ることができなければ征西府は成り立たない」と腐心しているのを聞いていて、自らも「銭を得る」方法がないか思案していた。

数日前のことであった。懐良は、重子と一緒に夕餉をとっていた。

「重子、そなたに言っても仕方がないことだが、銭を得ることは難しいな」

「宮様、菊池川の船着き場と菊池神社をお訪れになられてはいかがですか」

「重子は面白いことを言う。船着き場はわかるが菊池神社には何を見に行くのか」

「綺麗な八代《やつしろ》産の天平染革《てんぴょうそめかわ》がございます」

この話に興味を持った懐良は、翌日、重子の案内で、船着き場と神社を訪れた。

「革が銭になる」と確信した懐良は、頼元・良氏と武光を御所に呼び諮《はか》った。

頼元は「大将軍の宮様、染革ですか」と考え込んだ。

「私も革のことは考えておりました。革は、染革のみでなく鎧《よろい》や刀などにも使います。面白いかもしれません」

と良氏は、賛同した。

武光も言った。

「朝鮮・元との交易ばかりを考えておりましたが、革とは恐れ入りました。どうして思いつかれましたか」

懐良が、目を細めて笑いながら答えた。

「重子が教えてくれた。賢い女だ」

この日、妙見宮の宮司に仔細《しさい》を話し、宮司の紹介で牧兵庫《まきひょうご》宅を訪れて作業場で説明を受けていた時のことであった。

牧兵庫の妻が、菊池より江田行光《えだゆきみつ》ら五騎の早馬が到着したことを使いを送り知らせてきた。

「大将軍の宮様、菊池よりの早馬でございます。拙宅へお戻りください」

「ご苦労。兵庫、せっかくの説明であるが、よほどの火急であろう。戻らせてもらおう」

懐良は一瞬、菊池一族か頼元らに異変が起こったのではないかと考えたが、表情には出さずに兵庫宅に向かった。

早馬の武士四人は玄関先に控え、来客室には江田行光一人が待っていた。

懐良が上座に座ると、行光が言上した。

「大将軍の宮様、昨日、足利尊氏《あしかがたかうじ》の嫡子足利直冬《あしかがただふゆ》が川尻《かわじり》の津《つ》に上陸致しました。川尻幸俊《ゆきとし》は兵を集めているようでございます。頼元・武光様より対策を立てる必要があるので至急菊池にお戻りくださいとのことです」

予想だにしない知らせだったが、懐良は、一瞬にして「好機到来」と判断した。

「行光ご苦労であった。すぐに菊池に戻るのでしばらく待て」と命じた。

やがて牧兵庫も戻ってきた。懐良が兵庫に言った。

「火急の出来事が生じて菊池に急ぎ帰らねばならぬ。革のことはもっと知りたい。残念だが説明の続きは重子と良氏にしておいてくれ。私はもう一度折を見て参ろう。使いの仔細は追って知らせる」

「わかりました。菊池にお帰りください」

申刻《さるのこく》（十六時頃）を過ぎていたが、懐良は江田行光らとともに馬を飛ばし、日暮れには菊池に到着した。

隈部城《くまべじょう》には征西府首脳十人が集まり、懐良を囲み、情勢分析と方針についての話し合いがなされた。

武光が情勢を報告をした。

「昨日、川尻の津に足利直冬一行三十人が、川尻幸俊に迎えられて上陸致しました。早速、兵集めにかかっているようです。川尻幸俊が迎えたとすれば、合志幸隆《ごうしゆきたか》も同調するものと思われます。直冬は大宰府を目指すでしょうから一色範氏《いっしきのりうじ》と衝突することになりましょう」

続いて頼元が中央の情勢について述べた。

「現在京都では、足利尊氏《あしかがたかうじ》と直義《ただよし》兄弟の対立が決定的になっているようです。尊氏の執事高師直《こうのもろなお》は手段を選ばず直義の追い落としを図っているようです。直義の養子となった直冬の九州下向は、直義派の勢力拡大を図るためだと考えられます」

懐良が言った。

「好機到来である。しかし、問題は少弐頼尚《しょうによりひさ》の動きだ。皆の者どう見る」

菊池武澄が答えた。

「大将軍の宮様、私たちの見るところ一色範氏に味方するとは思えません。直冬を担《かつ》ぐのではないでしょうか」

「少弐頼尚が直冬を担ぐとして、我らはどう動くべきであろうか」

「以前に確認しております方針でよいと思います」

と武光が答えた。

征西府は、当面静観することになった。

少弐頼尚は予想どおりに動いた。足利直冬擁立を決定した頼尚は、立場を鮮明にするために、自分の娘婿に直冬を迎えて行動を開始した。

まず、直冬の将今川直貞《いまがわなおさだ》を援護し肥前に根拠地をつくらせることにした。そして翌正平五年（一三五〇）、今川直貞は、肥前武雄《たけお》に根拠地をつくることに成功した。

頼尚自らは、筑後を抑え兵を増やすために筑後で活動した。この間、征西府と菊池武光は動かなかった。

この年の三月八日、少弐頼尚は、合志幸隆応援のために五百人の兵を合志城に送った。菊池武光は、「少弐勢の肥後侵入は許さない」という断固たる措置をとった。肥後北部・筑後の少弐方を牽制するために、恵良惟澄《えらこれずみ》を合志城攻略にあたらせることにしたのである。

恵良惟澄は、手勢六百人に加えて、勢力下においた日向高千穂《ひゅうがたかちほ》などよりも兵を集め、千人で合志城を攻めた。懐良は恵良惟澄の戦ぶりを学ばせるために、この城攻めに征西府直属の江田行光ら百五十人を密かに加わらせた。

三月十一日、惟澄の部隊に合流した江田行光が、惟澄に尋ねた。

「我らはどう動いたらよいでしょうか」

「明日、日暮れより攻撃を開始します。明後日早朝の一斉攻撃まで休んでおいてください」

「夜襲には参加しなくてもよろしいのですか」

「戦いは相手の戦意を喪失させれば勝利します。明日の夜襲は弓部隊だけで十分です」

三月十二日の日暮れより城攻めが始まった。

百戦錬磨の恵良惟澄の城攻めは、巧妙であった。

日が暮れると、一斉に太鼓・銅鑼《どら》を鳴らして城を囲んだ部隊に鬨《とき》の声を上げさせた。その後は、弓部隊三百人に間断なく火矢を城内に打ち込ませた。そして弓部隊三百人以外の兵には睡眠をとらせた。

城内の将兵千人は、火矢による火事を防がねばならず眠ることができなかった。

二日目、夜明け前に朝餉をすませた恵良惟澄部隊が、終日総攻撃をかけた。この攻撃は、相手の弱点を観るためのものであったので、全力を出した戦ではなかったが、睡眠と食事を十分にとっている兵と不眠状態の兵との士気の違いが出た。惟澄部隊が一方的に攻めているのが、本陣の惟澄にも見えた。初日の戦で五十人の城方の兵が討ち取られ、三十人の負傷した兵が捕らえられた。味方の戦死者は二十人、負傷した兵は五十人であった。

惟澄は、夕刻になると一旦攻撃を中止して、二十人の侍大将を召集した。

「皆の者、ご苦労であった。昨夜来の戦で思わぬ戦果があがった。城方の守りの弱い箇所も見つかった。今宵は五百の兵で夜襲をかける」

嫡子の惟村《これむら》が尋ねた。

「父上、残り五百の兵はどうされますか」

「明朝の攻撃に備えて仮眠をとらせる。夜襲では敵を討ち取らずともよい。火矢を打ち込み城方の兵を眠らせないだけでよい」

江田行光も尋ねた。

「我らはどう動いたらよいでしょうか」

「私の本隊三百人は今晩仮眠をとり、夜明けを待って守りの弱い合志城の東丸に総攻撃をかけます。それに合流してください。なお、明日の総攻撃には、夜襲した部隊も参加せよ。ただし、本気で攻めずとも良い。負傷者を出すな。搦め手（裏門）には兵は進めない」

侍大将の一人が尋ねた。

「搦め手を攻めないのはなぜですか」

「明日の攻撃では、城方には逃亡する兵もでるであろう。搦め手はあけておく」

三月十四日、恵良部隊の城攻めが始まった。東丸に主力を集中した恵良惟澄の作戦が的中し、一刻《ひととき》半《はん》（三時間）の猛攻で東丸は堕ちた。この日の戦で、二百人の合志兵が討たれ、百人が本丸に逃れた。特に、江田行光の部隊の働きはめざましく、四十人の首級を挙げた。そして、この日も火矢による攻撃と夜襲は続いた。乾燥している時期である、城方では火矢を消し止めるために不眠の作業が続いた。

翌日も総攻撃がおこなわれた。夜になり、合志幸隆は、主立った部下を集めて城方の戦力を分析した。逃亡したり、討ち取られたりして兵は六百人に減っていることがわかった。

幸隆は歴戦の将である。即座に判断した。

「足利直冬様の救援も望めない。このままでは全滅する。再起を期すため明日退却する」

三月十六日早朝、惟澄本陣へ本丸を攻めている部隊より使いがきた。

「城方が城を捨てて退却を始めました」

「ご苦労。全軍追撃に移る。戦う意志のない兵は生け捕りにせよ。ホラ貝と太鼓をたたけ」

ボー、ボーとホラ貝が鳴り、ドーン、ドンドンドンと太鼓がたたかれた。

退却する兵は弱い。結局この戦で六百人の城方の兵が打たれたり捕らえられたりした。しかし、惟澄はそれ以上の深追いはしなかった。

足利直冬は、合志城救援はせず、北へ向かった。都で養父の足利直義が勢力を強めている影響もあり、直冬に味方をする武将も増えた。少弐頼尚と直冬は、徐々に一色範氏を圧迫し、四月には大宰府に入った。

大宰府の足利直冬の勢力は日に日に成長し、九州を席捲《せっけん》するのではないかと思われたが、菊池と征西府は動かなかった。

この間、懐良は良氏と重子を同伴し度々《たびたび》八代の牧兵庫宅を訪れていた。

正平六年（一三五一）六月一日のことであった。牧兵庫が晴れやかな顔で懐良に報告した。

「大将軍の宮様、依頼されておりました新しい型の革が完成しました。ご覧ください」

懐良は喜んだ。白い歯を見せ、目を細めて言った。

「兵庫、ご苦労。すぐに作業場に案内してくれ」

牧兵庫は、作業場に懐良らを案内すると、完成した染革《そめかわ》一枚を取り出した。染革は、縦一尺（約三〇センチ）、横一尺八寸（約五〇センチ）で牡丹《ぼたん》の文様《もんよう》の上に大きく正平の年号を入れたものだった。

染革を手にした懐良は、食い入るように観察していたが、微笑んで言った。

「兵庫、でかした。見事なできばえである」

「ありがとうございます。他にも試作品がございます」と言いながら牧兵庫は、新しい染革を二枚取り出し、今度は重子と良氏に渡した。

一枚を手にした重子が、

「この唐草文様《からくさもんよう》の色映えは見事でございます。不動明王《ふどうみょうおう》様もよい仕上がりです」

と賞賛した。

最後の一枚を手にした良氏もうなった。

「この唐獅子《からじし》も見事でございます。今までこれほどの品は観たことがございません」

この日、懐良は、これらの染革の製造・販売を牧兵庫に許可した。この染革は以後「正平御免革《しょうへいごめんがわ》」や「八代御免革《やつしろごめんがわ》」とよばれ、後世まで名声を博すことになった。また良氏は、鎧や馬具などに使う革の生産も指示した。

三　征西府の九州統一

溝口城の攻防

正平六年（一三五一）七月五日、動きが出た。巳刻《みのこく》（十時頃）、一色範氏《いっしきのりうじ》の使いが菊池の征西府に到着した。

御所の一室で、頼元《よりもと》が使いに対応した。

平伏している使いに対して頼元が言った。

「五條頼元である。面《おもて》を上げよ。用向きは何か」

「殿より征西府と和睦をしたいとの申し入れでございます。仔細《しさい》はこの書状に」

書状を受け取った頼元は、書状に目を通すと、

「使いの趣旨はわかった。一両日中に結論を出そう。それまでゆっくりとくつろぐがよい」と答えた。

頼元はすぐに懐良《かねなが》に報告した。懐良は、征西府首脳を召集し、午刻《うまのこく》（十二時頃）より善後策を話し合った。

「皆の者、一色範氏より和睦の申し入れがきた。共に足利直冬《あしかがただふゆ》と少弐頼尚《しょうによりひさ》を討とうという申し入れである。いかに対応するか存念を述べよ」

菊池武光《きくちたけみつ》がまず口を開いた。

「一色範氏が和睦とは笑わせる。結論は決まっていると思うが、良氏《よしうじ》殿はいかがお考えか」

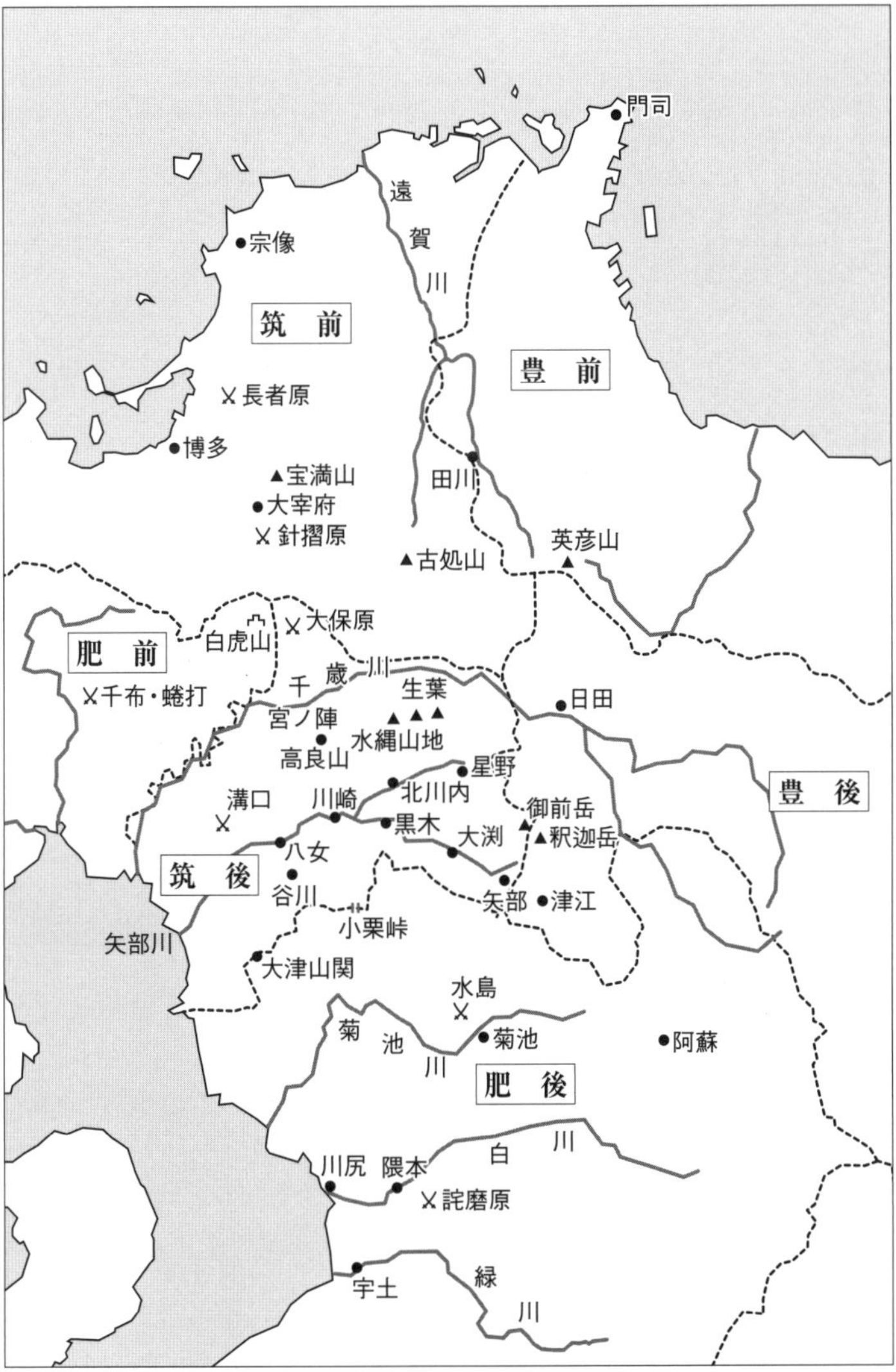
門司
遠賀川
宗像
筑前
豊前
長者原
博多
宝満山
大宰府
針摺原
田川
英彦山
古処山
肥前
白虎山
大保原
千歳川
千布・蜷打
生葉
日田
宮ノ陣
水縄山地
高良山
星野
豊後
溝口
川崎
北川内
御前岳
黒木
大渕
釈迦岳
八女
筑後
谷川
矢部
津江
小栗峠
矢部川
大津山関
水島
菊池川
菊池
阿蘇
肥後
白川
川尻
隈本
詫磨原
宇土
緑川

北部九州の戦場

「私に結論を言わせるとは人が悪い。足利直冬、少弐頼尚の勢力が強くなりすぎています。今は一色と結ぶべきではないでしょうか」

懐良が言った。

「一色と結ぶ。しかし問題は我らの戦い方である。武光、どう考える」

「以前から確認しておりますように、今は力を蓄える時期です。総力を挙げて少弐頼尚と戦うべきではないでしょう。肥後、筑後の少弐方の勢力をたたけば十分でしょう」

「して、一色範氏への返事はいかにする」

「全力で少弐を討つ、南北より挟撃しようと答えておきましょう」

使いは、翌日まで待たされ、「委細承知、南北より挟撃しよう」という書状をもって帰った。

八月になると、「金烏《きんう》の御旗《みはた》」と「丸征紋《まるせいもん》」を掲げた懐良直属部隊（征西府部隊）が、菊池武澄《たけずみ》部隊とともに肥後国内の足利直冬・少弐頼尚方の諸将を攻め始めた。江田《えだ》行光《ゆきみつ》・栗原貞幸《くりはらさだゆき》らの征政府部隊は、戦のたびに戦果を挙げ存在を示した。

「征西府部隊は負けてはならない」という鉄則があったため、征西府部隊は五百人に増えてはいたが、単独で戦うことはなく、作戦には常に菊池武澄部隊千人が加わった。

九月一日、菊池武光が二千人の兵を率いて、征西府部隊とともに筑後溝口城《みぞくちじょう》（みやま市）攻めに出発した。少弐頼尚軍との本格的な激突であった。

溝口城の様子は、八女の南朝方木屋《きや》行実《ゆきざね》により逐一報告されていた。

溝口城には、守備兵五百人に加えて、大宰府より少弐頼尚の息子冬資《ふゆすけ》が五千人の兵を率いて入城していることがわかっていた。

国境を越え部隊を休息させた時、武光が懐良に進言した。

「大将軍の宮様、城攻めは得策ではありません。兵の数は敵方が倍近くありますが、負けるとは思いません。広い平地部で戦いましょう」

「菊池の騎馬槍部隊が戦を勝利させるだろう」

武光は、国境の小栗峠を越えると、矢部川左岸を矢部川と星野川の合流点付近までさかのぼり、夕刻には、八女丘陵を背に平野の広がる矢部川右岸豊福原《とよふくばる》に布陣した。中央に懐良の征西府部隊五百人と武光の部隊千人、右翼に武光の部下赤星重彰《あかぼししげあき》千人、左翼に菊池武澄部隊五百人及び八女の諸将の兵五百人という配置であった。

溝口城の少弐冬資は、物見よりの知らせで征西府・菊池軍が三千人だと判断した。

少弐冬資は、三十五歳の若い武将である。城を背に守ることより、兵数の差を過信した。

「敵は寡勢《かぜい》である。明日巳刻《みのこく》（十時頃）、正面より総攻撃を開始し、敵を殲滅《せんめつ》する。全将兵に出陣の支度をさせよ」

翌朝、少弐勢五千五百人が、豊福原南西部の茅野《かやの》の台地上に魚鱗《ぎょりん》の陣形をとり布陣した。

懐良が言った。

「武光、少弐勢は五千人以上と見えるが、いかにする」

「少弐冬資は、魚鱗の陣をとっています。敵を分断しなければ不利です。少弐勢が動くまで待ちましょう」

「先に動くかな」

「城を出てきておりますので、一気に我らを攻撃するつもりでしょう。やがて全軍が動くでしょう」

武光が予測したように、半刻《はんとき》（一時間）ほどすると、少弐勢は魚鱗の陣形を保ったまま台地を下り前進を始めた。

巳刻、少弐勢の弓による攻撃が始まった。

武光は、弓による攻撃には動じることなく兵を動かさなかった。矢がまともに届かないことを知っていたからである。当初、矢はほとんど届かなかった。届き始めると弓部隊を前進させ、一斉に矢を放たせた。

「大将軍の宮様、今から敵を分断します」

と武光は懐良に告げ、軍扇を振って命じた。

「太鼓を打て！」

ドーン、ドン、ドン、ドン、ドンと太鼓が打ち鳴らされ、それを合図に、右翼の「並鷹羽《ならびたかのは》」の旗を掲げた赤星重彰の騎馬槍部隊二百騎が少弐冬資本陣に向かって駆けた。

赤星重彰が叫んだ。

「者ども続け！　雑兵にかまうな。目指すは本陣である」

少弐勢は、今まで経験したことのない騎馬槍部隊の攻撃に、なすすべを知らずに蹴散らされ道を空けた。阿蘇の原野で鍛え抜かれた騎馬槍隊は、厚い魚鱗の中央を瞬く間に分断して、敵陣を駆け回った。

左翼に本陣を移した少弐冬資は軍扇を振り、総攻撃を命じた。

「ひるむな！　敵は寡勢《かぜい》である。かかれ！」

これを見た武光が、再び軍扇を振り太鼓を打たせた。

ドーン、ドン、ドン、ドン

太鼓が打ち鳴らされると、本陣より騎馬槍部隊百騎が、少弐冬資の本陣に向かって駆けた。これにより少弐勢はさらに分断され、少弐勢の指揮系統は完全に崩れた。

武光は、

「大将軍の宮様、今から総攻撃に移ります。征西府部隊はここで見ていてください」

と懐良に言った。

「直属部隊にも攻撃させよ」

「敵は指揮が乱れています。菊池部隊のみで大丈夫です。我らに崩れが生じたら攻撃してください」

懐良の戦況を見極める判断は鋭い。四半刻《しはんとき》（三十分）ほど戦況を見ていた懐良が、側に控えている五條頼元・良氏らに命じた。

「敵の崩れが早い。城に逃げ込めば面倒なことになる。我らは右翼より一気に溝口城に向かう。栗原貞幸・江田行光らを呼べ」

征西府部隊の将に懐良が命じた。

「城へ向かう。途中の兵は相手にするな。一気に駆けるだけでよい」

「金烏の御旗」と「丸征紋」の旗が一気に動き、百五十騎五百人の部隊が右手より迂回して城に向かった。崩れた少弐勢の中には城に逃げている兵もあったが、征西府部隊に蹴散らされ、西方に逃れた。

この戦況に驚いた少弐冬資は、半刻《はんとき》後には瀬高方面に敗走した。

戦が終わり、懐良や武光らが溝口城に集結して、各部隊の報告を待った。

戦では、三百人の敵兵を討ち取り、千人を負傷させていた。味方は五十人が戦死、五百人が負傷していた。

武光が言った。

「大将軍の宮様、大勝利です。倍近い少弐勢に対して五十人の犠牲で敗走させることができました。それにしても、征政府部隊の働きは見事でした。菊池部隊苦戦でもないのにどうして動かれましたか」

「城へ逃げ込まれたら、また数日落とせないとみたから部隊を動かした」

「見事なご判断です。これで、数百の兵の命を助けたことになります」

この後、九月三日には、菊池・征西府部隊は瀬高に進出し、さらに十月二十五日には筑後国府に軍を進めた。この間、筑後各地より諸将が征西府側に加わり、軍勢は五千人にふくれあがった。しかし、懐良と武光は、それ以上には軍を進めず菊池に帰った。

針摺原の合戦

この頃、京都では、足利幕府内の足利尊氏《あしかがたかうじ》の執事高師直《こうのもろなお》と足利直義《ただよし》の軋轢《あつれき》から生じた対立が決定的となり、足利幕府は混迷を深めていた。

正平五年（一三五〇）十月、高師直に追い詰められた直義は、南朝に帰順して体勢を立て直し、直義方は京都を占領した。

尊氏は、高師直・師泰《もろやす》兄弟を僧侶にすることを条件にして直義との和議を成立させたが、直義は二人を抹殺した。その後、尊氏・直義兄弟の対立は決定的になり、全国に拡大し、間隙を縫って南朝方も各地で勢力を盛り返した。直義は、宗良《むねなが》親王の拠点信濃《しなの》南朝軍の増援を得て鎌倉に突入、京都へと進撃を開始した。

これに対して尊氏は、局面打開のために「南朝の政権を全面的に認める」という条件で南朝に降伏し、直義軍と直接対決するにいたった。

正平六年（一三五二）十一月五日、尊氏は、直義を駿河《するが》の薩埵峠《さつたとうげ》（静岡市）に破った。直義は伊豆山《いずやま》（熱海市）まで逃れたが、尊氏の追っ手に捕らえられ、翌年二月には毒殺された。このことにより、九州の戦況も急変した。

足利直冬《ただふゆ》は、養父直義が尊氏によって殺されたことにより後ろ盾を失った。また、一色範氏《いっしきのりうじ》は徐々に勢力を盛り返し、さらに少弐頼尚《しょうによりひさ》の勢力拡大に危機感を抱いた豊後《ぶんご》守護大友氏泰《おおともうじやす》を味方に引き入れた。

正平七年（一三五二）十一月十二日、足利直冬は、一色範氏と征西府部隊に攻められ、大宰府を失い長門《ながと》に逃れた。

十一月二十五日、菊池の征西府に、足利直冬より和睦するとの使いがきた。

征西府がこれを受けると少弐頼尚も同調し、征西府の旗下についた。

十二月になると、一色範氏は征西府が直冬の降伏を認めたことを理由にして征西府との同盟を一方的に破棄してきた。

十二月二十日、懐良《かねなが》は、征西府首脳を召集し作戦会議を持った。

「皆の者、征西府は九州探題一色範氏と本格的に戦うことになった。各々方の存念を述べよ」

五條頼元《ごじようよりもと》が、興奮気味に口火を切った。

「大将軍の宮様、溝口城攻めの大勝利により、征西府に味方する諸将が増えています。正月には軍を進め、少弐頼尚と連合して一気に一色範氏を討ちましょう」

良氏《よしうじ》がこれに異をとなえた。

「後村上帝《ごむらかみてい》の上洛要請もありますので、父上の気持ちはわかりますが、大宰府は遠い。準備が必要です。急がないほうが得策ではないでしょうか」

菊池武澄《きくちたけずみ》が少弐軍の動静を尋ねた。

「救援を求めた少弐頼尚は、今どう動いているのでしょうか」

懐良もそれが気になっていた。

「武光《たけみつ》、私もそのことが気になっていたところだ。動きはどうか」

「大将軍の宮様、少弐頼尚は二千人の兵で大宰府南方の浦《うら》（古浦）城に籠っています。大宰府は少弐頼澄《よりずみ》が千人で守っているようですが、大友氏時《おおともうじとき》に牽制され動けないようです」

「武光、正月までに準備が可能か」

「一色範氏を正面からたたくには一万人の兵が必要です。日向《ひゅうが》の兵まで集め、食糧の確保も考えると、正月は無理だと考えられます。少弐も見捨てるわけにはいきませんので、私が二千の兵を率いて一色軍を牽制して参りましょう。一色軍の様子も見ておく必要があります」

この日、懐良は、一色攻めを二月と決定して軍勢の召集にかかった。また、翌日には良氏を八女郷《やめのさと》に派遣して筑後方面の対策にあたらせた。武光は十日後に出陣することになった。

十二月三十日、武光は、征西府部隊千人と菊池兵の一部を高良山《こうらさん》に残し、筑後の国境《くにざかい》を越えて、一色範氏の次男範光《のりみつ》が率いる一万五千人が展開している肥前千栗《ちりく》（みやき町白壁）より船隈《ふなくま》（みやき町白壁）に向かった。

国境を越えると、武光は部隊長八名を集め命じた。

「途中の兵にはかまわずとも良い。千栗を越えたら一気に船隈に向かう。目指すは、一色範光の本陣である」

この日、武光は、二千人の兵力を小さくまとめて千栗の一色軍を蹴散らして船隈の陣地に迫った。巳刻《みのこく》（十時頃）、国境を越えた武光部隊は、午刻《うまのこく》（十二時頃）には船隈の陣地の見える地点に立った。

戦闘隊形をとったまま、半刻《はんとき》（一時間）兵を休息させた武光は、再び部隊長を集めた。

「敵の陣形は魚鱗《ぎょりん》と見える。総力で陣を崩し、本陣に迫る。ただし、我が部隊は寡勢《かぜい》である。本陣に迫れない時には撤退する」

本陣に五百人を残し、菊池騎馬槍部隊の攻撃が始まった。騎馬槍部隊の威力は強く、魚鱗が一枚また一枚と崩れた。

四半刻《しはんとき》（三十分）の攻撃で五千人の守備隊のうち二千人が崩れた。

その時である。一色範光が守りより総攻撃に移った。

これを見た本陣の武光は、「菊池部隊が囲まれる」と、とっさに撤退の判断をし、五百人の将兵とともに敵陣に突撃し前線の千五百人に撤退を命じた。

「殿《しんがり》は俺が務める。筑後まで駆け抜けよ」

前線の部隊が撤退を終えると武光の部隊が撤退を始めた。徒《かち》が走る間は、騎馬槍部隊が防ぎながら退却した。一色軍は予想以上に強く、猛追を受け、千栗に近づく頃には殿《しんがり》二百人の撤退は絶望的になった。

この時、急に一色部隊の追撃が止まった。五百人の兵が小高い丘に陣取って矢を射かけてきたのである。

良氏の率いる兵であった。武光は、十日前に八女郷に発った良氏に「引きあげの際に備えて救援部隊を国境に集めてほしい」という依頼をしていた。しかし、間に合うか否か、兵を集めきれるのかの疑問があり、救援はないことを想定して部隊を動かしていた。

筑後国境に引きあげた武光が、良氏に礼を言いながら尋ねた。

「無謀な戦であった。良氏様の助けがなければ、危うく命を落とすところでした。して、あれだけの軍勢をどうして集められましたか」

「以前から我らに助勢している黒木・木屋・星野・河崎らの筑後諸将の兵が約半数、残りは八女東部山岳地帯の山民《やまのたみ》の弓部隊です。八代御免革《やつしろごめんがわ》の銭と菊池の米が役に立っております」

「さすがに良氏様、何度も八女郷に通われていることの成果ですね。しかし、我らの撤退を好機として、一色範氏は本格的に少弐頼尚討伐にかかるでしょう」

戦局は武光の予想どおりに動いた。一月になると、浦城の少弐頼尚は、一色軍の二重三重の包囲を受け進退窮《きわ》まった。

正平八年（一三五三）一月二十日、高良山の懐良の元に、少弐冬資《しょうにふゆすけ》が訪れ、声を振り絞って懇願した。

「大将軍の宮様、頼尚が嫡子冬資でございます。今、大宰府と浦城は一色軍の猛攻にさらされています。なにとぞ救援をお願い致します。征西府と菊池には金輪際《こんりんざい》刃向かいません。熊野牛王《くまのごおう》の起請文をしたためてきております」

頼元が起請文を受け取って懐良に渡した。

懐良は、起請文を手にしながら、即座に言った。

「冬資、そちたちの気持ちはわかった。軍勢を集めよう。半月ほど待て」

「ありがとうございます。しかし、半月は持ちこたえられません。早めることはできないでしょうか」

この時、かたわらの武光が天が破れんばかりの声で言い放った。

「冬資、甘えるな。大将軍の宮様は救援すると言われているではないか。菊池、征西府の救援まで持ちこたえよ」

冬資はハハッと平伏した。

懐良が優しく声をかけた。

「冬資、心配致すな。軍勢を集めている。一色との戦は二月初旬になろうが、今ここにいる軍勢二千人を筑前国境まで進出させよう。おのずと浦城の攻撃は鈍るであろう」

冬資が目に涙をため「ご恩は一生忘れません」と頭を下げた。

二月一日、征西府軍は、ついに動いた。

先陣は、菊池武光・武澄らの菊池勢五千人で「並鷹羽《ならびたかのは》」の旗印を掲げて進んだ。

本陣には、懐良を中心に五條頼元・良氏・良遠父子らの公家衆、栗原貞幸《くりはらさだゆき》・貞盛《さだもり》、江田行光《えだゆきみつ》・行晴《ゆきはる》・行重《ゆきしげ》らの旗本総勢千人が「金烏《きんう》の御旗《みはた》(八幡大菩薩旗)」と「丸征《まるせい》」の征西府旗を掲げて進んだ。

後陣には恵良惟澄《えらこれずみ》、内河義真《うちかわよしざね》、木屋行実《きやゆきざね》、黒木統利《くろぎむねとし》、星野光能《ほしのみつよし》などの諸将四千人が続いた。

征西府軍は日暮れの酉刻《とりのこく》(十八時頃)に、大宰府南方の針摺原《はりすりばる》と呼ばれる枯れ草に覆われた草原地帯に到着した。

懐良は、武光の考えをもとに事前に戦の方針を決定していた。針摺原に夕刻に到着し、翌朝に戦闘を開始する予定であった。

一方、征西府部隊の北上に気づいた一色範氏は、浦城の少弐頼尚攻めに一色範光率いる四千人を残し、長男直氏《なおうじ》とともに針摺原に二万人の軍勢で迎え撃つ体制をとった。

征西府軍は、翌朝、干飯《ほしいい》などの軽食をとり夜明けを待った。夜明けとともに、菊池騎馬槍部隊五千人が一色軍の中央を突破し、一気に戦いを決着する方針であった。

夜が明け始めると、荒涼たる草原に広がる敵の陣形が見えた。二万の将兵が魚鱗に構えていた。

懐良が言った。

「武光、魚鱗が厚い。菊池部隊のみでも中央突破は可能だとは思うが工夫が必要だ」

「菊池部隊による中央突破の方針は変わりませんが、勝利を確実にするために魚鱗を薄くする必要があります」

良氏が進言した。

「武光様、菊池・征西府部隊以外に動いてもらってはいかがですか」

「大将軍の宮様、恵良惟澄などの肥後部隊を使いましょう」

と武光が応えた。

朝の陽光が草原を照らすのを合図に、阿蘇・恵良・内河などの肥後部隊三千人が右翼より魚鱗から離れて北上を開始した。

これを見た一色範氏は「浦城の救援に向かうつもりに違いない」と判断し五千人の部隊をさいて浦城に向かわせた。

「大将軍の宮様、魚鱗がたいぶ薄くなりました。さらに筑後の諸将を使いましょう」と武光が言い、黒木・木屋・星野・河崎など筑後の諸将が呼ばれ、懐良より「衝突を避け、全力で左翼を北上させよ」との命が下った。

筑後勢千人が全力で北上を開始した。

範氏も動き、二千人の兵を北上させ始めた。

武光の軍扇が振られ、大音声《だいおんじょう》が響いた。

「今だ！　かかれ」

ドーン、ドン、ドン、ドン
太鼓が打ち鳴らされた。

「並鷹羽」の旗を掲げた菊池騎馬槍部隊五千人が一気に動いた。陣形は日頃から阿蘇の原野で訓練している武光が名づけた「三方鷹羽の陣《さんぽうたかのは》」である。

菊池部隊の先鋒赤星武貫《あかほしたけつら》部隊と一色軍の先鋒大友氏時《おおともうじとき》部隊が激突した。

大友勢の先陣田原貞広《たはらさだひろ》は、変化をしながら進んでくる「三方鷹羽の陣」に対応できなかった。

貞広が「これは何だ。危ない」と気づいたときには、すでに先陣は粉砕され、赤星隊先陣安富泰重《やすとみやすしげ》により首級をあげられていた。

「我こそは安富泰重、田原貞広を討ち取ったり！」の声に大友勢は一気に崩れた。

第二陣の菊池武豊《きくちたけとよ》隊、第三陣の城武顕《じょうたけあき》部隊が突入すると、四半刻《しはんとき》（三十分）で島津・龍造寺《りゅうぞうじ》などの一色部隊は大半が烏合の衆と化し統制を失った。

それでも、本陣の一色範氏・直氏父子の直属部隊四千人は、隊形を崩さなかった。

武光が言った。

「大将軍の宮様、北上している阿蘇・恵良・筑後諸将の部隊が、攻撃の太鼓とともに南下します。今から総攻撃に移ります。征西府部隊千人は、ここ本陣でお待ちください」

「かかれー」の声とともにブオー、ブオーとほら貝が響き渡り、ドーン、ドン、ドン、ドーン、ドン、ドンと太鼓が打ち鳴らされ、総攻撃が始まった。

武光の騎馬槍部隊三百騎の攻撃を一色本陣の二千人が動いて防戦した。菊池勢が押してはいたが、本陣の二千人は動かなかった。

戦況を見ていた懐良が叫んだ。

「征西府の戦いである。かかれー」

征西府部隊千人が動いた。

「丸征」の旗を掲げた江田行光らの旗本二百騎が右翼より本陣に突撃し、「金烏の御旗」を掲げた八百人が続いた。懐良の戦意は高く、自らが刀をかざして敵陣へ向かった。良氏・良遠は、終始懐良を護衛しながら懐良の側で戦った。

この攻撃で、押されつつあった一色部隊はついに崩れ、一色範氏・直氏父子は肥前小城《おぎ》へと敗走した。

一方、浦城を攻めていた一色範光部隊も本隊の敗走に動揺し、必死の反撃に出た少弐頼尚に打ち破られ肥前へと逃れた。

矢部里

針摺原《はりすりばる》合戦の勝利後、懐良《かねなが》は征西府の勢威を広く示すために一万の兵を率いて大宰府に入った。

懐良の元には、少弐頼尚《しょうによりひさ》父子を始め、多くの諸将が挨拶に訪れた。

勝利の祝宴が終わり、諸将が引きあげると、征西府首脳は、合戦後の分析をおこない今後の方針について話し合った。

懐良が諮《はか》った。

「大宰府にこのまま征西府をおけるか否か。皆の者の考えを聞きたい。遠慮なく申せ」

この年六十四歳を迎えた頼元《よりもと》が、考えを述べた。

「大宰府を抑えておりますれば、征西府に加わる諸将もさらに増えるでしょう。今すぐに征西府を大宰府に移しましょう」

この考えには公家衆の多くが賛意を示した。

頭を下げて考え込んでいた良氏《よしうじ》が、頭を上げ隣席の良遠《よしとお》に目配せをして反論した。良氏・良遠兄弟は、征西府直属部隊の五條・栗原・江田一族などに根拠地がないことを憂慮していた。

「父上のお言葉ではありますが、肥前・豊前・豊後の一色《いっしき》方諸将が健在です。今しばらく時間が必要です。高良山《こうらさん》に陣を構えて、力を蓄えましょう」

賛否両論が出されたが、結局、武光《たけみつ》の一言で方針が決まった。

「頼元様のお考えはごもっともでございますが、大宰府を抑えるためには九州探題たる一色父子を九州より追放しなければなりません。数年待ってください」

方針が決定した後、良氏が二つの提案をした。

「大将軍の宮様、二つお願いがございます。一つは宮様の影武者《かげむしゃ》をつくっていただきたいということです。このたびの戦で、敵方は明らかに宮様を倒そうとしておりました。今回のような戦い方は危険です」

即座に懐良が応えた。

「私の身代わりなど、それでは戦意が鈍る。正々堂々と戦いたい」

武光はそれに反対した。

「大将軍の宮様、私は良氏様の考えに賛成でございます。この戦で、征西府直属部隊は目を見張るような活躍を致しました。今後は集中的に宮様が狙われることになります」

他の征西府首脳も賛成し、懐良は、二人の影武者をつくることに同意した。

「影武者のことはわかった。良氏、もう一つは何か」

「直属部隊の根拠地作りです。八女郷《やめのさと》東部に布石を打っております。一色方勢力一掃の大切な時期ですが、私を二年間根拠地作りに専念させていただけないでしょうか」

「八女郷東部にそのような場所があるのか」

「八女郷は、菊池と高良山の中間に当たります。そして東部には、木屋・黒木・河崎・星野など征西府に忠誠を誓っている諸将がいます。また、矢部川《やべかわ》の谷は深く、上流に田畑が拓けそうな場所が残っています」

「二年でよいのか」

「ここ数年、正平御免革《しょうへいごめんがわ》より得た銭を使って山民《やまのたみ》に依頼し、すでに田畑を開墾致させております」

「どのくらい開墾しているのか」

「まだわずかです。八女郷の奥地大渕里《おおぶちのさと》に五戸分、矢部里《やべのさと》に十戸分開墾したという知らせは届いております」

「良氏のことだ。よくよく考えてのことであろう。許す。しかし、革のことはどうするのだ」

「革の手配は、重子様と良遠の二人でできると思います」

こうして良氏は、しばらく八女郷経営に専念することになった。

また、影武者には、江田行晴《えだゆきはる》・栗原貞政《くりはらさだまさ》が選ばれた。

翌日、懐良は大宰府より引きあげ高良山に陣を移した。そして、懐良と武光は一色範氏父子や大友

懐良親王

氏時の勢力を壊滅させるため、肥前・豊後・豊前へと兵を進めた。

三月三日早朝、良氏は、十一歳の長男頼治《よりはる》を伴い、開墾用のおびただしい農具、米、忽那島《くつなじま》から送られてきた海産物を運ぶ荷駄部隊二百人、栗原一族の栗原忠光《ただみつ》・栗原秀久《ひでひさ》、江田一族の江田行重《ゆきしげ》ら十人の武者を率いて八女郷に向かった。

午刻《うまのこく》（十二時頃）には、肥後・筑後の国境《くにざかい》の小栗峠《おぐりとうげ》に到着した。このことは、八女郷の諸将にはすでに連絡されており、小栗峠には道案内人の武者二十人が来ていた。

良氏の前に武者頭と思われる若者が進み出て言った。

「五條良氏様、木屋行実《きやゆきざね》の配下堤五郎《つつみごろう》でございます。黒木里《くろぎのさと》の猫尾城《ねこおじょう》までご案内申し上げます」

「堤五郎とやらご苦労である。よろしく頼む」

小半刻《こはんとき》（三十分）ほど休息をとった一行は、辺春川《へばるがわ》の谷沿いを下り、平地に出ると矢部川沿いに黒木に向かい、申刻《さるのこく》（十六時頃）には黒木里に入った。猫尾城の麓に着くと、陣が張られ数名の武将が出迎えた。

「五條良氏様、お久しぶりでございます。木屋行実でございます。よく八女郷においでくださいました」

と木屋行実が馬上の良氏に挨拶をした。

良氏は、すばやく馬を下りた。

「出迎えいただき痛み入ります。よろしくお願い致します」

「八女郷の諸将も参集致しておりますので、後ほど城内にてご挨拶致します」

程なく城内に案内され、一行歓迎の宴が諸将二十人の参加で催された。

上座に良氏、頼治、左右に随行の武者頭《むしゃがしら》、黒木一族諸将の膳が用意されていた。膳には、栗・猪の肉・鮎の干物・里芋・ゼンマイ・干しタケノコの煮物・干し柿等々の山の幸が並べられ、黒木一族の歓迎を表わしていた。

八女郷の諸将を代表して猫尾城主の黒木統利《くろぎむねとし》が、歓迎の挨拶をした。

「五條良氏様、この地を根拠地に選んでいただき我ら調一統《しらべいっとう》、このうえない喜びでございます。本日は心ばかりの歓迎の宴を催すことに致しました。ゆっくりご歓談ください」

「統利殿、ありがたいお言葉、痛み入る。今日はゆっくりと八女郷の話を伺わせていただきます」

木屋行実が手を挙げ合図した。

「宴を始めよう。酒を持て」

宴が始まり小半刻ほど経つと、黒木統利が良氏の側に来て、良氏一行を引き合わせていただきたいと頼んだ。

良氏が立ち上がり、一行に命じた。

「皆の者、各自挨拶をせよ」

頼治が立った。

「良氏が一子頼治でございます。矢部川沿いの梅の香り、城から見る民の家のたたずまい、川の流れ、いずれも心に残りました。また、調一統の皆々様方にこのような宴を催していただきましたことに感謝致します。生涯ご恩は忘れません」

幼顔《おさながお》の残る頼治の挨拶を聞いていた八女郷の諸将は、互いの顔を見合わせうなずいた。

これに続いて配下の栗原忠光らの武者が挨拶を終えると、黒木統利が立ち上がって言った。

「我らもご挨拶させていただきます。各々方、順次お立ち願いたい」

木屋行実より順次立ち上がり名乗ったが、特に注目されたのは二人だった。

「星野光能《ほしのみつよし》でございます。私は矢部川の支流、星野川上流の星野里《ほしののさと》を治めております。星野里は山中ながら平地が広く多くの田畑が開かれ、金も産出する豊かな土地でございます。また、高良山《こうらさん》・生葉《いくはの》里《さと》にも通じており、今後の戦の拠点として最適だと存じます。何なりとお申し付けください」

「皆様方、初めてお目にかかります。矢部里の杣王《そまおう》でございます。私の如きが列席すべきではございませんが、行実様より出席せよとのお誘いを受け参りました。矢部・津江《つえ》・星野里一帯の山民を束ねております。私は、以前に良氏様とお会いする機会がございました。私のような者に、大義を解かれ窮状を包み隠さずに話され、協力を依頼される良氏様の人柄にうたれて征西府にご協力致しております」

この日の宴は、かがり火がたかれ深夜まで続いた。

翌日、良氏は杣王の案内で矢部里に向かった。

木屋行実が途中まで同行し、大渕里の田畑の開墾現場に案内した。

「良氏様に命じられておりました田地の開墾ですが、ようやく七戸分ぐらいの開墾ができております。新しい開墾用の農具もそろいましたので、今後はもっと能率も上がると存じます。後は良氏様にお任せ致します」

良氏が大きくうなずいた。

「よくぞこれまで進めていただきました。後は、栗原忠光をここに残し、開墾にあたらせます」

行実は開墾をおこなっている民長《たみのおさ》の大渕幸晴《おおぶちゆきはる》を忠光に引き合わせると黒木里に帰った。

良氏は武者十人を引き連れて開墾現場を検分した後、方針を述べた。

「我らには帰る故郷がない。この大渕里に栗原忠光・秀久ら五名を残す。ここを、我らの永遠の里にする気持ちで開墾に励め。荷駄部隊七十人はここで荷駄をおろし菊池へ帰ってもらうことにする。残り八十人は、さらに矢部里を目指してもらいたい」

この日、大渕里に宿泊した良氏は、翌朝矢部川沿いに矢部里に向かった。

矢部川沿いに上ると、矢部里の入り口は、日向神峡《ひゅうがみ》の峡谷が道をふさいでいる。道案内をしている杣王は峡谷を避け、上月足《かみつきあし》より山の尾根伝いに椎葉《しいば》・蚪道《いらどう》・西園《にしぞの》を通り杣王の館のある神窟《かみのいわや》に向かった。この山道は、杣王の命で馬が通れるように樹木が切られ整備されていた。しかし、残雪を残す険しい山道であり荷駄部隊の移動は難渋を極めた。開墾用の農具・米等の重い荷を運んでおり、移動には時間を要した。

杣王は、上月足からの尾根沿いに山民数戸が暮らす椎葉に出ると、荷駄部隊に小半刻の休息をとらせた。

杣王は木の根に座って休息している頼治に説明した。

「頼治様、父上は二度目ですが、頼治様は初めてですので説明致します。ここからは、矢部里が遠望できますが、ここから見えるのはほんの一部に過ぎません。矢部里の山脈《やまなみ》は何倍も広く続いています」

この説明に興味を持った頼治が尋ねた。

「この山脈の中で人はどのように暮らしているのですか」

「田や畑はわずかですので、山民は山の幸に頼り、弓矢を作り暮らしております」

「山の幸にはどんな物がありますか」

「ソバ、栗、椎の実、山芋、タケノコ、キノコなどが、一年中沢山とれます。また、猪・ウサギなどの獣、キジ・山鳩などの鳥も狩《か》っております。また、川には魚が沢山おります」

「弓矢は狩りのためだけに作るのですか」

杣王は、頼治の関心が高いことに驚きながら説明を続けた。

「矢部里の民は、はじめは弓矢を自分たちが狩猟に使う分だけ作っておりました。そのうち、だんだんと弓矢を作るのが上手になりました。今では豊富な篠竹《ささだけ》を使って作った矢を平地の人々に売るようにもなっています。矢部の地名も『矢つくりの家』『矢の部』に由来します」

側でこの会話を聞いていた江田行重も何か尋ねたそうだったし、頼治の質問もまだ続きそうだった。

杣王は、ゆっくり話しを続けるわけにもいかず「頼治様、続きは館に着いてからに致しましょう」と言って、荷駄部隊の案内を部下に指示した。

荷駄部隊の移動には時間を要した。尾根沿いに蚪道《いらどう》に抜け、西園《にしぞの》より矢部川の谷沿いに上り、一行が、杣王の館のある神窟《かみのいわや》に着いたときには日が暮れていた。

杣王は、荷駄部隊八十人が宿営する民家を手配していた。部下に、宿泊民家への案内を指示し、良氏・頼治と江田行重ら五人の武者を自宅に案内して一族の数名と小宴を催した。

杣王は、

「皆様方、よくぞ矢部里まで足を運んでいただきました。本日はゆっくりおくつろぎください」

と挨拶し酒を注がせた。

良氏は感慨無量といった顔をして、

「杣王殿、ありがとうございます。皆の者、ありがたく馳走になろう」

と酒を一杯飲み干し、

「杣王殿、二年ぶりでございますなあ、この館は。あのときの山民の話がなければ、ここにこうして訪れることもなかったでしょう」

と話しを続けた。

「あの時、私は征西府にお味方することを迷っておりました。私たち山民は、政《まつりごと》から離れて自由に生活してまいりましたので、自由がなくなることを恐れていました」

「全面的に助力すると約束いただいたのはどうしてですか」

「良氏様の人柄と大志です。あの時、良氏様は、私のような者に征西府の苦しいお立場を包み隠さずお話しくださいました。また、何としても民が平穏に暮らせる世の中をつくりたいとも話してくださいました」

「ところで、針摺原《はりすりばる》合戦の前に、菊池武光様救援のため肥前国境《くにざかい》に行った時の山民二百人以上はどこからどのようにして集められましたか」

「山民は広くつながっております。矢部里をはじめ星野里《ほしののさと》、大渕里《おおぶちのさと》、国境を超えた津江里《つえのさと》からも集めました。その際、良氏様より事前に送っていただいていた米・銭を使わせていただきました」

「もう一つお尋ねしたいことがございます。杣王殿のご先祖はいつ頃からここにお住まいになったのですか」

「私の先祖は、父の話と系図によりますと菊池則隆《きくちのりたか》様が菊池に入られました際に、関東から付き従った栗原一族です」

「五代前の栗原泰氏《くりはらやすうじ》が、菊池則隆様から八女郷の山民をまとめるため、矢部里に入るように命じられて移り住んだのが始まりです。この里の者は、苗字を名乗りませんので、我らもそうしています。話は明日以降もできますので、山里の唄・舞なども披露致しましょう」

杣王はそう言って手をたたいた。

この合図で、鼓《つづみ》を持った童《わらべ》五人と扇子を持った娘三人が、姿を見せた。

八人は、下座に座って頭を下げた。そして、娘の一人が、

「皆様方、よく山里までおいでくださいました。今宵は、神窟《かみのいわや》に古くから伝わる唄と舞を披露致します」と挨拶をした。

ポン、ポンと鼓が敲《たた》かれ、

「矢部里には釈迦岳《しゃかがだけ》、神窟の八女津媛《やめつひめ》、古い太古の時代より八女郷の守り神……」

と童たちの唄にあわせて、三人の娘が舞った。

江田行重が尋ねた。

「杣王殿、釈迦岳とはどのような山ですか。珍しい名前ですが……」

「このあたりでは一番高い山です。私たちは、山頂にお釈迦様を祀り山民の守り神にしております」

「八女津媛とはどのような方ですか」と頼治も尋ねた。

「帝の古い先祖、景行《けいこう》天皇の御代に住んでおられた媛君です」

良氏も尋ねた。

「娘たちの舞も見事でした。どなたが舞っているのですか」

「娘の楓《かえで》と一族の娘です。舞は八女津媛の時代より続いていると伝えられています」

くつろいだ一夜が明けると、良氏は直ちに行動に移った。まず、江田行重ら五人に命じた。

「荷駄部隊八十人は、すべて菊池へ帰すことにする。そちたち五人は二年間矢部里にとどまり、田畑の開墾に励め、詳細は杣王殿の嫡男杣次《そまつぐ》殿に相談せよ」

次に杣王に依頼した。

「杣王殿、荷駄のうち、開墾用の農具・米・魚の干物等はすべて自由におつかいください。銭も江田行重に必要なだけお申し付けください。また、お世話をおかけしますが、私と頼治を近日中に星野里までご案内ください」

「星野里への案内は承知致しました。しかし、米・魚の干物は星野里にもお持ちください」

「遠慮は無用です。星野里へは良遠に命じて別に手配しております」

三日後の三月八日、良氏は、杣王の案内で、矢部里横手《よこて》より山民しか知らない山道を通って星野里へ向かった。

星野里では星野光能《ほしのみつよし》が一族をあげて歓迎した。良氏は、頼治とともに半年間星野里にとどまった。この間、生葉郷《いくはのさと》・高良山《こうらさん》・犬尾城《いぬおじょう》などを何度も訪れ、八女の諸将や高良大社《こうらたいしゃ》との結びつきを強め、筑後南部の地理を掌握し、絵地図を作成した。

頼治にも大きな収穫になった。高良山に行った時のことである。北に広がる平野と筑後川を遠望しながら突然頼治が言った。

「父上、この神社は由緒あるようですが、ここを抑えると九州全体を抑えられると考えます」

「頼治、そのとおりだ。良いことに気づいた」

と良氏が目を細めながら応えた。

十月になると、星野光能の部下に案内させ、山を越え笠原里《かさはらのさと》に入り、黒木氏の支族椿原次郎《つばはらじろう》と数日間を過ごし、猫尾城に戻った。

猫尾城に戻ると、良氏は黒木統利《むねとし》の案内で、田代里《たしろのさと》や各地の山城を視察した。

良氏が、八女郷で活動をしている二年間にも懐良・菊池武光と少弐頼尚の一色攻めは続いていた。一色範光の本拠肥前菩提寺城《ぼだいじじょう》（神埼市）も一色直氏の拠る筑前飯盛山城《いいもりやまじょう》（福岡市西区）も菊池武光によって落とされた。

正平十年（一三五五）十二月、一色範氏・直氏・範光は、九州にとどまることができずに長門へと逃れた。

決戦前夜

正平十一年（一三五六）正月、良氏は大渕里《おおぶちのさと》に栗原忠光《くりはらただみつ》・秀久《ひでひさ》を、矢部里《やべのさと》に江田行重《えだゆきしげ》を残し、頼治《よりはる》とともに菊池に帰った。

正月十日申刻《さるのこく》（十六時頃）、菊池の館に帰ると珍しい客が訪れていた。良氏の妻範子《のりこ》の父忽那義範《くつなよしのり》であった。

忽那義範は、征西府を永年物心両面より支援しており、今日の征西府は義範抜きには考えられなかった。しかし、自らが征西府に出向いてくることは珍しく、菊池入りは二度目であった。

良氏が挨拶した。

「義範様、お久しぶりでございます。遠路よくおいでくださいました。頼治も挨拶せよ」

「初めてお目にかかります。頼治でございます」

　義範が応えた。

「頼治と会うのは二度目だが、前にあったときは幼くて憶えておるまい。それにしても頼もしくなったな」

「義範様、話は山ほどありますが、先に大将軍の宮様に報告してまいります」

　良氏は、頼治を伴って征西府館に出向いた。

　懐良《かねなが》はこの時期、在所を高良山《こうらさん》に置き、菊地武光《きくちたけみつ》・武澄《たけずみ》らと一色方の勢力を一掃すべく遠征に出る日々を送っていたが、忽那義範の菊池入りの知らせを受けて菊池に帰っていた。

　征西府館の懐良のところに伺候《しこう》した良氏が、挨拶した。

「大将軍の宮様、ただいま戻りました。二年間留守に致し御迷惑をおかけしましたが、八女郷《やめのさと》の事は順調に運んでおります。高良山に部隊を進めましても後顧の憂いはございません」

「良氏、ご苦労であった。すでに存じて居ると思うが、我らも一色範氏《いっしきのりうじ》父子を九州より追うことができた。頼治《よりはる》もご苦労であった。わずかの間にずいぶんと頼もしくなったようだな。それから、私にも報告があるぞ。この春、重子が和子《わこ》を出産した」

「伺っております。和子様の御誕生、おめでとうございます。してお名前は」

「懐良の一字をとり良宗《よしむね》と名付けた」

　程なくして重子が良宗を抱いて現われた。

「大将軍の宮様、和子様のお顔を拝見させていただいてよろしいでしょうか」

「良いとも、良いとも」

良氏が、しげしげと良宗の顔を見ながら言った。

「口元、目元など、大将軍の宮様にそっくりでございます」

「久しぶりに、義範も来ておる。今宵は頼元、義範と父子水入らずでくつろぐがよい」

征西府館を退出した良氏は、頼元の館に帰って久々に家族が一堂に会して過ごすことになった。この夜は、頼元、良氏・範子・頼治・篤子《あつこ》、頼顕《よりあき》、良遠《よしとお》・信子《のぶこ》、良遠の娘渚《なぎさ》・瑞穂《みずほ》、息子良実《よしざね》らの五條一族に義範を加えた晩餐会となった。

頼元が感慨深げに言った。

「義範殿、嬉しいかぎりです。忽那島ではまだ良遠の妻子はいませんでしたので、こうして皆が揃うのは初めてのことでございます」

「月日のたつのは早い。それにしても子供たちは大きくなったものだ」

一刻《ひととき》（二時間）が過ぎると、病弱の頼顕と妻子らが退出して、頼元・義範・良氏・良遠の四人が残った。酒を注ぎながら頼元が尋ねた。

「義範殿、今回の菊池入りの目的をお聞かせください」

義範は杯を飲み干して答えた。

「大将軍の宮様の九州統一の時が近づきました。我らがどのように動くべきか、戦に備えての武器・

食糧の備えをどうすべきか、大将軍の宮様や武光様のお考えを伺いたいと存じて参りました」

良遠が尋ねた。

「義範様、戦に備えると言われましたが、一色方の九州再上陸はあるのでしょうか。また、一色方では依然として日向《ひゅうが》の畠山直顕《はたけやまなおあき》が活動しておりますが、武光様の攻撃には抗しがたいと考えます。少弐《しょうに》・大友《おおとも》が反旗を翻《ひるがえ》し戦になるのですか」

「大友氏時《うじとき》は、自分の勢力温存のために恭順しているだけですから、いずれ反旗を翻すと見てよいでしょう。問題は少弐頼尚《よりひさ》の動きですが、失地回復をして勢力が強くなれば態度を変えてくると考えられます。頼元様、大将軍の宮様と武光殿もそう考えておられるのでしょう」

「そうならないように一色の残党勢力一掃の遠征を続けておられるが、京都の足利尊氏《あしかがたかうじ》からの働きかけも強い。態度を変えてくると見ておられるようだ」

この夜、四人の懇談は夜更けまで続いた。

忽那義範は、さらに五日間菊池にとどまり、懐良や頼元らと今後のことについて十分に打ち合わせ、範子・頼治らともゆっくり過ごした後、忽那島に帰った。

この年の九月、一色直氏・範光が、長門から豊前に渡り九州回復を計ったが菊池部隊に破れ、これ以降一色方の九州上陸はなくなった。

正平十三年（一三五八）一月、菊池武光は日向で活動していた畠山直顕を討ち、六月には島津資久《しまづすけひさ》も征西府に帰順し、九州平定がなったかに見えた。

数カ月戦がなく、高良山の征西府には九州各地の諸将が伺候する日々が続いていた。

十一月一日未刻《ひつじのこく》(十四時頃)、武光が大友氏時の見張りとして豊後に配置していた部下三人が、征西府に到着し報告した。

「武光様、大友氏時が四千人の兵を移動させ始めました」

「どの方面に動いているのか」

「西に軍勢を進めておりますので、おそらく筑後へ侵入するつもりでしょう」

「ご苦労であった。引き続き監視を怠るな」

懐良は、この報告を受けて緊急に征西府首脳を召集した。

十一月二日、菊池からも菊池一族の主立った者が集められ軍議が開かれた。

武光がまず口を開いた。

「大将軍の宮様、私はまず筑後に向かっている大友氏時を打ち破り豊後に追い返します。問題はその後だと思えますがいかがお考えですか」

「少弐頼尚の動きが気になるが、大友氏時は少弐頼尚と示し合わせて動いていると見なければなるまい。頼元はどう見る」

「京都では四月に足利尊氏が病死していますが、後継の義詮《よしあきら》がたびたび少弐・大友に使いを送っているようですので、今回のことは二人が示し合わせているに違いありません」

武光が相槌を打った。

「大将軍の宮様、私もそう考えます。少弐頼尚をひきだし、雌雄を決する以外にないでしょう。どうして誘い出しますか」

「武光、それは簡単だ。私と武光が、豊後の大友氏時攻めに向かって筑後を留守にすればよい。動いた後の筑後の守りが問題だ」

菊池武澄が申し出た。

「私に二千人ほど兵をさいてください。豊後より戻られるまで筑後を守り通します」

五條良氏が尋ねた。

「少弐頼尚はどれくらいの軍勢を集めるでしょうか。大将軍の宮様と武光様が豊後遠征に出られた後、我らの軍勢召集はいかが致しますか」

「氏時の動きからして、すでに軍勢召集の準備をしているであろう。私は、四万人は下るまいと思っているが、武光の考えはどうだ」

「私もそう考えます。大友氏時と連合するとなると五万人以上になりましょう。我らもそれに近い軍勢を集めなければ勝算はありません。頼元様、各地の諸将に令旨《りょうじ》を送ってください」

「武光殿、召集の時期はいつ頃になりますか」

「我らは年が明ければ大友氏時攻めに向かいますが、豊後の高崎城攻めは三月半ばを過ぎましょう。これを見て頼尚が軍勢を集めますと、六月の田植えが終わってからになりましょう。我らもその頃に合わせて兵を集めなければなりません」

「わかりました。早速諸将召集の手配にかかりましょう」

「しかし、肥後・日向など遠いところからも兵を集めますので、武器・食糧の確保が問題です」

「武器・食糧は、菊池一族が蓄えた銭、大将軍の宮様が革で蓄えられた銭で何とか確保できますが、これを菊池より高良山まで事前に運んでおく必要があります」

「大将軍の宮様の直属部隊と菊池部隊にはその余力はございません。この役目は良氏様にお願いしたいと考えておりますが、良氏様いかがでしょうか」

良氏が答えた。

「おまかせください、八女郷の山民《やまのたみ》の長《おさ》、杣王《そまおう》殿に相談し、何とか致しましょう」

その後もさまざまな対策が練られ、この日の会議は終わった。

大原合戦・両軍対峙

翌正平十四年（一三五九）二月、筑後に侵入した大友氏時《おおともうじとき》を破った征西府勢は、四月十二日には、豊《ぶん》後高崎城《ごたかさきじょう》に氏時を追い込んで囲んだ。

高崎城を囲んで十五日目、懐良《かねなが》・武光《たけみつ》らの予想どおり、少弐頼尚《しょうによりひさ》が兵を挙げ、大宰府を占領した。

この知らせを受けた征西府部隊は、高崎城の囲みをとき、少弐方についた阿蘇惟村《あそこれむら》が築いた小国の九カ所の山城を抜いて菊池に帰った。

菊池に帰った懐良と武光は、決戦に備えるべく頼元《よりもと》・良氏《よしうじ》らを集めた。

懐良が頼元に尋ねた。

「頼元、味方の軍勢はいかほど集まりそうか」

「今までに返答が来ているのは約二万です。まだ薩摩《さつま》などの返事が来ておりませんので、もう少しは増えると思われます」

「菊池勢八千人、征西府直属部隊三千人、新田勢二千五百人と合わせて三万三千人、あと一万人はほしいな」

武光が言った。

「大将軍の宮様、今回は我ら公家衆《くげしゅう》もすべて戦います。御側の公家衆が毎日訓練中です」

「大将軍の宮様、新田一族が勝敗の帰趨《きすう》を握ることになりましょう。十分な馬、武器などを与えて訓練させましょう。今一つ、一人でも多くの兵を集めるために日向、薩摩などの遠来の諸将には武器と筑後までの兵糧のみを持参してもらいましょう。また、肥後諸将の兵糧も我らで準備を致したいと考えますが、いかがでしょうか」

「武光、それは妙案だが……　ところで、良氏、兵糧の運び込みの手配はついたか」

「杣王《そまおう》殿が、八女郷《やめのさと》の山民《やまのたみ》のみならず豊後津江里《ぶんごつえのさと》の山民まで動員してくれまして、六百人で運んでおります。今までに四万人の兵糧五日分を高良山《こうらさん》に運び込んでおります。五月中には何とか一カ月分は運べると思います。しかし、心配がございます。菊池だけでは干飯《ほしいい》・焼き米・魚の干物・焼き味噌等の兵糧一カ月分は集めきれません。忽那島《くつなじま》からの分がまだ到着しておりません。大丈夫でしょうか」

「それは心配いるまい。五月中には届けてくれるであろう。武光、あとは少弐頼尚の動きしだいだが、我らはどうする」

「大将軍の宮様、兵たちには麦の取入れ、田植えもさせなければなりません。高良山を守備している菊池武澄《きくちたけずみ》を征西府直属部隊と交代させてもらえないでしょうか」

「民の暮らしを考えずして戦もあるまい。そのようにしよう」

五月になると五條良遠《ごじょうよしとお》率いる直属部隊・新田一族の五千人が高良山、柳坂《やなぎさか》に陣をはり、菊池武澄部隊と交代した。

武光は、農作業の合間に菊池一族の部隊を訓練し続けていた。

六月になると「少弐頼尚追討軍をあげる。七月一日、菊池に参集せよ」の令旨《りょうじ》が肥後・日向・薩摩の諸将に出された。

六月末には島津高澄《しまづたかずみ》・谷山義隆《たにやまよしたか》らの薩摩勢、伊藤義胤《いとうよしたね》・畠山少輔《はたけやましょうゆう》らの日向勢が到着し、七月二日には恵良惟澄《えらこれずみ》・内河義真《うちかわよしざね》らの肥後勢、鹿島宗定《かしまむねさだ》・千葉胤貞《ちばたねさだ》らの肥前勢も集合を終え、菊池は数万の兵であふれた。

七月三日早朝、懐良は隈府城《わいふじょう》外の広場に軍勢を集めた。

江田行晴《えだゆきはる》が「金烏《きんう》の御旗《みはた》」を、栗原貞政《くりはらさだまさ》が「丸征《まるせい》」の征西府旗を高々と掲げると、懐良がよく通る声を発した。

「皆の者！」

懐良の言葉を受けて行晴が続けた。

「今から朝敵少弐頼尚《しょうによりひさ》追討に向かう。大義である。忠勤に励め」

ウオーという鬨《とき》の声が上がり、兵たちが右手を高く上げた。

次に武光が叫んだ。

「菊池武光である。大義は我らにある。いざ出陣！」

ドーン、ドーンと太鼓がたたかれ、菊池勢を先頭に出陣した。

懐良のかたわらで、武者装束の頼元が言った。

「大将軍の宮様、いよいよでございますな」

「そちの武者振りも見事である」

大軍勢は半刻《はんとき》（一時間）程かかって菊池を後にした。

征西府部隊は、筑後勢も加えて四万が日暮れまでには高良山を中心に布陣した。

翌朝、懐良・武光らは、高良山より千歳川《ちとせがわ》を隔てて布陣をしている少弐頼尚の軍勢を遠望した。夏の朝日を受けて、軍勢の配置が明瞭にわかった。

千歳川は、現在の筑後川のことである。

武光が言った。

「大将軍の宮様、物見よりの報告では少弐軍は六万とありましたが、六万は遥かに超えておりましょうな」

高良山

「七万近くいるのではないか」

戦の経験が少ない頼元がやや不安そうに尋ねた。

「武光殿、どう戦いますか」

「敵が動いて千歳川を渡ってくれれば陣立てからして有利に戦を進められますが、少弐頼尚次第です」

一方この日、鯵坂《あじさか》に本陣を構えている少弐頼尚も主立った諸将を集めていた。

少弐頼尚が、嫡子直資《なおすけ》に尋ねた。

「宮方も相当の兵を集めているがいかほどの軍勢と見る」

「父上、四万程度と見受けますが」

「わしもそう見ておる」

三男冬資《ふゆすけ》が尋ねた。

「父上、千歳川をどうして越えますか」

「この戦、動いた方が負けだ。長引くほど我が軍に有利になる」

直資が尋ねた。

「動いた方が負けというのはわかりますが、長引くと我らが有利になるというのはいかなるわけですか」

「菊池は遠い。長引けば兵站《へいたん》がもたぬであろう。我らはいつでも補給ができる」

十日を経過したが、少弐部隊が動く気配はなかった。

武光は、この間「征西府と菊池には金輪際《こんりんざい》刃向かいません」という少弐頼尚が差し出した「熊野牛王《くまのごおう》の起請文《きしようもん》」を持ち出して辱《はずかし》めるなど挑発してみたが効果はなかった。

七月十七日、武光は千歳川を渡る決心をし、懐良に作戦を口上した。

「大将軍の宮様、十九日未明、菊池部隊五千人で上流の片ノ瀬《かたせ》付近より千歳川を越えます。頼尚の目を欺《あざむ》くために、明日、征西府直属部隊とそれ以外の部隊は正面神代《くましろ》付近から渡河《とか》の態勢をとってください」

「武光、承知した。早速、神代からの渡河の準備をするように諸将に伝えよう」

十八日早朝、征西府部隊三万五千人が、高良山を下り千歳川と宝満川《ほうまんがわ》の合流地点の川中島になっている宮瀬《みやせ》に本陣を移し、神代の浅瀬の堤防付近に移動し始めた。

宮瀬は現在の久留米市宮ノ陣町である。征西将軍の宮が本陣を構えたことからこの地名が残っている。

少弐頼尚は、この様子を見て弓部隊を対岸の堤防に配置して、迎え撃つ態勢をとった。征西府部隊も河を渡る準備をして対峙し、両軍川を挟んで対峙したままこの日が暮れた。

懐良はかがり火を多くたかせ、夜陰にも河を渡る態勢をとり続けた。

懐良は、栗原貞幸《くりはらさだゆき》・江田行光《えだゆきみつ》と新田一族の岩松盛依《いわまつもりより》・江田良宗《えだよしむね》を呼び命じた。

「今宵、武光の部隊五千人が上流より川を越える。無傷で渡れるように諸将の部隊五千人は、正面の神代より渡河を始めよ。ただし、敵の矢が届く距離になったら一旦退却せよ」

武光は、神代方面での渡河作戦が始まると夜陰に乗じて、菊池部隊五千人を上流片ノ瀬より無傷で渡らせることに成功した。

菊池部隊が川を越えたことは、やがて鯵坂に陣を構えている少弐頼尚の知るところとなった。頼尚は、菊池の騎馬槍部隊の強さを知っている。諸将を集めて命じた。

「この原野で戦うのは得策ではない。一里（四キロ）退却して沼を前面に布陣する。全軍一里退却せよ。殿《しんがり》は直資とする」

大原合戦・激闘

翌朝、征西府部隊が千歳川《ちとせがわ》を越えたときには少弐《しように》軍六万数千人の姿はなかった。懐良《かねなが》は宮瀬《みやせ》に直属部隊・新田部隊など八千人を配置し、本陣を構えた。残りの三万六千人の部隊は、千歳川の支流宝満川《ほうまんがわ》の左岸、宮瀬の北半里（二キロ）の鯵坂《あじさか》より下岩田《しもいわた》に展開した。

少弐頼尚《よりひさ》は、二万人の部隊を菊池部隊の東方松崎《まつざき》・山隈《やまくま》に配置し、本陣を大保原《おおほばる》に構え、四万五千人を展開させた。前面の沼地を最大限利用して、騎馬部隊の侵入を許さない態勢をとった。

武光《たけみつ》は、懐良・頼元《よりもと》らとともに何度も宝満川下流の湿地帯を南の土手よりつぶさに視察した。征西府首脳は、大保原に通じる小道がことごとく壊されているのを見て攻撃の容易ならざるのを知った。

少弐頼尚は、「長引けば兵糧も尽きる。菊池・征西府に焦りが出る」とみていた。食糧などの兵站は、良氏《よしうじ》の手によって万全が期されており、頼尚の見方は外れていたが、遠征軍の多い征西府部隊にとっ

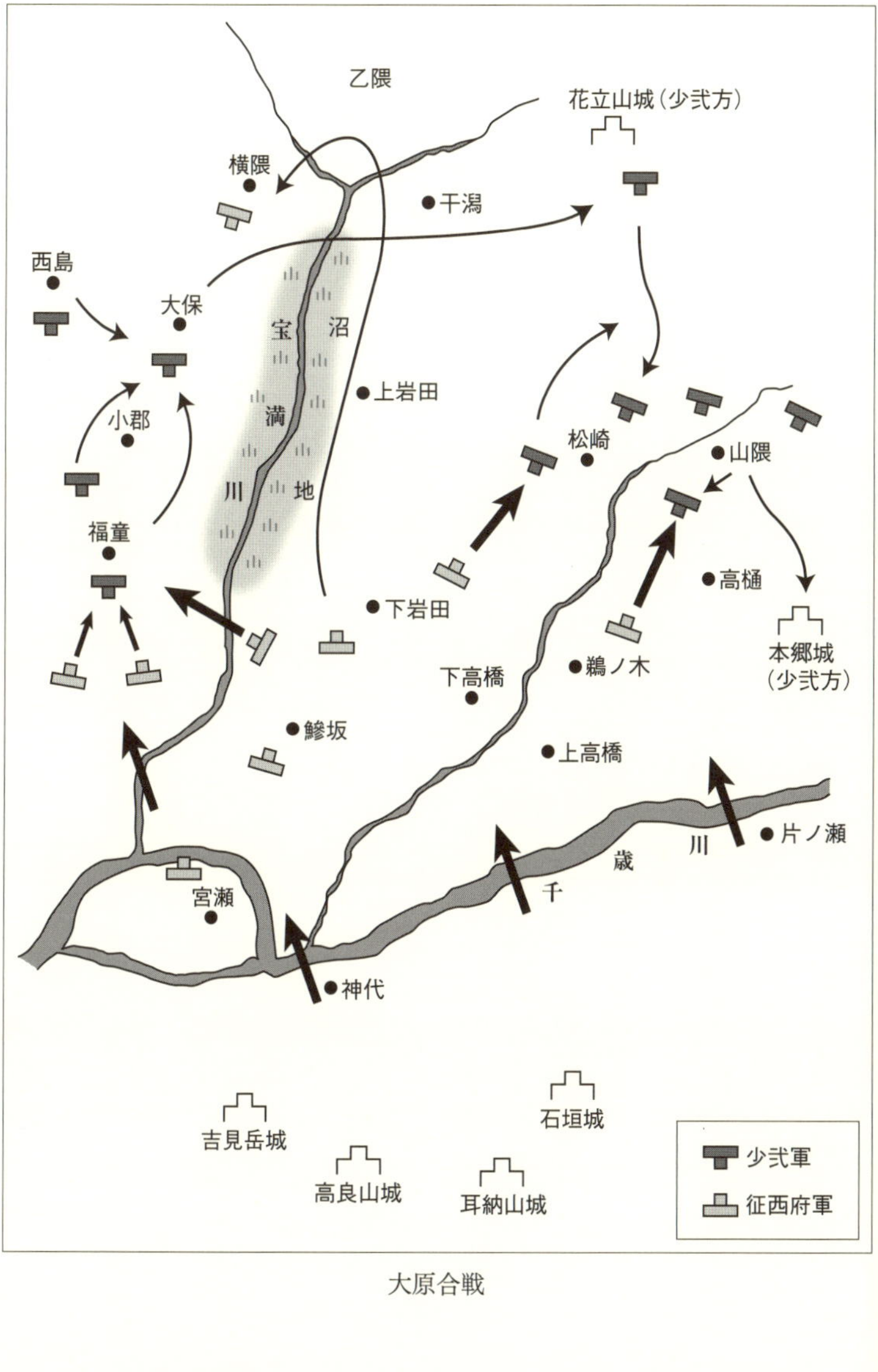
乙隈
花立山城（少弐方）
横隈
干潟
西島
大保
宝
満
川
沼
地
上岩田
小郡
松崎
山隈
福童
高樋
下岩田
本郷城
（少弐方）
下高橋
鵜ノ木
鰺坂
上高橋
片ノ瀬
川
歳
千
宮瀬
神代
石垣城
吉見岳城
高良山城
耳納山城
少弐軍
征西府軍

大原合戦

て長期戦になるのは得策ではなかった。夏の炎天下に両軍が対峙したまま半月が経った。

八月五日、武光は懐良に作戦を口上した。

「大将軍の宮様、明日未明より総攻撃をかけます。武政《たけまさ》の夜襲部隊が本隊の攻撃と同時に少弐部隊の背後に突入します。集めている諸将を激励してください」

三十一歳になった懐良が力強く諸将を激励した。

「長い滞陣ご苦労である。いよいよ決戦の時が訪れた。義は我らにある。宮も諸将に負けない働きをして見せようぞ」

この言葉に感動した諸将が一斉に「ハハッ」と平伏した。

八月六日戌刻《いぬのこく》（二十時頃）、菊池武政《きくちたけまさ》は、月が西に傾くのを待って、三百人の兵を率いて下岩田の陣を出た。

二日前、武政は、木屋行実《きやゆきざね》とともに父武光に呼ばれて命を受けていた。

「武政、行実殿とともに、三百人の夜襲部隊を率いて敵の背後にまわり、少弐部隊を混乱に陥れよ」

十七歳の若い武政は「ありがたきお言葉、命に代えて父上の名に負けぬ働きを致します」と応えた。

「行実殿は、夜襲の経験も豊富である。万事、行実殿の命に従え」

三百人の夜襲部隊は旗を巻き、冑《かぶと》は布で覆い芦《あし》・茅《かや》などの夏草に隠れて宝満川沿いの原野を北上した。

夜襲部隊は、副将木屋行実より「一列で進め。物音、人の話し声を聞いたら動かず草や岩と化せ」

という命を受けていた。

小半刻《こはんとき》（三十分）が過ぎ上岩田《かみいわた》を越える時、少弐方物見《ものみ》の数人が武政の近くで「人影はないか」と話す声が聞こえた。

菊池武政は、動かず石と化した。やがて物見は去った。

武政らは、静かに川沿いを北上し、子刻《ねのこく》（零時頃）には少弐勢の背後横隈《よこぐま》にたどりついた。

三百人の夜襲部隊は、手筈《てはず》どおり百人ずつの三隊に分かれて敵の背後に潜み本隊の攻撃を待った。一隊を率いている武政は、敵の大群が目に映り武者震いが止まらなかった。

武政は、木屋行実が出発を前に三百人の部隊を前にして夜襲の心構えを述べた言葉を思い出した。

「夜襲は気力で正否が決まる。怖くなったら空の星を見よ。すぐに落ち着く。敵は殺さずとも良い。一太刀浴びせたら『敵だあ』と叫び次に向かって走れ。闇の中である。敵は混乱して同士討ちが始まる。夜明けまで敵の中を走り回れ。疲れた者は岩となって伏せよ。夜が白みだしたらまとまって味方の陣に駆け込め」

武政は、空を見た。満天の星空であった。武者震いが止まり落ち着いた。

半刻《はんとき》（一時間）が経過した時である。武政の右翼にいるはずの木屋行実隊百人が、第一陣菊池《きくち》武明《たけあき》部隊の攻撃前に鬨《とき》の声を上げて少弐部隊に切り込んだ。

武政は「行実隊が敵に発見された」と判断し、自らも「かかれー」と敵に向かって切り込んだ。続いて黒木《くろぎ》統利《むねとし》率いる百人も同様の判断をして少弐勢に切り込んだ。

敵陣の混乱を見て、南方より菊池武明部隊二千五百人が鬨の声を上げて少弐方に襲いかかった。

武政は、「敵だ、敵だあ」と叫びながら、敵陣に突入した。寝込みを襲われた敵兵の一人が具足もつけずに跳びだしてきて「敵はどこだ」と叫んだ。

武政は、黙って敵兵に一太刀浴びせると、再び「敵だ、敵だあ」と叫びながら敵陣を駆け回った。

武光からは「命を預かる」といわれており、危険ということはわかっていたが、敵の混乱を見て落ち着いた。部下の兵たちに「強い兵には立ち向かわずに逃げよ。切りかけながら駆け回るだけでよい」と声をかける余裕も出た。

一刻《ひととき》（二時間）が経過し、丑刻《うしのこく》から寅刻《とらのこく》に変わる頃（午前三時頃）、武政らは、「本隊に駆け込め」の命を下し敵を縦断して本隊に合流した。

武政、行実は夜襲部隊の兵を集めた。手傷を負った者も多かったが二百三十人が生き残っていた。二刻《ふたとき》（四時間）も敵の中で駆け回ったわりには犠牲者は少なかったが、一隊を指揮していた黒木統利の姿は見あたらなかった。

少弐方前備えの松浦党《まつうらとう》・原田《はらだ》・高市《たかいち》の諸兵七千人は闇の中、眠りについていたところを前後より攻撃され大混乱に陥った。諸将の指揮は届かず、同士討ちが始まり三百人以上が倒れ、武明の部隊に蹂躙され本陣に逃げ込み始めた。闇の中、沼地にはまる者も多く、七千の前備え部隊は崩れた。

松崎・山隈方面でも、東西より挟撃されるのを防ぐために、島津《しまづ》高澄《たかずみ》・谷山義高《たにやまよしたか》らの薩摩勢、八代の名和《なわ》、玉名の大野《おおの》、筑後の溝口《みぞくち》・草野《くさの》らの部隊七千人が、大友・秋月《あきづき》らの部隊一万人に夜襲をかけていた。

白々と夜が明ける頃になると、菊池武明部隊は、敗走する敵を追って敵の本陣前備えに迫った。前備えを指揮していた少弐武藤《しょうにたけふじ》が、六千人の部隊を三隊に分けて武明の部隊を包む態勢をとった。

武明は、温存していた主力の騎馬槍部隊三百騎を少弐武藤部隊主力に突入させた。この「並鷹羽《ならびたかのは》」の旗印をした騎馬槍部隊は、阿蘇の原野で訓練に訓練を重ね、戦いは際立っており、敵の主力を難なく粉砕した。

これを少弐本陣で見ていた少弐頼尚の嫡子直資《なおすけ》は、「なんという不甲斐なさか」と大いに怒り、手兵二千人を率いて武明本陣に突撃した。しかし、勝ちに乗っている兵は強く、直資部隊は徐々に崩され退却をよぎなくされた。

焦った直資は、自ら先頭に立ち「ひくな、ひくなあ」と武明本陣に向かった。武明隊先陣の宇都宮《うつのみや》隆房《たかふさ》はこれを好機ととらえて直資を囲み、直資の首級をあげた。

「直資様討ち死に」の報に、少弐方は大いに怒り、朝井胤信《あさいたねのぶ》・筑後頼信《ちくごよりのぶ》らの部隊三千人が武明の部隊の側面を突き、武明隊はついに崩れ武明以下百余騎が壮絶な討ち死にをとげた。

これ以降、三万人を十八隊に分け魚鱗の陣形をとった少弐頼尚本陣を菊池一族を中心とする征西府部隊が攻める壮絶な消耗戦となった。武光は武明隊の壊滅を防ぐために、第二陣の菊池武信《きくちたけのぶ》、赤星武貫《あかぼしたけつら》率いる千五百騎を魚鱗の中央に突入させた。さらに、左翼には新田一族の二千騎を投入した。

第二陣の菊池武信・赤星武貫隊の攻撃も壮絶だった。頼尚の甥少弐頼泰《よりやす》率いる五千騎と渡り合い、少弐軍は少弐頼泰が生け捕られ、饗庭重高《あえばしげたか》・宗宗邦《そうむねくに》らの勇将七百人が討ち死にしたが、菊池方も菊池武信・赤星武貫ら三百人が討ち死にした。

この間、左翼の新田一族二千騎も奮戦し、少弐本陣の魚鱗の陣形は徐々に薄くなりつつあった。

一方、少弐本陣の頼尚は、残り二万の部隊を動かさず時期を待ちながら、側に控えている冬資《ふゆすけ》に言った。

「冬資、菊池の攻撃も鈍り、戦いは互角になった。敵はあと七千騎とみる。我部隊は二万騎、最後は兵力差で決まる。勝利は近い。じっとこの魚鱗の態勢で辛抱せよ」

武光は自らの部隊四千騎は温存していたが、このまま放置すれば兵力差により菊池部隊が押され始めると判断し、懐良に言った。

「大将軍の宮様、敵の構えが大部薄くはなりましたが、『寄懸《よりかかり》の目結《めゆい》』の旗、少弐方二万騎がまだ動きません。このままでは疲れから我が部隊は崩れます。今から私が最後の戦いを致します。宮様、宮様の直属部隊が崩れれば負け戦となります。ここで陣形を崩さずに踏ん張ってください」

さらに、

「頼元様、最後は乱戦となりましょう。くれぐれも大将軍の宮様をお守りください。江田行晴《えだゆきはる》、栗原《くりはら》貞政《さだまさ》、そちたちの働きしだいで勝利が決まる。頼むぞ」

と言い残すと出陣の太鼓を打たせた。

ブオー、ブオーとホラ貝が響き、ドーン、ドン、ドーン、ドンドンと太鼓が打ち鳴らされた。

菊池最精鋭部隊である城武顕《じょうたけあき》率いる「並鷹羽」の旗を掲げた二千騎が中央より突撃し、キリが入るように魚鱗が一つ一つ崩れていった。それでも少弐本陣の「寄懸の目結」の一万の旗は動かなかった。武光率いる二千騎も右翼より突撃した。菊池部隊が明らかに優勢ではあったが、少弐勢は倍する一万騎でよくしのいだ。

これを見ていた懐良は、

「長引くのは得策ではない。江田行晴、栗原貞政二千騎を率いて敵の左翼をつけ」

と命じた。

「金烏《きんう》の御旗《みはた》」と「丸征《まるせい》」の旗が動いた。

江田行晴が叫んだ。

「者ども続けえ」

直属部隊二千騎が左翼をついた。

少弐勢は色めき立った。

「将軍出でたり、将軍出でたり」

ついに少弐本陣の五千騎が動き出した。

この時、五條良氏《ごじょうよしうじ》・良遠《よしとお》兄弟は、杣王《そまおう》ら山民《やまのたみ》六百人を率いて負傷兵を後方へ退却させる任務に就いていた。

この戦況を見ていた良氏は、「大将軍の宮が危ない」と判断した。

「良遠、杣王殿、後を頼む。大将軍の宮の側に参る」

と言うやいなや、千人の部隊が守っている懐良の側に駆けつけた。

江田行晴は、刀を振りかざし、

「ひるむなあ、者どもかかれ、かかれえ」

と叫びながら敵陣に切り込んだ。行晴めがけて無数の矢が飛んできた。兵も殺到した。数本の矢が当たったまま、小半刻《こはんとき》（三十分）戦っていた行晴は、馬から落ち首を取られた。行晴の首を刀にさした少弐の将が叫んだ。

「将軍を討ち取ったり」

この時である。栗原貞政が「金烏の御旗」を掲げていた旗を供に渡して、

「征西大将軍ここにあり、者ども続けえ」と少弐部隊に切り込んだ。

討ち取ったのが影武者だったことに気づいた少弐本陣の頼尚は、慌てなかった。

「いずれにしても将軍はいるに違いない。冬資、二千騎を繰りだしあの部隊を殲滅せよ」

栗原貞政は、千騎に減らされながらも小半刻（三十分）持ちこたえていたが、やがて落馬し討ち死にした。

懐良は、

「これまでである。総勢で打って出る。続け、続けえ」

と崩れかかった直属部隊のところへ駆けつけ乱戦となった。

少弐頼尚もついに動いた。

「今だ！　将軍を包み込め」

一斉に少弐部隊が動き、懐良直属部隊は包囲され、徐々に追い詰められた。懐良は左脇をはじめ、数本の矢をあび、左肩を切りつけられながらもなお戦っていたが、馬が射倒され落馬した。

宇都宮冬綱《うつのみやふゆつな》部隊はこれを好機として懐良の首をあげようと迫った。直属部隊は公家衆まで繰り出して防戦したがおよばず、近臣の北畠信親《きたばたけのぶちか》・日《ひ》野《の》国光《くにみつ》・藤原親弘《ふじわらちかひろ》・葉《は》室惟言《むろこれこと》らが討ち死にし、懐良は進退窮まった。

この時、右翼で戦っていた新田一族千騎が駆けつけ、懐良の危急を救った。新田一族は、包囲されている懐良救出のために、騎馬で戦う余裕がなく馬を下り少弐方と戦い、岩松盛依《いわまつもりより》・田《た》中義通《なかよしみち》・江田《えだ》良宗《よしむね》・堀口三郎《ほりぐちさぶろう》などの多くの将が壮烈に討ち死にした。

親王の側にいた良氏は、頼元・谷山義高らに「大将軍の宮様を後方の杣王殿のところへお移しください」と依頼すると自らは馬に乗り戦闘能力のある七百騎の直属部隊を集め、再び「金烏の御旗」を立てさせ陣を立て直した。

頼尚の本陣近くで戦っていた武光は、新田部隊が懐良直属部隊を救ったと確信し、さらに攻撃を強めた。

少弐頼尚本陣には、二千騎が動かずに時折突撃してくる菊池勢を蹴散らしていた。頼尚のもとには二度懐良の首が届いた。しかしいずれも懐良本人の首ではないと判断した。

再度、「金烏の御旗」を掲げ「丸征」の旗の一団が動き始めた。良氏は、数カ所に矢傷を受けながらも少弐部隊を攻撃した。人数は減っていたが、命を惜しまない鬼神のような攻撃だった。

頼尚は、恐怖から判断を誤った。一旦、花立山《はなたてやま》（小郡市干潟）まで陣を下げ再度長期戦に持ち込むことに決して、部隊を後方へ移動させ始めた。

決定的な判断の誤りであった。本陣が崩れ始めたと誤認した少弐部隊は一斉に退却を始め、同士討ちをするなど大混乱に陥った。菊池武光・武政・城武顕らの征西府部隊は追撃に移り、多大の戦果を挙げた。しかし、征西府部隊にも余力は残っていなかった。日が落ちる頃、武光は全軍に退却の命を下した。

退却の途中で武政と合流した武光は「武政見事な働きであった」と声をかけ山隈原《やまくまはら》を流れる小川で血刀を洗った。この川は、これ以降太刀洗川《たちあらいがわ》と呼ばれ現在もその名で呼ばれている。

武光は諸軍を収めて高良山に帰陣し、数日後菊池に凱旋した。この戦では、両軍合わせて死傷者が二万五千人、そのうち征西府方戦死者は親王の近臣十二人、菊池一族十八人、その他千九百三十余人であり、少弐方死者は四千人近くに及んだといわれており、歴史的な激戦であった。

大原《おおはら》（大保原・小郡野・山隈原等の総称）一帯の戦死者の遺体は、その後多くの僧侶によって火葬・法要が営まれた。遺体や遺品が埋葬されたこの地には、今なお大将塚、千人塚、五万騎塚など戦乱の痕跡を残す地名が残っている。

大宰府征西府の誕生

勝利した戦いではあったが、征西府部隊も大きな痛手を受けた。

重傷の懐良《かねなが》は、傷が重く菊池に帰ることは難しく、頼元《よりもと》・良遠《よしとお》たちの手で八女郷星野《やめのさとほしの》の妙見城《みようけんじよう》まで運ばれ治療された。

武光は、一旦菊池へ凱旋した後、重子《しげこ》と懐良の嫡男良宗《よしむね》を伴って妙見城にきて側についていた。四日を過ぎても意識は戻らなかった。

薬草を飲ませながら薬師《くすし》が、終始側についていた頼元につぶやくように言った。

「大将軍の宮様は、生命力の強いお方です。今日明日を乗り越えられれば大丈夫だと思います」

五日目の朝、懐良は意識を取り戻した。

八月十五日、ようやく話せるようになった懐良が、武光に尋ねた。

「私が倒れた後、戦はどうなったのか。直属部隊は総崩れであったろう」

「良氏《よしうじ》様が残った部隊を率い『金烏《きんう》の御旗《みはた》』を掲げて戦われました。そのために、少弐頼尚《しょうによりひさ》が退却し味方の大勝利となりました」

それを聞いた懐良は黙ってうなずき、また眠った。

良氏は懐良が重傷を負って退却した後、影武者として戦い、深手を負った。肩と胸に受けた矢傷が治らず、二カ月以上たっても微熱が続いていた。十月二十日、良氏は熱を押して、良遠・頼治《よりはる》を連れて八代の館に出かけた。この館は、良氏が「正平御免革《しょうへいごめんがわ》」の取引や打ち合わせに使うために、牧兵庫《まきひょうご》に依頼して作らせたものだった。

「正平御免革」は、懐良と良氏が精魂を傾けて開発させたもので征西府の貴重な財源となっていた。良氏は、御免革の原材料の流れ、生産の様子、販売の仕組みなどを良遠や頼治に伝えようとしていた。また、新しく始めている鎧《よろい》・馬具等に使う革の生産の様子も検分したかったのである。

十月二十一日、牧兵庫は御免革に携わる主立った者を集めて、良氏らを歓迎する小宴を催した。

牧兵庫が穏やかな表情で挨拶した。

「良氏様、皆様方、先頃の少弐との戦の勝利、まことにおめでとうございます。私どもも心より喜んでおります。本日は主立った者を集めております。ゆっくりとご歓談ください」

良氏が応えた。

「兵庫殿、ありがたい。戦に勝てたのも、ひとえにそなたの援助があったからである。心より感謝しておる。本日は良遠とともに嫡男頼治も同行しておる。お見知りおきください」

やがて、酒も酌み交わされて歓談が始まったが、良氏が酒に手をつけることはなかった。

翌日から、御免革の生産現場を見て回る予定だったが、良氏は床より起き上がれなかった。容態がただならぬと感じた良遠は、菊池より良氏の妻範子《のりこ》・娘篤子、自分の妻信子《のぶこ》・娘渚《なぎさ》らを呼びよせた。

良氏の病状の悪化は懐良にも知らされた。懐良の傷はかなり回復してはいたが、八代まで来ることは無理であった。父頼元は、菊池にあって武光とともに戦後処理の追討戦のために諸将に送る令旨《りょうじ》作成に追われ、八代まで来る余裕はなかった。

十月二十八日、家族が見守る中で、良氏が最後の力を振り絞って言った。

「良遠、大将軍の宮様を頼む。父上と宮様は都へ攻め上ることを夢見ておられるが、お諫め申せ。これ以上の戦を致せば民が苦しむだけである。武光様方とともに九州に民が平穏に暮らせる国を作ればよい…… 頼治、母上を頼むぞ。父亡き後は、良遠の部下となって大将軍の宮様をお助けせよ……八女郷《やめのさと》の山民《やまのたみ》を頼れ…… 範子、苦労をかけたばかりで……」

良遠が応えた。

「兄上、わかりました。後のことはお任せください。しかし、私にお願いがございます。私には幼い男子しか嫡男がおりません。頼治を私の養子にもらい受け、渚と添わせたいと思います。願いをお聞き届けくださ い」

良氏は、もはや声は出せなかったが、涙を浮かべて二度ほどうなずき、目を閉じた。二日後、良氏は三十五歳の生涯を終えた。

懐良は、心服していた良氏の他界を知り悲しみにくれていたが、十一月になると傷も回復し菊池に帰ることにした。

十一月二日早朝、懐良は菊池へ出発する前に、星野光能《ほしのみつよし》の案内で重子と良宗を伴って星野郷妙見城の望楼に登った。

「光能、星野里の者にはお世話になった。傷も癒えた。ひとえにそなたたちのお陰である」

「大将軍の宮様、ありがたいお言葉、痛み入ります。宮様との別れ、寂しくなりますが、傷の快癒、喜んでおります。ところで重子様、ここからの眺めは絶景です。また、星野里にお出かけください」

「澄みきった青空に紅葉が映えていますね。この美しい山脈《やまなみ》が大将軍の宮様をお守りしてくれたのかもしれません。光能様、私はこの里が好きになりました。また立ち寄らせてください」

この日、妙見城を後にした懐良一行は、途中、星野里玉水山大円寺《ぎよくすいざんだいえんじ》に立ち寄り星野一族の戦死者を弔った後、菊池へと帰った。

正平十五年（一三六〇）一月、武光は、甥の菊池武安《きくちたけやす》に四千騎を与えて肥前の少弐方残党の掃討に向かわせた。武安は、神埼《かんざき》・仁比山城《にひやまじよう》に拠って、佐賀《さが》・小城《おぎ》・松浦《まつうら》に攻め入り、江上・高木・龍造寺・千葉・松浦等の少弐方諸将を破った。

肥前制圧が順調に進んでいた三月三日、懐良は五條頼元・良遠、栗原貞盛《くりはらさだもり》、江田行光《えだゆきみつ》らとともに、直属部隊五百騎を率いて大原合戦の戦場に向かった。合戦の犠牲者を弔うためであった。

三月四日、懐良は、まず高良玉垂宮《こうらたまだれぐう》に参詣し国家安全、武運長久、民の安穏を祈願した。その後高良山の麓にある千光寺を訪れ、大原合戦で戦死した春日大納言《かすがだいなごん》・同院《どういん》大納言などの公家衆の墓で弔いをした。さらに、自らが陣を構えた千歳川《ちとせがわ》の川中島宮瀬《みやせ》に到着すると、名も無いような小さな社《やしろ》に参拝した。

小春日和《こはるびより》のこの日、社付近は静かであった。何事もなかったように菜の花が咲き乱れていた。社の前で頭《こうべ》を垂れていた懐良の脳裏には、自らの影武者としてこの地で散っていった江田行晴《ゆきはる》・栗原貞政《さだまさ》、自分が負傷した後戦った五條良氏らの顔が次々と現われた。

懐良は、弔いが終わると「この梅が亡くなった者の御霊《みたま》を慰めてくれるであろう」とこの地で息子を亡くしている栗原貞盛・江田行光に声をかけ、ともに紅梅を植えた。この梅は、久留米市宮《みや》ノ陣《じん》神社に今なお「将軍梅《しょうぐんばい》」として残っている。

この日から翌日にかけて、一行はさらに大保原《おおほばる》・福童原《ふくどうばる》などの激戦地をまわり、犠牲者を弔った。

三月五日、懐良は、福童原の大中臣《おおなかとみ》神社に参拝すると頼元に尋ねた。

「私の傷が癒えたのは、神のご加護と皆の者の介抱のお陰である。お礼に藤を植えたいと思うがどう考える」

「大将軍の宮様、それがよろしゅうございます。藤は生命力が強い花でございます。末永く我らの加護とともに犠牲者を弔ってくれるでありましょう」

この日植えられた藤は、六百年を経た今日「将軍藤《しょうぐんふじ》」と名付けられ、福岡県の天然記念物に指定されて人々の心を癒している。

大原合戦の戦場を後に菊池への帰路、八女郷にさしかかると、馬上の懐良が、良遠に声をかけた。

「良遠、急ではあるが菊池以外の根拠地も見ておきたい。矢部里《やべのさと》に行ってくれぬか」

「大将軍の宮様、矢部里は兄良氏が精魂を傾けて田地の開墾をおこなってきたところです。喜んで御案内致します」

良遠は、二日間をかけて大渕里・矢部里を案内した。懐良は、直属部隊の根拠地づくりが順調に進んでいるのを見て満足した。

この年の四月、良遠は、頼元を菊池に残し一族を引き連れて矢部里高屋城《たかやじょう》に入った。

この間にも幕府方との戦いは続いた。

正平十六年（一三六一）七月十日、懐良は、日向遠征から帰ったばかりの菊池武光らの菊池部隊主力五千騎と直属部隊三千騎を率いて菊池を出発し、翌十一日、高良山に陣を張った。

千歳川と大原の戦場を遠望しながら、懐良が言った。

「武光、少弐との戦によく勝てたものだ。そなたは戦の神様だな。今回はいかが見る」

「大将軍の宮様、戦に勝てたのは私の力ではありません。大将軍の宮様の人望でございます。このたびの少弐頼尚《しょうによりひさ》討伐は、我ら菊池部隊だけで十分だと存じます。直属部隊が高良山に陣を構えているだけで敵方への圧力になりましょう」

十二日、武光は「今回の戦は数日間で片付けましょう」と言い残して出陣し、数日の内に少弐頼国《しょうによりくに》の拠る細峰城《ほそみねじょう》（福岡市早良区）、さらに天拝山城《てんぱいざんじょう》（筑紫野市）を陥し、大宰府の少弐氏の館に火を放って頼尚を追い大宰府を占領した。

八月六日、博多に陣を張った武光は、少弐頼国・松浦党の籠る油山城《あぶらやまじょう》（福岡市西区）を陥落させると、姪浜《めいのはま》（福岡市西区）に陣を進めた。

翌七日、少弐冬資《ふゆすけ》を青柳城《あおやぎじょう》（古賀市）より追い落とし、宗像城《むなかたじょう》に軍を進めると、宗像大宮司は軍門に降り、冬資らは東に逃れた。

十六日、懐良は武光とともに長島山に陣すると、宝満山城《ほうまんざんじょう》（太宰府市）に拠る少弐頼尚を城武顕《じょうたけあき》に攻めさせた。

城武顕は、菊池の猛将の一人だが軍略にも優れており、城中の離間を計った。頼尚は、城中の兵をまとめることさえかなわず、城を出て豊後に走り、大友氏時にすがり剃髪して蟄居した。

数日後の八月二十日、懐良は五條頼元・良遠、菊池武光らの征西府首脳を大宰府に集めて諮《はか》った。

「皆の者、今より征西府を大宰府に置くことにする。異存はないか」

「大将軍の宮様、異存はございません」

と頼元が白髪となった頭を下げて答えた。

「大将軍の宮様、もはや九州には、宮様と戦える者はおりません。征西府を大宰府に遷すことは、このことを広く知らしめることになりましょう。大いに結構なことでございます」

と武光が応えて続けた。

「今の仮御所では、狭すぎます。早速菊池より匠たちを呼びましょう」

またこの日、懐良は、

「頼元、筑前三奈木庄《みなぎのしょう》を与える。永年ご苦労であった」

と頼元に報いた。

これ以降、大宰府には、菊池より多くの公家衆が移り住み、直属部隊三千騎も警護のために配置された。

大宰府に征西府を移した後も幕府方との戦いは続いた。この時期、京都では、南朝方が一時京都を奪回するなどしたが、幕府側に反撃され、しだいに衰え、わずかに楠木・和田一族が忠節を守るに過ぎなくなっていた。この状況下、三月に九州探題に任命された斯波氏経《しばうじつね》が、十月には大友氏時を頼り豊後に到着し、再び反征西府方の活動が活発化した。

正平十七年（一三六二）八月、菊池武光は、弟の武義《たけのり》と直属部隊に大宰府を守備させ、自ら豊前・豊後の幕府方の掃討に向かい、九月には豊後府中に陣を構えた。これをみた斯波氏経は、その子松王丸《まつおうまる》を総大将として少弐冬資ら少弐残党・松浦党などを糾合して大宰府の攻撃に向かわせた。九月二十一日、菊池武義は、菊池部隊・直属部隊など五千騎を率いて長者原《ちょうじゃばる》（粕屋市）で松王丸部隊六千騎を迎え撃った。武義部隊は苦戦し、敗色濃厚であったが、豊後より戻った武光部隊が救援し、松王丸の部隊は敗れ豊後に敗走した。

大宰府に征西府を遷して以降、懐良が直接戦に出ることはなくなった。

この年の七月一日、懐良は高良玉垂宮に参詣し「九州統一、民の安穏」を祈願するとともに、頼元に命じて、肥前光浄寺《こうじょうじ》（みやき町西島）を征西府の祈願寺に指定するなど、九州統治の布石をうち始めた。

これ以降も幕府方の抵抗は続いたが、次々に敗れ、正平十八年（一三六三）五月には、斯波氏経は、周防《すおう》に逃れた。またこの年、大友・吉良氏らもすべて征西府に降り、征西府の九州統一がなった。

四　南北朝の死闘

良成親王

正平十九年（一三六四）三月一日、懐良《かねなが》は、大宰府征西府に征西府首脳二十人を集めて永年の戦いを慰労する宴《うたげ》を開いた。

宴は、午刻《うまのこく》（十二時頃）より始められた。

宴に先立ち、

「皆の者、永年ご苦労であった」

と懐良が言うと、その言葉を受けて、五條頼元《ごじょうよりもと》が立った。

「ようやく九州統一がなった。今日はゆっくりと祝おうではないか。宴に先立ち、戦で命を無くされた方々の冥福を祈って黙禱をおこなう。皆々方お立ちください」

静寂が流れた。頼元は、頭を垂れ目を閉じた。頼元の脳裏に、良氏《よしうじ》をはじめとして戦で散っていった者たちの顔が次々に浮かんでは消え、自然と涙が流れた。

やがて、はっと我に返って「お直りください」と号令をかけた。

宴が始まり、懐良が問いかけた。

「今日早朝より、重子《しげこ》・良宗《よしむね》・百合《ゆり》を伴って天満宮に今までのご加護のお礼に参拝した。梅が見事であった。皆の者も梅は見たか」

「私も天満宮には昨日参拝致しました。青空に白梅が映え、なんともいえぬ風情でございました」

と菊池武光が答えて続けた。

「大将軍の宮様、菊池から大宰府に向かう途中、宮《みや》の陣《じん》神社（久留米市）に参拝致しました。宮様が植えられた紅梅も元気に咲き始めておりました」

「あの戦から五年、それにしても厳しい戦いが続いた。今日があるのも武光をはじめ皆の働きのお陰である。改めて感謝する」

宴が進み、頼元が問いかけた。

「大将軍の宮様、住吉の朝廷に、征西府軍東上への期待が高まっています。いかがなさいますか」

「頼元、気持ちはわかっておる。忽那義範《くつなよしのり》が先年身罷り、水軍が弱い。今、伊予《いよ》の河野通直《こうのみちなお》に命じ、水軍の強化を図っているところである」

この日の東上計画の話は、これで終わったが、朝廷の征西府に対する期待は日々強まっていた。

正平二十一年（一三六六）十一月七日、後村上《ごむらかみ》天皇の第六王子良成《りょうせい》親王が九州に下向してきた。これは、征西府軍の東上計画の一環であった。

巳刻《みのこく》（十時頃）、大宰府の懐良の元に早馬が到着した。

「大将軍の宮様、良成親王が博多津《はかたづ》にお着きになりました」

「ご苦労であった。十月十日には住吉を発ったとの知らせが来ていたが、到着が遅れており心配していたところであった。ところで一行はいかほどの人数か」

「宮様を含めて九人でございます」

「そうか、畿内の情勢は厳しいとみえるな。して、送ってきた船は何隻か」

「熊野《くまの》水軍の軍船五隻でございます」

「ただちに博多津に戻り、大宰府へ案内を致せ。出迎えを致そう」

ただちに三百騎と輿《こし》が博多津に向かった。

申刻《さるのこく》（十六時頃）には、三百騎の兵に護衛された良成親王の一行が征西府に到着し、御所に案内された。

接見の間に着座して待っていた懐良は、立ち上がって出迎え、良成の小さな手を握って声をかけた。

「良成の宮、遠路ご苦労であった。座れ。皆の者も座るがよい」

懐良は、自分自身がまず座り、一行を座らせた。

二十歳を超えたばかりと思われる供の一人が、緊張した声で挨拶した。

「征西大将軍の宮様、初めてお目にかかります。良成の宮様の傅《もりやく》、堀川満明《ほりかわみつあき》でございます。御兄君後《ご》村上帝《むらかみのみかど》の命を受け、九州に赴いてまいりました。よろしくお願い致します」

続いて六歳の良成が小さな手をついて礼をした後、はきはきとした声で挨拶した。

「良成でございます。生涯九州にとどまる覚悟でまいりました」

「皆の者ご苦労。本日はゆっくりと過ごすがよい」

「良遠《よしとお》、皆疲れておろう。まずは各々の館に案内致せ。宴と住吉の話はその後だ」

この頃、五條頼元は病に伏し、三奈木庄《みなぎのしょう》で静養していたため、懐良の側には頼顕《よりあき》・良遠が仕えるようになっていた。

良遠は、「皆様方ご案内致します」と声をかけ、御所に隣接して新しく建てられた館に案内した。

堀川満明が良遠に尋ねた。

「新しいりっぱな館ですが、良成の宮様のために建てられたのですか」

「十月十日に住吉を発たれるとの連絡を受けておりましたので、大将軍の宮様が大急ぎで建築を命じられたものです」

「賀名生《あのう》（奈良県五條市）や住吉《すみよし》では到底考えられません。ありがたいことです」

良遠は、良成・公家衆四人・武者四人をそれぞれの部屋に案内した後、満明に言った。

「半刻《はんとき》（一時間）後に夕餉を兼ねた宴を致しますのでお迎えに伺います」

宴は、夕闇が迫る頃より、数百本のろうそくが灯された来賓室で始まった。

良遠が言った。

「一同揃っております。大将軍の宮様、お言葉を賜りたいと存じます」

武将の風格が漂う懐良が、威厳のある声で言った。

「良成の宮をはじめ、皆の者、今回のお務めご苦労である。今宵はゆっくりとくつろいでもらいたい」

良成は、数百本のろうそくと、膳に並べられた鯖寿司《さばずし》、鯛、猪肉・干しタケノコ・椎茸の煮物、松茸《まつたけ》汁などに驚いていた。このような席は初めてであり、住吉では考えられないことだったからである。

懐良は、

「遠慮せずに手をつけよ」

と自ら杯を飲み干し、

「重子、良成の宮に召し上がり方を教えてさしあげよ」と命じた。

数人の女たちが膳の前に座って酒を注いだ。

重子は、良成に対して母親のように説明しながら食を勧めた。

「宮様、これは海で捕れた鯖を酢に浸し、その中にご飯を入れたものでございます。これは、猪の肉を煮たものです。食べると身体が丈夫になります。沢山お召し上がりください」

小半刻《こはんとき》（三十分）が過ぎると懐良が命じた。

「我らから先に名乗ろう。武光《たけみつ》、そちから始めよ」

この年四十七歳になった菊地武光が、立ち上がり、大きくよく通る声で名乗った。

「良成の宮様、初めてお目にかかります。侍大将の菊池武光でございます。今、九州は征西府の旗の下に落ち着いております。ご安心ください」

武光は、立ち上がっただけで荒武者の風貌があふれて他を圧倒する。

良成は、武光の活躍は知っており、満明を見て、うなずきながら武光の言葉を聞いていた。

次々に十五人が名乗ったが、五條頼治《ごじょうよりはる》の時には懐良が口を挟んだ。

「頼治、立っておれ。満明・良成の宮、この者は今年二十四歳になる。武芸にも秀でておる。良成の宮の武芸指導をさせたいと考えておるがいかがかな」

「ご配慮ありがとうございます。よろしくお願い致します」

と満明が答えるとすぐに良成が立ち上がり、

「よろしくご指導ください」と頭を下げた。

良成一行も堀川満明・満義《みつよし》父子、藤井慶行《ふじいよしゆき》、坊門定秀《ぼうもんさだひで》らの公家、橋本親政《はしもとちかまさ》・親幸《ちかゆき》、岳統行《たけむねゆき》・統義《むねよし》兄弟らの武者が次々に名乗った。

それが終わると、満明が、良成に教える意味もあり、懐良に尋ねた。

「大将軍の宮様、私どもの館・ろうそくの数・膳の食事、どれを観ても物が豊富にあるようですが、どこから集まってまいりますか」

「満明、良い問いかけだ。このことは良遠に答えさせよう。良遠、説明せよ」

「武光殿の交易船が、九州各地はもとより朝鮮・明国まで出かけて調達致します。銭は、大将軍の宮様が始められました御免革《ごめんがわ》によって得られたものも使っております」

「物資の豊富なわけがわかりました」

宴の翌日、満明は懐良の元を訪れ、良成の教育方針について相談した。

「大将軍の宮様、良成の宮の教育はいかが致しましょうか」

「満明、そちもすでに考えておろう。先に申してみよ」

「五條頼元様の教育方針は、帝より伺っております。それを見習いたいと存じます」

「具体的にはどうしたいのか」

「大義を理解し、民の心がわかる教養ある武人にお育ちいただきたいと考えております」

「それでよい。一つだけ助言するとしたら、幅広く見聞をさせることも忘れぬようにすることだ」

こうして、良成の教育方針が決まり、二日後には教育が始まった。

教育の日課は、懐良の時と同様巳刻《みのこく》（十時頃）から未刻《ひつじのこく》（十四時頃）までは政《まつりごと》・古典・詩歌・笛などの学問全般の指導、半刻（一時間）の休息後、日暮れまで武術・馬術などの武芸指導であった。学問の指導には、堀川満明など四人の公卿、武術指導には五條頼治・橋本親政らがあたった。

満明は、良成の見聞を広めるために、頼治に依頼して良成を各地に連れ出した。その範囲は、博多・肥前各地・大原の古戦場・高良山・八女郷とかなりの広範囲に及んだ。

良成への指導が続けられていた正平二十二年（一三六七）、五條頼元が筑前三奈木庄で七十八歳の生涯を閉じた。

明の使者

京都では、正平二十二年、冬、将軍足利義詮《あしかがよしあきら》が病死し、十歳の義満《よしみつ》が後を継ぎ混乱の兆しがみえた。

また、南朝の後村上帝は、後醍醐帝の後を継ぎ、吉野、奥吉野の賀名生《あのう》（奈良県五條市）、金剛寺《こんごうじ》（河内）、観心寺《かんしんじ》（大阪府河内長野市）、住吉《すみよし》（大阪市住吉区）に行幸し再起を期していたが崩御し、長慶《ちょうけい》天皇が後を継いだ。

正平二十三年（一三六八）二月、懐良《かねなが》は、京都における幕府の内訌《ないこう》に乗じて、良成《りょうせい》を九州の留守居役として残し、七万人の軍勢を集めて上洛する決断をした。しかし、瀬戸内海の制海権は細川氏・大内氏に握られており、征西府方水軍は海戦に大敗し東上計画は頓挫した。

正平二十四年（一三六九）三月十八日、博多の承天寺《しょうてんじ》において九州の平穏を祈り写経を続ける毎日を過ごしていた懐良の元へ、明よりの使者の到着を知らせる早馬が来た。

この頃中国では、朱元璋《しゅげんしょう》が元を滅ぼし太祖洪武帝《たいそこうぶてい》と名乗り、明を建国していた。洪武帝は、中国沿岸で活動する倭寇《わこう》を抑えるために、懐良を「日本国王 良懐《りょうかい》」とみて倭寇の取締りを要請してきたのであった。

早馬の使いが奏上して、明よりの書状を差し出した。

「明使揚載《ようさい》なる者の一行七人が、明よりの詔書を携えて博多津《はかたづ》に到着致しました」

懐良に同行していた藤原親義《ふじわらちかよし》（大原合戦で戦死した親弘《ちかひろ》の弟）が詔書《しょうしょ》を受け取り懐良に渡した。

詔書には日本国王良懐宛に、

「倭寇が明に侵犯し略奪を続けている。すぐに倭寇を禁止せよ。臣服するならば上表して朝貢せよ。もし海賊行為を続けるならば、明の水軍を出動させて海賊を滅ぼし、直ちに日本を攻撃して国王を縛り上げよう」

と書かれていた。

懐良は、黙ってその詔書を繰り返し読み、親義に渡した。

「親義、読んでみよ。何とみる」

　詔書に目を通した親義が応えた。

「ずいぶんと高圧的な言い分ですが、使者に会われますか」

「無礼な詔書である。会う必要はない」

　この時期、忽那《くつな》・河野・松浦・菊池など瀬戸内・九州の水軍は、朝鮮・中国沿岸で交易や略奪をおこなっていた。これらの水軍は利益の一部を征西府にも納めており、征西府の財源ともなっていた。懐良ら征西府首脳は、九州平定後財源が安定するようになり、中国も治安が回復して正常な交易ができると判断し、倭寇を禁止する方針を持っていた。

　しかし、懐良は、あまりに無礼な詔書に立腹したのであった。懐良の意を受けた藤原親義の命で、明使七人のうち五人が斬られ、揚載《ようさい》・華文華《かぶんか》の二人は三カ月抑留され釈放された。

　またこの年、懐良は、四国で征西府方として活動している河野通直《こうのみちなお》を支援すべく、九歳の良成《りょうせい》を四国に進発させることを決定した。

　十二月十三日、良成は、阿蘇社に参詣して四国進発の無事を祈る祈禱をさせるなど準備を進めた。

　十二月二十日、九歳の良成は、堀川満明《ほりかわみつあき》・橋本親政《はしもとちかまさ》・岳統行《たけむねゆき》、新田一族など五百人の兵を率いて四国に渡った。

　十二月二十六日、征西府方として活動していた阿蘇惟武《あそこれたけ》は、四国遠征の成功を祈願して、阿蘇社衆徒に良成の令旨《りょうじ》を伝え祈禱させた。

建徳元年（一三七〇）三月十二日、明使趙秩《ちょうてつ》ら十人が、日本人の捕虜十五人を送還し、征西府懐良の元を訪れた。

懐良は使者に会うことにした。

「明の太祖洪武帝の詔書をお持ちしました。お受け取りください」

詔書の内容は、前年の内容と大きくは変わらなかった。

これを見た懐良が怒っていった。

「往年蒙古《もうこ》、我らを小国と侮り、趙姓《ちょうせい》なる使者を送り臣服を勧めた。それが拒絶されると水軍数十万で攻めてきた。今、また新しい天子も同じ趙姓の者を送ってきた。この者もまた蒙古の末裔か、者ども直ちに斬れ」

趙秩は、少しも恐れずに毅然として必死に説得にあたった。

「日本国の天子様、話をお聞きください。私は明国の使いです。蒙古は明国が滅ぼした国ですので、私は蒙古とは関係ございません。私は、明の太祖の意を受けておりますが、日本国の考えは明とは違うでしょう。日本国の考え方は、責任をもって太祖にお伝え致します。まずは、日本国の方針を上表してください」

毅然とした態度を見た懐良は、怒りを静めて命じた。

「この者の言い分にも一理ある。数日間、館に留め置け」

翌日、懐良は、征西府首脳を集めて詔書を回覧した後に言った。

「水軍の海賊行為については、いずれ禁止しようと考えていたところである。しかし、今回の明よりの詔書、いかにも無礼である。皆の存念を聞きたい」

武光が答えた。

「大将軍の宮様、この詔書、いかにも無礼ではありますが、宮様を日本国王と認めていることは評価できます。日本国が、明国とは対等の国であることを示す返書を送ってはいかがでしょうか」

良遠《よしとお》も「私も武光殿と同様に考えます」と賛意を表した。

他の一同もうなずきながら賛意を示した。

「皆の存念はわかった。頼顕・良遠、早速返書の作成を」

懐良の返書は、

「一、世界にはいろいろな国がある。我が国は大国明《みん》より遠く離れた小国である。これを攻めるなどとは易の道に反する。
二、明国が我が国に戦いを挑むならば、防備の手段は持っているので迎え撃つ用意がある。屈服はしない。
三、もし我が国が敗れれば、貴国は満足するだろうが、貴国が負ければ恥ずかしいことであろう。重大なことは戦争を避けることである。
四、海賊行為についてはやめさせよう。
五、中国人の捕虜七十余人を送還しよう」

という内容となっていた。

日本と明とは対等な国であることを明確に示した内容で、後に足利義満《あしかがよしみつ》が出した返書と比べると格段に優れた国書となっていた。

懐良は、この返書を僧祖来《そらい》に携えさせ、中国で略奪した捕虜七十余人を率いさせ、趙秩とともに帰国させた。

返書を見た洪武帝は、怒りをあらわにしたが、かつて元が遠征して失敗したこともあるのでついに出兵を取りやめた。

その後、明は幕府の存在を知り、北朝への使者を送ろうとしたが、征西府によって阻止された。この後、征西府から明への使いはたびたび出され、十数年後の元中二年（一三八五）まで続いた。

今川了俊の九州下向

建徳元年（一三七〇）九月二日、幕府は足利家の支流今川貞世《いまがわさだよ》（了俊《りようしゆん》）を九州探題に任命した。今川了俊は、出発に先立ち阿蘇惟村《あそこれむら》をはじめとする九州・中国の幕府方諸将に使いを送り、支援を依頼した。

建徳二年（一三七一）二月十九日、今川了俊は京都を出発し、九州経営の策を練り山陽道を南下した。

今川了俊は、歌人としても名高い。「道行きぶり」という紀行文を書きながらの南下であった。

神まつる今日ぞ吹きける朝東風《あさこち》のたより待ちつる旅の船出は

(朝の東風が届くのを待って船出の準備をしていたが、まさに神功皇后《じんぐうこうごう》をお祭りした今日、追風が吹いたことだ)

という和歌は、この時詠まれている。

また、先遣隊として息子の今川義範《いまがわよしのり》を豊後に派遣した。

七月二日、義範は、大友親世《おおともちかよ》・田原氏能《たはらうじよし》らを率いて豊後に上陸し高崎城に入り、国東《くにさき》に城を構えていた武光の家臣平賀彦次郎《ひらがひこじろう》らを討った。

武光は、嫡子武政《たけまさ》を豊後高崎に送り高崎城を包囲させ、八月六日には自らも高崎城攻撃を開始した。高崎城攻めが続いていた九月二十日、懐良は、信濃にいる兄宗良《むねなが》親王へ和歌二首を送った。再び戦乱の予感を感じた懐良は、どうしようもない心情を兄宗良に訴えたのである。

日にそへて遁れむとのみ思う身にいとどうき世のこと繁き哉

(日々、私はこのつらい世の中を逃れたいと思うにつれ、本当にこの世はせわしいことが次々と出てくるものでございます)

しるやいかによを秋風の吹くからに露もとまらぬわが心かな

(ご存じでもありましょうが、秋風が吹くにつれて、私の心は一時も休まる時がありません)

和歌二首は、十二月には信濃に届き、懐良の哀愁切々たる心境を察した宗良は、早速返歌を届けた。

とにかくに道ある君が御世ならばことしげくとも誰か惑はむ

（志を立てて働いているあなたが、どのようなことがあろうとも迷うことがないように）

草も木もなびくとぞきくこのごろのよを秋風と歎かざらなむ

この二首には、宗良の兄としての同情と「あなたを中心に動いているのだから忙しくても迷うな」
「九州は草も木も靡く全盛時代なのに世の中を秋風などと嘆くな」という激励も込められており、懐良の心をなぐさめた。

十一月十九日、了俊の弟仲秋《なかあき》が、折からの東風を利用して赤間関《あかまがせき》（下関）を出発し、千人の兵を率いて松浦《まつうら》の呼子津《よびこづ》に上陸した。

仲秋は、去る七月、尾道より海路松浦に向かう途中長門《ながと》に滞在した。長門では、大内義弘《おおうちよしひろ》の娘と結婚するなど、大内氏との結びつきを強くしたうえでの九州上陸であった。

十二月十九日になると、今川了俊が、周防《すおう》の大内義弘、安芸《あき》の毛利元春《もうりもとはる》ら中国の諸将を率いて門司《もじ》に上陸し門司赤坂に陣を構えた。

了俊が諸将を前にして言った。

「九州上陸ができたのは、各々方の助力のおかげである。今、豊後には大友親世とともに義範がいる。また、肥前には仲秋が上陸し、松浦党とともに勢力を強めている。三方面より大宰府に向かうことにする。いかがであろうか」

大内義弘が尋ねた。

「異存はございませんが、菊池武光の動きが気になります。今、どこにいるのでしょうか」

「おそらく義範のいる高崎城を攻めていると思われる。しかし、我ら三千人がここに陣を構えたので大宰府に戻るであろう」

「大宰府攻略はいつ頃になりましょうか」

「来年の田植え前には攻略したいと考えておる」

しかし、了俊のこの計画は、思うように事が進まなかった。

翌年正月、武光は武政とともに大宰府に戻り、南朝方諸将に働きかけをした。

今川義範は、阿蘇惟村を誘い了俊の部隊への合流を計ったが、武光の働きかけに応じて、大友親世の兄氏継《うじつぐ》が征西府方として旗挙げをしたため、義範の筑前進出は遅れた。

一進一退の攻防が一年近く続いた。

高良山征西府

文中元年（一三七二）になると、今川了俊《いまがわりょうしゅん》の働きかけに応じて、徐々に幕府方につく諸将が増えだした。

四月八日、了俊は大宰府の北、佐野山《さのやま》に陣を移し、山麓に中国・九州諸将の部隊七千人を展開させた。

征西府首脳が、作戦会議を開いた。

懐良《かねなが》が尋ねた。

「武光《たけみつ》、一気に打ち破れるか」

「大将軍の宮様、兵の数は我らが優《まさ》りますが佐野山を攻めるのは得策ではありません。各地の征西府部隊を蜂起させ、自ら去らせましょう」

「良遠《よしとお》、そちはいかに考える」

「武光様と同様に考えます。しかし、いずれは大宰府の攻防が始まりましょう。女、子供は高良山《こうらさん》まで移動させた方が戦いやすいと考えます」

「そなたたちの考えもっともである。さっそく手配致せ」

程なく、征西府の働きかけにより筑後・豊後・肥前の征西府方諸将が一斉に蜂起した。

これをみた今川仲秋《なかあき》は、肥前の征西府方諸将を破り、筑後本郷《ほんごう》に陣を進めたが、黒木・星野・草野など筑後諸将に遮られ、七月十日には酒見城《さけみじょう》（大川市）に拠った。

七月十五日、征西府に激震が走った。菊池武光が病に伏したのである。二日間、高熱が続いた。薬師《くすし》の見立てでは「過労が原因であり、一カ月ほどの静養が必要である」とのことであった。

武光は、気丈夫に「すぐ治る」と言ってはいたが、病は三日目にも回復しなかった。側についていた懐良が命じた。

「武光、そちを今失うわけにはいかぬ。高良山まで退いて静養せよ」

武光は、供回り百人に守られて高良山に移った。

この後、武光の甥菊池《きくち》武安《たけやす》は、酒見城を攻めたが逆に敗れ、大宰府に退き有智山城《うちやまじょう》に拠った。武安は、退く際に、部下江島貞光《えじまさだみつ》に、五十人の兵、大量の銭と食糧を与えて以後の連絡、案内役としてこの地に留まらせた。

仲秋は、武安を追撃しながら了俊の軍と合流し、八月十日には大宰府の総攻撃が始まった。

今川了俊は「大宰府攻略ができなければ九州平定はない」として、一万五千人の部隊を大宰府周辺の城攻めに投入した。

征西府部隊も必死の防戦に努めたが、十日には天拝山城《てんぱいざんじょう》（筑紫野市）が落城し、有智山城・大宰府征西府は危機に瀕した。

十日夜、懐良は首脳を集めた。

「このままでは有智山城が落ちる。明日総力を挙げて決戦を挑もうと考えるがいかがか」

五條良遠が考えを述べた。

「大将軍の宮様、総力を挙げての決戦は危険でございます。高良山まで一旦退いたうえで再度大宰府に戻りましょう」

菊池武政《たけまさ》も同調した。

「戦には時の勢いがございます。また大宰府は守るのに適していません。我らの軍勢が大きな痛手を受けていない今、高良山まで退いて戦った方が得策だと考えます」

しばらく思案して懐良が命じた。

「両名の思案もっともである。武光の病も回復するであろう。高良山まで退くことにする。今宵のうちに有智山城の武安に使いを送れ」

武政が再び懐良に進言した。

「大将軍の宮様、ご存じのとおり退却戦はむずかしゅうございます。明日夜明けを待って騎馬槍部隊で一旦攻撃をかけ、その間に公家衆・荷駄部隊・徒《かち》部隊を先に退却させてはいかがでしょうか」

「大宰府には騎馬部隊はどれだけ残っているか」

「六千騎は無傷で残っています」

「それだけあれば十分であろう。ただちに準備にかかれ」

翌十一日の巳刻《みのこく》（十時頃）、今川方の有智山城総攻撃が始まった。半刻《はんとき》（一時間）が過ぎたころ、武政は、精鋭の菊池騎馬槍部隊三千騎を出して、城攻めをおこなっている今川軍を攻撃した。今川軍は混乱し、城攻めは鈍った。

一刻（二時間）が過ぎると、菊池騎馬部隊は後退して征西府の直属部隊三千騎が新たに投入された。終日このような攻防が続き、申刻《さるのこく》（十六時頃）を過ぎた頃、武安率いる有智山城の守備部隊が城を出て今川軍の包囲を突破して本隊に合流した。

今川了俊は、有智山城攻略が終わると夕闇が迫ったため、この日の攻撃を中止した。懐良と武政は、「館を守るようにかがり火をたけ」と大宰府征西府が夜襲に備えているように見せかけた。

十二日子刻《ねのこく》（零時頃）、征西府部隊は、月明かりの中を静かに高良山へと退却した。

今川了俊は、夜明けを待って静まりかえっている征西府に総攻撃の命を下した。

半刻後、もぬけの殻となった大宰府を占領した了俊が、今川仲秋・義範《よしのり》、大友親世《おおともちかよ》、大内義弘《おおうちよしひろ》らの諸将を前に言った。

「各々方ご苦労であった。各々方の働きにより大宰府を落とすことができた。了俊、心より感謝申し上げる。九州上陸時、大宰府攻略は、田植え前にはできると考えていたが、二カ月も遅れ、征西府部隊の主力は残っている。さすがに菊池は手強い。今後とも御助勢よろしく頼み申し上げる」

高良山退却後、再びにらみ合いと筑前・筑後での小競り合いが続いた。

菊池武光は、意識はしっかりとしていたが、病は回復しなかった。

十一月十五日、見舞いに訪れている懐良・武政・良遠らを前にして、武光が言った。

「大将軍の宮様、私は長くはもちますまい。三十年以上、ともに夢に向かった人生楽しゅうございました……」

「武光、何を気弱なことを。まだ若い、きっと回復する。皆が守っておる。征西府は続く、心配致すな」

「ありがとうございます。頼元様にお誓いした九州平定はなんとか果たすことができました……　これも大義と宮様のお人柄のお陰です……」

目を真っ赤に腫らした懐良が言った。

「疲れるから話さずともよい……」

武光が気力を振り絞って言った。

「良遠殿、武政、宮様を頼み申し上げる……」

もう言葉は続かず、目を閉じた。

翌十一月十六日、武光は五十三歳の生涯を閉じた。武光の死去は、幕府方に漏れないように公表されず、遺骸は目立たぬように菊池に送られ、正観寺《しょうかんじ》に納められた。

文中二年（一三七三）、征西府は大宰府を回復するために活動を開始し、二月には菊池武政・武安らが肥前本告城《もとおり》（神埼市）の今川軍を攻め、五月には水嶋郷《みずしまのさと》（東背振村）にも出陣して今川了俊・仲秋と会戦したが決定的な勝利を収めることはできなかった。

文中三年（一三七四）になると、今川了俊は肥前綾部城《あやべじょう》（みやき町）を抑え、高良山に向かって軍を進めた。

四月三日、今川軍は、筑後生葉郷《いくはのさと》（うきは市）に進出して征西府軍と戦ったが、星野里《ほしののさと》より山づたいに南下した星野実忠《ほしのさねただ》の攻撃を受け撤退した。

五月四日、今川了俊は、善導寺《ぜんどうじ》（久留米市）に着陣し二万人の部隊で高良山総攻撃を開始した。

征西府方の戦術は、高良山に向かう今川部隊に弓部隊を配置して応戦し、今川方の分散を待って、武政らの騎馬槍部隊が一気に了俊の本陣を突くというものであった。

高良山攻めが三日間続いた五月七日、夜明けを待って武政らの騎馬槍部隊四千騎が、善導寺の了俊本陣を攻めたため、今川方は動揺し敗走した。

懐良・良成・良遠らは、山頂から戦況を眺めていたが、今川軍が敗走するのを見て懐良が言った。

「武政の采配はさすがだ。しばらくは了俊も手出しができないであろう」

武政は高良山に戻ると、柄杓《ひしやく》に水を汲み一気に飲み干し、懐良のところへ報告に行った。

「大将軍の宮様、了俊の軍勢を打ち破りただいま戻りました」

「ご苦労であった。戦いを遠望していた。見事な采配であったな」

この時武政が飲んだといわれる高良山奥の院の水は、その後「勝ち水」と呼ばれるようになり、現在も「勝ち水」として参詣者に愛飲されている。

この月、征西府に思いもかけない事態が起こった。

五月二十六日、征西府部隊の大黒柱である武政が、病に倒れ陣没したのである。三十六歳の壮年であった。

調一統

武政《たけまさ》の没後、征西府の中核部隊菊池一族は、嫡子賀々丸《かがまる》が束ねることになった。

賀々丸は、弱冠十二歳ではあるが、武将にふさわしい剛毅の気風を持ち、菊池一族の行く末をまかされたのであった。

八月三日、賀々丸率いる菊池部隊を中核とする征西府部隊六千騎は、局面打開のために千歳川《ちとせがわ》（現在の筑後川）を渡り、福童原《ふくどうばる》（小郡市）に進出して山内通忠《やまうちみちただ》・毛利元春《もうりもとはる》・深掘時広《ふかぼりときひろ》らと戦った。

征西府部隊優勢に進んでいた戦いは、今川了俊が肥前より来援すると劣勢に陥り、敗れて高良山に撤退した。

九月十三日、懐良は、征西府の主立った者を集めて諮《はか》った。

「皆の者、今後いかに戦うか存念を申せ」

菊池武義《きくちたけのり》が進言した。

「大将軍の宮様、征西府部隊の主力を敵に近い石垣城《いしがきじょう》まで移動し敵を退けましょう」

日頃、戦については意見を控えている良遠《よしとお》が言った。

「石垣城に主力を移動させることに同意致します。それに、石垣城は星野里《ほしののさと》妙見城《みょうけんじょう》にも近うございます」

懐良が尋ねた。

「良遠、星野里に近いというのはどういう意味か」

「大将軍の宮様、今川方の総攻撃は熾烈になりましょう。そして宮様の命を狙うに違いありません。宮様さえ健在であれば、再起は可能です」

「良遠の存念はわかった。念のため尋ねておくが、星野実忠《ほしのさねただ》、石垣城から星野里への移動は可能か」

「大部隊の移動は困難ですが、数百人程度であれば山間の小道を移動可能です」

十二歳ながらすでに勇将の片鱗を見せ始めている菊池賀々丸が言った。

「大将軍の宮様、敵の様子では近々総攻撃が始まりましょう。もはや高良山征西府を守りながら戦い続けることは無理だと存じます。大将軍の宮様以外の公家・女官衆などは、目立たぬように菊池に退いてください」

「承知した。我ら六千人に対して幕府方軍勢は二万人を超えているが、石垣城に拠れば相当な打撃を与えることができる。しかし退き方がむずかしい。木屋行実《きやゆきざね》、そちは歴戦の勇士である。存念を申せ」

「打撃を与えた後、退却することが上策だと存じます。主力を温存したまま菊池まで退くことができれば体勢を立て直すことは可能です。我ら調一統《しらべいっとう》のうち四百人の兵を今すぐに八女郷《やめのさと》へお帰しください」

「行実、四百人で帰っていかにする」

「菊池の直属騎馬槍部隊四千騎は、囲みを破って平地を西に駆け肥後へ南下することは可能です。徒《かち》部隊は、高良山南側裏手より藤山《ふじやま》を経て、八女郷に向かってもらいます。我ら調一統は、河崎祐実《かわさきすけざね》の拠る犬尾城に兵をまとめ、追撃してくる今川部隊を側面から攻撃致します」

「行実、よくわかった。早速準備を致せ」

「大将軍の宮様、私はここに残り、河崎祐実殿と黒木統実《くろぎむねざね》殿を先発させます」

この日、調一統四百人の兵と公家・女官衆、徒部隊は、高良山南側山麓より密かに去った。

九月十五日、今川軍の高良山総攻撃が始まった。征西府部隊は、高良山の天険の要塞を利用してよく防戦し二日間が経過した。

九月十六日、日が沈み、戦いが終わると、懐良が諸将を集めて命じた。

「もはや高良山を支えることは不可能である。明朝辰刻《たつのこく》（八時頃）、騎馬槍部隊四千騎は、賀々丸・

良成《りょうせい》の宮を中心に総攻撃をかけ敵を突破し、高良山西方の藤山より八女郷に向かえ。八女郷には、調一統が陣を敷いているが合流せずに菊池まで駆けよ」

賀々丸が尋ねた。

「大将軍の宮様はどうされますか」

「星野実忠《ほしのさねただ》の拠る星野里妙見城《みょうけんじょう》に入り、調一統とともに八女郷に残って戦いを続けることにする。良遠・頼治も同行することにする」

「菊池での采配はどうされますか」

「使いは繁く出すつもりであるが、何事も良成の宮・堀川満明《ほりかわみつあき》の命に従え」

十七日、征西府部隊四千騎は敵に総攻撃をかけた後、敵陣を突破し菊池に退却した。

今川了俊は、高良山を落とした後、調一統の守る八女郷平定にかかった。

十月十一日辰刻、先発した今川義範率いる三千人の兵が、河崎祐実の拠る犬尾城《いぬおじょう》を攻め始めた。河崎祐実は、自らの率いる三百人の兵と杣王《そまおう》の派遣した山民《やまのたみ》の弓部隊二百人を率いて城を守っていた。

河崎祐実は、大きな石・木材を山城の中腹に置き、今川軍がススキをかき分けながら山城を登り始めるのを待った。

今川軍が山を登り始めると「落とせ！」と祐実が叫んだ。

ゴロゴロ、ガラガラと大石・木材が転がり始めた。驚いた今川方の兵たちは、逃げようとしたが間に合わず転げ落ちる大石・木材の下敷きとなって十数名が命を落とし、百人ほどが負傷した。

今川義範は、一旦兵を退き、一刻《ひととき》（二時間）後、再度総攻撃をかけた。

これに対して祐実は、山民弓部隊を山の中腹に展開させ、城に登ってくる兵に間断なく矢を浴びせた。

山民弓部隊の弓の扱いは際立っている。「思いきり引きつけて矢を放て」と命じてあったことが功を奏して、数百人が矢に倒れた。

それでも数に優る今川軍は、徐々に弓部隊を山頂近くまで追い上げた。

河崎祐実は「弓部隊ひけえ」と命じ、河崎部隊三百人と交替させ攻撃を防がせた。そして、弓部隊を集め、「ご苦労であった。すぐに黒木里《くろぎのさと》に退け」と命じ、山の尾根沿いに北川内平《きたがわうちだいら》より黒木里に退却させた。

残りの河崎部隊はよく戦っていたが、未刻《ひつじのこく》（十四時頃）になると、犬尾城の崖まで追い詰められた。

ドーン、ドン、ドン、ドンと太鼓が打ち鳴らされた。河崎の兵たちは、一斉に尾根沿いに撤退した。

河崎祐実が、手筈《てはず》どおりに北川内平で兵を集めてみると負傷している兵は多かったが、二十人がいないだけで大多数の兵が残っていた。

十月十五日、今川了俊は、二万の大軍を率いて八女郷黒木里に入り、調一統の掃討にかかった。

調一統の指揮を執る木屋行実《きやゆきざね》は、五條良遠配下の援兵を受けて、高城《たかじょう》（黒木町四条野）に二百人、猫尾城《ねおじょう》に六百人、高牟礼城《たかむれじょう》（黒木町椿原）に四百人を配置して大軍を迎え撃った。

「城に登ってくる敵に打撃を与えるだけでよい。山頂まで敵が迫ったら山沿いに退却せよ。命を惜しめ」

と行実は命じ、天険により味方の損害を最低限にしようという作戦を立てた。

戦いは、大軍に抗することができずに、十七日に高城、十一月十六日猫尾城が陥落し、十七日には高牟礼城も落ちた。

一カ月間に及んだ戦いは、弓部隊が活躍し、犬尾城攻防戦と同様の結果となった。今川方戦死者は百人、負傷者は五百人にも及んだ。これに対して、調一統は戦死者三十人、負傷者は五十人にも満たなかった。

今川了俊は黒木里を平定すると、猫尾城に七百人の守備部隊を残して自らは、肥後に近い谷川城《たにかわじょう》（八女市立花町）に陣を構えた。

十一月二十七日、今川義範が了俊に尋ねた。

「兄上、菊池攻めにはいつ向かわれますか」

「早く腰を上げたいところであるが、気に掛かることが二つある。ひとつは征西将軍の動きがつかめないことである。星野里妙見城に拠っているとの報もあるが明確でないことだ。今ひとつは、調一統の動きである。猫尾城からの知らせでは再三にわたり攻撃を仕掛けているらしい。見極めないと背後を突かれる恐れがある」

こうして、今川了俊の谷川城滞陣は年を越えた。

五　後征西将軍

後征西将軍の誕生

文中四年（一三七五）三月二十七日、今川了俊《いまがわりようしゅん》は谷川の陣を引き払い、小栗峠《おぐりとうげ》を越えて肥後に入り、四月八日には日岡《ひのおか》（山鹿市）に陣を進めた。

これを知った征西府部隊は、菊池賀々丸《きくちかがまる》を総大将として木野川《きのかわ》と迫間川《はざまがわ》の合流地域水島《みずしま》にある台《うてな》城《じよう》（水島城・菊池市七城町）に拠った。

両軍のにらみ合いが続いていた五月七日、菊池に戻った懐良《かねなが》は阿蘇社に参詣し、征西府の武運長久と阿蘇氏の合力を祈願した。阿蘇家の帰趨が、両軍の命運を握っていたための行動であった。

当時の阿蘇家は、兄惟村《これむら》が幕府方として阿蘇南郷谷《なんごうだに》で、弟惟武《これたけ》は征西府方として甲佐《こうさ》で活動していた。

五月十日、菊池に帰った懐良は、戦がすぐには始まらないのを見極めると、御所に良成《りようせい》・賀々丸・良遠《よしとお》らの主立った者を集めて決定を下した。

「皆の者、征西将軍の職を良成の宮に譲ることにする」

堀川満明《ほりかわみつあき》が驚いて言った。

「大将軍の宮様、今は大切な時期です。良成の宮はまだ若こうございます」

事前に相談を受けていた良遠が言った。

「満明殿、大将軍の宮様はよくよく思案のうえでの決定でございます。なにとぞご理解くださ い」

「そうは申されましても、大将軍の宮様は征西府の大黒柱でございます」

懐良が諭すように言った。

「満明、武光も武政も去った。菊池一族は十三歳の賀々丸が後を継いで奮闘している。今だから譲るのだ。良成の宮も十五歳、四国遠征などで苦労も重ねておる。十分な働きをするであろう」

良成が言った。

「大将軍の宮様、よくわかりました。一つだけお尋ねしたいことがございます。宮様の嫡男良宗《よしむね》の宮様はいかがなされますか」

「心配せずとも良い。重子《しげこ》とも諮《はか》り、菊池一族として育てている。良成の宮、今後は征西将軍として行動せよ。賀々丸、新しい征西将軍のもとで戦ってくれ。後を頼むぞ」

こうして懐良は、征西将軍職を良成に譲り、良成は、後世「後征西将軍の宮《ごせいせいしょうぐんのみや》」と呼ばれるようになった。

七月十二日、今川了俊は、四万人の部隊を率いて菊池賀々丸の拠る台《うてな》城《じょう》攻撃に向かったが、水島《みずしま》原《はら》で迎え撃った征西府部隊に撃退された。

一挙に菊池隈部城《くまべじょう》を抜くことを考えた了俊は、さらに軍勢を増やすために島津《しまづ》氏久《うじひさ》、大友親世《おおともちかよ》、少《しょう》弐《に》冬資《ふゆすけ》の三守護に来援の書状を送った。

八月十一日、島津氏久と大友親世は着陣したが、少弐冬資は応じようとはしなかった。

八月十二日、了俊が島津氏久に依頼した。

「島津殿、宮方は手強い。このたびはなんとしてでも菊池と征西府を倒したい。今一度、少弐冬資殿に助勢をお願いしていただけないだろうか」

島津氏久は、しばらく考えていたが意を決して言った。

「幕府方が敗れるわけにはいくまい。少弐冬資殿に使いを送ろう」

八月二十六日、今川の陣に異変が起こった。

この日、了俊は、ようやく着陣した少弐冬資を自らの陣内に招いて饗応したが、宴たけなわになった頃、仲秋に命じて冬資を刺し殺してしまったのである。了俊はこの後、この行動に大きな代償を払うことになった。

了俊は、島津氏久の陣に使者を送り自らの陣内におよび、氏久と面談して弁明した。

「身どもの九州探題としての経営がうまくいかないのは、少弐冬資が征西府と通じていたからであった。よって、処断した」弁明はさらに延々と続いた。

氏久は、一言も発せずに聞いていたが、聞き終わると「承った」との言葉を残して席を立ち薩摩《さつま》に帰国してしまった。

八月二十九日、筑後では五條頼治《ごじょうよりはる》と黒木・星野・河崎などの調一統《しらべいっとう》が再び行動を開始した。

飛報を受けた了俊は、宇都宮親景《うつのみやちかかげ》などの三将を派遣したが、逆に敗れ三将とも討ち死にしてしまった。この敗戦と滞陣が長引いたことによる士気の低下を恐れた了俊は、九月六日夜より兵を動かしは

良成親王

じめ、台城《うてなじょう》に肉薄した。

八日になると、先鋒の二千騎が川を渡り、城へ通じる崖を登り始めた。

賀々丸が、「金烏《きんう》の御旗《みはた》」を掲げて台城に陣している良成に言った。

「征西将軍の宮様、今から打って出ます。宮様の部隊は、城に陣しておいてください」

征西府部隊は、よじ登ってくる兵を観ながら矢一筋放たずにじっと待った。

思いきり敵を引きつけ、賀々丸が軍扇を振り「放て」と叫んだ。

太鼓が打ち鳴らされ、一斉に矢が放たれた。崖を登る兵の三百人ほどが死傷した。矢の雨を降らせた後、菊池《きくち》武義《たけのり》率いる二千騎が城を打って出た。今川方の兵はたちまち崩れ、迫間川・木野川に追い落とされ、今川軍本隊に逃げ込んだ。

了俊・仲秋は、陣形を立て直し督戦したが、菊池部隊の攻撃は鈍らなかった。

これを遠望していた賀々丸は、温存していた二千騎を率いて城を出て、崖を駆け下り敵の本陣を突いた。了俊本陣は陣形を崩した。

さらに良成が「金烏の御旗」を掲げた五條良遠・橋本親政《はしもとちかまさ》・岳統行《たけむねゆき》らの直属部隊を繰りだしたため、了俊軍は完全に崩れ、千五百人の死傷者を出して山鹿、玉名へと敗走した。

さらに征西府部隊が猛烈な追撃戦を繰り広げたため、今川軍は大津山関（南関町）より筑後を経て肥前へと退却した。この敗戦により了俊の五年に及ぶ九州平定の戦略は頓挫し、征西府は勢力を盛り返した。

千布・蜷打の敗北

水島での了俊《りようしゆん》の敗北に幕府は震駭《しんがい》し、ただちに長州の大内弘世《おおうちひろよ》に了俊救援を命じるなどの対策を講じた。しかし九州では、少弐・島津をはじめ征西府方として活動する諸将が再び増えはじめ了俊は次第に孤立した。

天授二年（一三七六）正月三日午刻《うまのこく》（十二時頃）より、菊池の征西府では年始の宴が催された。良成《りようせい》が労《ねぎら》いの言葉をかけた。

「皆の者、昨年度の戦いご苦労であった。正月である、今日はゆっくりと歓談致せ」

堀川満明《ほりかわみつあき》が言った。

「賀々丸《かがまる》殿、宴を始める言葉をお願い致します」

「征西府のさらなる興隆と我らの武運長久を願って、始めよう」

宴が始まり半刻《はんとき》（一時間）が過ぎた頃、良成が立って今後の方針について述べた。

「皆の者、了俊攻めは来年と決定した。今年はその準備にあたってほしい。明年は、賀々丸も元服致す」

賀々丸が応えた。

「戦続きで兵の訓練が不足している。今年は兵の訓練に励もうではないか」

しかし、戦局はそうは動かなかった。

中国の大内義弘《おおうちよしひろ》が豊前に上陸、豊後の大友の動きも激しくなった。

菊池一族を中心とする征西府部隊八千騎は、今川・大内・大友軍が合流するのを防ぐために、田植えあけを待って肥前に侵入し肥前国府を占領した。

了俊は、衝突を避けて脊振山《せふりさん》を背にした白虎山城《びゃっこやま》（みやき町）に陣を後退させ、大内・大友軍の到着を待った。

対峙すること数カ月に及んだ後、明けて天授三年（一三七七）一月十三日、合流した今川・大内・大友の軍勢三万騎と征西府部隊が千布《ちふ》・蜷打《になうち》（佐賀市金立町）にて激突した。

征西府部隊は、序盤こそ互角の戦いをしていたが、戦が数日間に及ぶと数において優る今川方が優勢となり大敗し、菊池武義《たけのり》・武安《たけやす》、阿蘇惟武《あそこれたけ》らの諸将が討ち死にした。

良成・賀々丸は、残った兵をかろうじてまとめ筑後まで撤退し、高良山に後ろ備えとして残っていた懐良《かねなが》・良遠《よしとお》らの千騎と合流した。

「懐良の宮様、面目ございません。大敗致しました」

「これだけの負け戦であれば、今川方の軍勢は数倍に及んだであろう。幸い、良成と賀々丸は無事である。再起を図ればよい」

「今後のことですが、私は賀々丸と菊池に帰り体勢を整えたいと存じます。懐良の宮様も陣を引き払い御同行ください」

「私は、勝手ながら今回は菊池には同行しない。良遠の拠る矢部里高屋城《やべのさとたかやじょう》に入り、調一統《しらべいっとう》とともに今川勢を牽制したい」

「賀々丸、懐良の宮のお考えいかに思うか」

「熟慮のうえでの御結論だと存じますので、同意致します。なお矢部里は菊池とも通じており連絡は取りやすいでしょう」

良遠が言った。

「頼治《よりはる》、そちはこれまで同様、征西将軍の宮様のお供を致せ」

「承知致しました」

懐良は、良成・賀々丸らが菊池に帰った後も高良山に止まり、二月には高良玉垂宮《こうらたまだれぐう》に「民の安穏・征西府安泰」の祈願をし、筑後諸将との連絡をとったりしていたが、三月一日には、黒木里猫尾城《くろぎのさとねこおじよう》に一泊し、矢部里に向かった。

翌二日、懐良一行は、同行していた栗原忠光《くりはらただみつ》・秀久《ひでひさ》の大渕里《おおぶちのさと》にある大渕城《おおぶちじよう》で休息した。

懐良が、栗原忠光に声をかけた。

「忠光永年ご苦労であったな。ずいぶんと田地の開墾が進んだようだな。ここに住むようになって何年になるか」

「良氏《よしうじ》様が、我らに大渕里に故郷をつくるように命じられたのが針摺原《はりすりばる》の合戦の後でしたから二十年以上になります。懐良の宮様、良遠様にお願いしたいことがございます」

「何事だ」

「私どもは、この大渕里を故郷と思っております。私は、大渕幸時《おおぶちゆきとき》様の娘を娶ってもおります。私にこの地に代々続く大渕《おおぶち》姓を、弟秀久に月足《つきあし》姓を名乗らせていただけないでしょうか」

「亡き良氏も願っておろう。大渕・月足を名乗ることを許す」

半刻（一時間）後、大渕里を出発した一行は、残雪が残る山道を進み、秀久が築いた月足城《つきあしじょう》に立ち寄った後、申刻《さるのこく》（十六時頃）には矢部里高屋城に入った。

「良遠、山脈《やまなみ》の中にこのような城を築くとはたいしたものだ。相当な人手が必要であったろう」

「宮様、この城は、兄良氏が杣王《そまおう》殿に頼み築いたものでございます。矢部里そのものが天険、ここは絶対安全でございます。宮様が住まわれる館は城の麓に建てさせております」

懐良は、菊池にいた重子《しげこ》・娘百合《ゆり》を矢部の里に呼びよせ、一カ月ほど平穏な日々を過ごした。

四月十二日、懐良のもとへ、高良山に残していた物見よりの使いが来た。

「今川了俊が一万余の兵を率いて善導寺《ぜんどうじ》（久留米市）に着陣致しました」

「ご苦労であった。了俊は、八女郷より菊池に向かうつもりであろう。良遠、このことを四国の河野《こうの》通直《みちなお》に知らせよ」

翌日、良遠は三人の部下に「了俊善導寺着陣、菊池に応援を依頼する」との書状をもたせ、四国の河野通直のもとへ出発させた。

そして懐良は、江田行重《えだゆきしげ》・杣次《そまつぐ》ら二十人を伴い、矢部里より山道を越え星野里に向かった。険しい山道ではあったが、山道沿いの樹木が切られ整備されており、人の往来が盛んであることを示していた。

一行は、星野里に着くと、大原《おおはら》合戦で命を落とした星野忠実《ほしのただざね》・鎮種《しげたね》・実世《さねよ》らをはじめとする星野一族が祀られている大円寺《だいえんじ》を訪れ、戦の犠牲者を弔った。

弔いが終わると、迎えに来ていた星野実忠《ほしのさねただ》が言った。

「宮様、ご息災でなによりです。今から妙見城《みょうけんじょう》にご案内致します」

「ご苦労である。妙見城を訪れたのは、大原の戦の時だから十八年前になる。私を救ってくれた城でもある。実に懐かしい」

城に入り、星野実忠が、足を洗い汗を拭くための湯を準備させながら尋ねた。

「宮様、夕餉《ゆうげ》の支度ができておりますが、話は夕餉の前になされますか」

「実忠、相談があるとよくわかったな。夕餉の前にしよう」

城の一室に案内されると、すぐに懐良が言った。

「実忠、すでに承知していようが、良成の宮・菊池賀々丸らは菊池に退いた。金国城《かなくにじょう》（田川市）を守備している菊池一族を菊池に帰さねばならぬ。金国城に星野一族が入ってくれぬか」

「ありがたい仰せでございます。しかし、五條良遠様の一統もおられると存じますが」

「行重、そのあたりの事情について説明致せ」

同席していた江田行重が説明した。

「五條の兵は、戦のおりには多く見えますが半数は山民《やまのたみ》の荷駄部隊です。我ら江田・栗原一族などの戦闘部隊は千騎ほどしかいません。矢部・大渕里の城を守るので手一杯です」

懐良は、星野金山もあり財政的にも豊かな星野一族に豊前方面の守りを託したのである。懐良の命を受けた星野一族は、五月になると金国城を守ることになった。

四月十五日、今川了俊は、菊池攻めに先立ち八女郷の懐良を討とうと軍を進めたが、山が険しく戦が長引くのを避け主力を肥後に進入させた。

五月十日、今川義範は、先鋒として肥後志々木原《ししきはら》（山鹿市）に進入したが、元服したばかりの菊池《きくち》武朝《たけとも》（賀々丸）らに撃退された。

征西府部隊は、大津山関《おおつやまぜき》付近に陣を構え、今川方主力との戦いに備えた。

八月十二日、征西府部隊は、白木原《しらきはら》（玉名市）で今川仲秋《いまがわなかあき》・大内義弘《おおうちよしひろ》・毛利元春《もうりもとはる》らの部隊と激突したが敗れ、菊池に退却した。

八月二十五日、今川仲秋は、二万余の兵を率いて菊池の南合志原《ごうしはら》に迫った。これに対して菊池武朝率いる征西府部隊は、五千騎の騎馬槍部隊を投入し激戦の末に仲秋部隊を破り、隈本《くまもと》へ敗走させた。

彼岸花

菊池につかの間の平穏が訪れた。

九月二十三日、良成《りょうせい》は、堀川満明《ほりかわみつあき》の勧めで側近五人と連歌の会を催した。

良成は、連歌をこよなく愛した。しかし、戦続きで連歌の会を催す機会はなく、菊池に来て初めての会であった。

半刻《はんとき》（一時間）後、武朝《たけとも》が、姉政子《まさこ》と数名の侍女を伴って御所を訪れた。

「征西将軍の宮様、連歌の会を催されているとお聞きしましたので、姉政子とともに菓子・葛湯《くずゆ》などをお持ちしました」

「それはありがたい。皆の者、しばし休もう」

政子と侍女たちが、菓子と葛湯をそれぞれの席へ運んだ。

良成の席に運んだ政子が言った。

「征西将軍の宮様、粗末な物ですが、お召し上がりください」

「政子、気遣いありがたく存ずる。ところで政子、連歌はわかるか」

「はい、少しはわかります。幼少の頃、五條渚《ごじょうなぎさ》様より教わりました」

「そうであればそちたちも参加せよ」

こうして連歌の会が続けられ、それぞれが和歌を創り披露した。良成が政子をうながした。

「政子、遠慮せずとも良い。そちも披露せよ」

　宮さまのつどいを祝う彼岸花《ひがんばな》たはたの畔《あぜ》を朱くいろどる
と政子が披露した。

「彼岸花が咲いているのか。見たいものだ」

「今が見頃でございます。明日にでもご案内致しましょう」

翌日の未刻《ひつじのこく》（十四時頃）より、良成は、政子に案内されて菊池川沿いに広がる水田の畔の彼岸花を見に出かけた。

菊池川沿いには、階段状に水田が開かれていた。それぞれの田の畔には点々と朱い彼岸花が咲き誇っていた。

良成が政子に尋ねた。

「黄金色《こがねいろ》の稲穂が朱い彼岸花を引き立たせている。見事だな。ところで、なぜ畔に多いのか」

「彼岸花は、水田を拓いた折に畔に植えたものだそうです」

「なぜ植えたのか」

「この花は美しいのですけれど、毒をもっています。彼岸花を植えるとモグラが畔を壊さないそうです。モグラはミミズを餌にしますので、彼岸花があるとミミズは住みません。それで畔が守られるそうです」

「政子はくわしいな」

このような会話をしながら一里《いちり》（四キロ）ほど上流に歩いたところで、政子が言った。

「征西将軍の宮様、一刻《ひととき》（二時間）は過ぎております。夕餉《ゆうげ》の時間にもなりますので御所にお戻りくださいませ」

この年十七歳になった良成は、二人で歩くなどの経験がなく楽しかった。

「もう戻るのか。この川の源まで行きたいものだ」

「川の源、菊池水源《きくちすいげん》までは三里（十二キロ）近くあります。馬か輿でなければ無理でございます」

「今日はあきらめるとしよう。菊池水源にも案内してくれ」

「水源には阿蘇からの水が大量に湧き出しています。紅葉のきれいな十一月にご案内致しましょう」

御所に戻ると良成が、満明に命じた。

「夕餉は、武朝と政子を呼んでともに食したい。手配を致せ」

「そのつもりで手配致しております」

ほどなく、満明も含めて四人での夕餉が始まった。

武朝が、杯の酒を飲み干して尋ねた。

「征西将軍の宮様、彼岸花はいかがでしたか」

「稲穂と調和して朱い花が映えていた。また稲穂の実りも見事であった。田の畔に彼岸花が多い理由も政子より学んだ」

満明が尋ねた。

「田の畔に彼岸花が多いというのは、存じませんでした。政子様、私にも教えてください」

政子は再び彼岸花が植えられている理由を説明した。

夕餉はなごやかに終わった。

この日以降、良成は時折、政子と連歌を楽しむようになった。

十一月三日巳刻《みのこく》（十時頃）、政子が、良成を菊池水源に案内するために二十人の部下とともに馬に乗って御所を訪れた。

馬にまたがった良成が驚いたように言った。

「政子は、馬にも乗れるのか」

「父武政《たけまさ》が、菊池の女は馬には乗れるようにならねばならぬと、教えてくれました」

良成一行は、澄みきった秋晴れの中を馬でゆっくりと菊池水源に向かった。

半刻が経過し、菊池水源にさしかかると政子が言った。

「征西将軍の宮様、菊池水源の紅葉が見えて参りました。今年は、例年以上に冷え込んでおりますので紅葉の色づきが良いようです」

「紅葉が秋の日差しに映えている。絵を見るような景色である」

一行は、菊池水源に到着すると、馬を下り、谷川沿いの山道をさらに登った。

良成が言った。

「政子、この谷沿いの紅葉も絶景であるが、この谷川の流れも見事である。秋の雨が少ない時期にもかかわらず水が多い」

「谷川の水は、阿蘇の山から湧き出してくる水ですので一年中豊富な水量があります。菊池の田畑もこれによって潤っております」

「なるほど、この水が菊池の豊かさを支えているのだな」

「征西将軍の宮様、午刻《うまのこく》（十二時頃）も過ぎたと思われます。休息致しましょう」

一行は、山道が開けたところを選んで休息を取った。

「征西将軍の宮様、おにぎりと栗をお持ち致しております。召し上がられますか」

「頂戴しよう。ところで、谷川の水は飲めるのか」

「民たちも好んで飲んでおりますので大丈夫です」

政子は谷川の水を汲んでくるように部下に命じた。

部下が二本の竹筒に水を汲んできた。

良成が、にぎりめしを一口食し、水を飲んでいった。

「誠にうまい。今日は良き日であった。戦のことなど忘れてしまいそうだ」

一行は、休息後、登ってきた山道を下り帰路についた。

良成は、菊池が近くなると、政子の側に馬を寄せて言った。

「政子、今宵《こよい》の夕餉は二人で食しよう。酉刻《とりのこく》（十八時頃）前に御所まで足を運べ」

政子は、いつしか良成に恋するようになっており、良成が自分に好意を寄せていることも察していたので嬉しかった。

政子は、良成の目を見てうなずきながら「はい」と応えた。

良成は、御所に着くと、堀川満明を呼んだ。

「満明、私は政子を娶ろうと思う。いかがか」

「私も菊池武朝様もそれを望んでおりました。結構なことと存じます」

「今宵の夕餉は、政子と二人で食したい。酉刻までに手配致せ」

一刻後《ひととき》、良成が夕餉の部屋に入ると、政子は二つ並べられた膳の横に座って待っていた。

「政子、来ていたか。急な申しつけで驚いたであろう」

「はい驚きましたが、嬉しゅうございました」

二人は、膳の前に座り、夕餉となった。良成は、

「さあ、食するとしよう」

と膳に箸はつけたものの、言葉が続かない。政子も十七歳にはなっていたが、初めてのことである。

「いただきます」と言ったきり、どう話したらよいかわからない。

沈黙が流れたのち、良成が決心したように「酒を注いでくれ」と言った。

酒は人を饒舌《じょうぜつ》にする。杯を干しあげた良成が、「今日は最高に楽しい日であった。政子のお陰である」と話し始めた。

政子も徐々に言葉を返すようになり、夕餉は仲睦まじく進み、この夜政子は家に戻らなかった。

詫磨原の戦い

天授四年（一三七八）三月二十日、菊池《きくち》御所へ星野実忠《ほしのさねただ》の部下二人が早馬で到着した。

「征西将軍の宮様、今川了俊《いまがわりょうしゅん》が大軍を率いて善導寺《ぜんどうじ》（久留米市）に布陣致しました」

「知らせご苦労である。いかほどの兵と見たか」

「一万人ほどの軍勢でございます」

この報を受けた良成《りょうせい》は、主立った者を集めて対策を立てることにした。

「皆の者、了俊が一万人の軍勢を率いて善導寺に布陣した。我らはいかに戦ったらよいか存念を申せ」

堀川満明《ほりかわみつあき》が尋ねた。

「合志原《ごうしはら》で我らが打ち破った今川仲秋《なかあき》の動きが気になりますが、今どう動いておりますか」

「武朝《たけとも》の報告では玉名付近に陣を構えて動かずにいるようだ」

菊池武朝が言った。

「征西将軍の宮様、了俊を直接討たないことにはどうにもなりません。水島《みずしま》の戦いの時のように守りを固めて了俊と仲秋が合流するのを待ちましょう」

良成が尋ねた。

「ところで頼治《よりはる》、了俊はこのまま南下するだろうか」

「征西将軍の宮様、了俊は無謀な戦は致しません。一万人の軍勢で南下するとは思えません。今回は筑後の征西府方諸将の動きを見るための出陣でしょう」

「よしわかった。しばらく静観しよう」

五條頼治の予想どおり、了俊は一旦、白虎山城《びゃつこやまじょう》（みやき町）に戻り大宰府と往来していたが、半年後の九月になると、再度兵を博多に集め肥後に向かった。

九月十八日、今川了俊は、仲秋の軍を合わせて隈本《くまもと》（熊本市）の藤崎台《ふじさきだい》に到着して藤崎八幡宮《ふじさきはちまんぐう》に陣を張った。

了俊の部隊は、大内義弘《おおうちよしひろ》らの中国勢が、少弐・秋月の軍勢を加え、海路川尻《かわじり》から大友親世《おおともちかよ》も東阿蘇より了俊の軍に合流し二万人以上に膨れあがった。

良成と武朝は、了俊が藤崎台に陣を張ったのを知ると、直ちに征西府方諸将に来援を求める早馬を飛ばしたが、兵は思うようには集まらなかった。

九月二十八日、良成と菊池武朝は、菊池勢三千五百人、直属部隊千人を率いて菊池を出て隈本に向かった。

籠城戦をとらず、あえて決戦を挑んだところに二人の若さがあった。

二十八日の夕闇が迫る頃、武朝が良成に言った。

「征西将軍の宮様、明朝白川《しらかわ》を越え了俊の本陣を攻撃致します。必勝を期してはおりますが、敗れれば厳しいことになりましょう。よろしいでしょうか」

「侍大将たるそちが決めたことである。ともに戦おうぞ」

頼治も進言した。

「我らは寡勢《かぜい》です。少しでも有利に戦を運ぶために絵地図を使い、地形を諸将に周知ください」

武朝は、この助言を受け入れ、詫磨原《たくまばる》の絵地図を広げて綿密に作戦を諸将に周知した。

二十九日未明、武朝は白川《しらかわ》を渡り、部隊を三隊に分け背水の陣を布いた。八百人を健軍森《たけみやのもり》、七百人を西方渡鹿《とろく》の田野に潜ませ、自らは本隊二千騎を率いて保田窪《ほたくぼ》に陣した。

「金烏《きんう》の御旗《みはた》」を掲げた良成率いる千騎の直属部隊は、本陣後方に陣取った。

白々と夜が明ける頃、良成と武朝が、前方を見渡すと雲霞《うんか》の如き大軍が布陣しているのが見えた。

「征西将軍の宮様、敵の動くのを待って敵本陣を攻撃します。今川方が動きにくいように、宮様の部隊は動かないで牽制しておいてください」

辰刻（八時頃）、了俊が攻撃の命令を下した。

「仲秋先陣を務めよ。かかれ」

今川仲秋率いる三千騎が、菊池本陣へ向かい始めた。

「今だ！　かかれえ」武朝が軍扇を振って叫んだ。

菊池の騎馬槍部隊二千騎が一斉に駆けだし、仲秋部隊を切り崩して了俊本陣に迫り始めた。

武朝らの奮戦で菊池方優勢に戦いが進んでいた半刻《はんとき》（一時間）後、大友親世率いる豊後勢が、東より菊池勢の側面を突き、乱戦になった。衆寡《しゅうか》敵しがたく、菊池方は数十人が倒れ、武朝も数カ所の太刀《たち》傷を負った。

小半刻《こはんとき》（三十分）が経過し、菊池勢総崩れかと見えたとき、異変が起こった。

「亀甲四目結《かめのこうよつめゆい》」「亀甲三枚笹《かめのこうさんまいざさ》」などの旗を掲げた五百騎が乱戦の中に突入した。

戦の推移を見守っていた良成が、昨日菊池に到着して朝靄《あさもや》の中を隈本に駆けつけたばかりの調一統《しらべいっとう》を投入したのである。

戦局が変化し、今川方の兵が了俊を守るように動いた。

白馬にまたがり戦況を見ていた良成は、この機を見逃さなかった。

「頼治、打って出るぞ」

と側に控えていた五條頼治に命じた。

「かかれえ」の号令とともに軍扇が振られ、「金烏の御旗」を掲げた直属部隊千騎が了俊の本陣に突入した。

堀口などの新田一族・栗原・江田・橋本・岳《たけ》などの直属部隊が、決死の覚悟で敵本陣を衝いた。また、西方渡鹿《とろく》に伏せていた菊池部隊七百人も鬨《とき》の声を上げて切り込んだため、危機に陥っていた菊池勢も勢力を盛り返して、今川方の総崩れとなった。

大友親世は、東方へ後退して体勢を立て直そうとしたが、健軍森《たけみやのもり》に潜んでいた八百人の菊池勢が、にわかに起こり攻撃したため、四分五裂となって敗走した。

今川了俊・仲秋らは、川尻まで逃れ海路筑後まで退却した。

筑後に退却した了俊は、性急な菊池攻めをあきらめ、筑後の征西府方勢力、とりわけ調一統の一掃に動いた。

五條頼治はこの戦の後、調一統とともに八女郷に帰り、今川方の攻撃に備えた。

この戦いの勝利で、菊池の征西府に再びつかの間の平穏が訪れた。

十一月十日、菊池武朝は、良成を慰労するために松囃子能《まつばやしのう》を催した。能は、三十年前に菊池武光《たけみつ》が懐良《かねなが》を慰労した隈部城《くまべじょう》内の能舞台においておこなわれた。松囃子能は毎年おこなわれていたが、大々的におこなわれるのは十数年ぶりだった。

正面には良成・政子（良成后）、武朝、堀川満明ら二十人の席が設けられ、まわりには多数の諸将・民が集まった。

秋晴れの午刻《うまのこく》（十二時頃）、童たちの勇壮な太鼓により幕が開けられ、「阿蘇の山より湧き出ずる水を集める菊池川、菊池郷に恵み産む……」の唄に合わせて、三十人の女たちによる舞が舞われた。

良成が尋ねた。

「武朝、この舞は初めてであるが見事だな。以前より舞われているものか」

「この舞のことは、姉上、いや后様の方がくわしいと存じます。后様より説明してください」

「征西将軍の宮様、この舞は古くから菊池に伝わっていたものを元に、大将軍の宮様が初めて菊池に入られたときに手を加えてつくられたそうです。今では、私たち菊池の女は皆が舞うようになっております」

舞に続いて、能が始まった。

ポン、ポン、ポンという鼓《つづみ》の音に合わせて「天下泰平《てんかたいへい》・国家安穏《こっかあんのん》・武運長久《ぶうんちょうきゅう》・息災延命《そくさいえんめい》、弓は袋に入れ、剣は箱に納め……」という唱詞が謡われ、能が舞われた。

頼治が尋ねた。

「征西将軍の宮様、菊池に移って五年になられますが、大宰府征西府時代の能とは、違いがありますか」

「松囃子能には温かみを感じるようだ。取入れが終わった民たちも集まっているからだろうか」

「菊池郷の民たちが一生懸命に練習を積み、舞っているからかもしれません」

能が終わると武朝は、

「征西将軍の宮様、本日は宴の準備も致しております。后様、皆様方も城までお越しください」

と言って隈部城に案内した。

宴が始まり、半刻（一時間）が過ぎた頃、武朝が良成に酒を注ぎながら言った。

「征西将軍の宮様、先頃の詫磨原の戦、一時はどうなることかと思いましたが、宮様の決断により助けられました」

政子が尋ねた。

「宮様は戦のことは何も申されませんので存じませんが、どのようなことでしょう」

十八歳になり、武将の風格も漂いだした良成が微笑みながら言った。

「政子、たいしたことではない。私も戦は何度も経験しているので敵が分散したのをみて兵を動かしただけだ。絵地図を頭の中に入れていたことも役に立った」

「直属部隊は動かさずに、菊池への撤退に備えていただく予定でしたので驚きました」

と武朝が言った。

「頼治、調一統五百人が新たに直属部隊に加わったことも大きかったな」

「新たな援軍はあきらめておりましたので勇気が出ました。ところで征西将軍の宮様、矢部里《やべのさと》よりの報せでは、今川義範《いまがわよしのり》が八女郷への攻撃を始めているようです。父も五十三歳となっており、今までのような活動はできなくなっております。私を矢部里に帰していただけないでしょうか」

「許す。筑後では、調一統と五條が征西府方の要である。速やかに矢部里へ発て」

翌日、頼治は、自らの兵百人を菊池に残し、十数人の部下とともに矢部里へ発った。

はんや舞

天授五年（一三七九）、今川方は再び国境を越えて肥後に進入した。

八月十九日になると今川仲秋《いまがわなかあき》は板井原《いたいばる》（菊池市七城町）の高台に陣をはり、菊池の外城《とじょう》を攻め始めた。

良成《りょうせい》と武朝《たけとも》は、外城の防衛のため、たびたび出撃して仲秋の部隊を攻めたが思うように効果が上がらず、戦は膠着したまま年を越えた。

翌年春には、今川了俊《りょうしゅん》本隊も合流して菊池に通じる通路を封鎖した。征西府方は阿蘇惟政《あそこれまさ》が兵を率いて籠城軍に参加したのみで、他の征西府方との連絡も取れず完全に孤立した。

それでも外城による菊池勢の抵抗は激しく、戦は二年間に及んだ。

弘和元年（一三八一）六月二十三日、菊池隈部城《くまべじょう》が陥落し、良成と武朝らは、「たけ」（金峰山麓《きんぼうさんろく》、嶽《たけ》）に逃れて「たけ」に征西府を置いた。

弘和三年（一三八三）正月五日、「たけ征西府」に五條良遠《ごじょうよしとお》よりの書状をもった使いが到着した。

「征西将軍の宮様、良遠殿よりの書状をお持ちしました」

「ご苦労であった。今日はゆっくり休んで明日帰るがよい」

書状を読んだ良成の顔が曇った。

書状には、懐良《かねなが》の病気のことと、隈部城落城の前に矢部里に逃していた妻政子と良成の息子武良《たけよし》が元気に暮らしていることがしたためられていた。

「武朝、懐良の宮様が星野里《ほしののさと》を訪れられたまま病に伏されているらしい。いかがしたものか」

「征西将軍の宮様、私ども二人が同時にここを離れるわけにはまいりません。今後の相談もありますので、私が星野里まで行ってまいります」

菊池武朝は、翌日、十人の部下を伴って使いの者とともに八女郷へ向かった。

武朝は、この日、再び調一統《しらべいっとう》が奪回していた黒木里猫尾城《ねこおじょう》に一泊し、調一党と情報交換をおこない、翌日星野里に入った。

午刻《うまのこく》（十二時頃）、懐良のいる妙見城《みょうけんじょう》に着くと星野実忠《ほしのさねただ》が出迎えた。

「遠路ご苦労様です。懐良の宮様は伏してはおられますが、本日は幾分か気分がよいようです。宮様のところへ御案内致します」

懐良の部屋に案内されると、部屋には五條頼治《ごじょうよりはる》も見舞いに訪れていた。武朝は、頼治に挨拶した後、伏している懐良に言った。

「懐良の宮様、菊池武朝でございます。御病気と伺い見舞いにまいりました。本来であれば征西将軍の宮様が見舞われるところでございますが、宮様は各地の征西府方諸将との連絡で征西府を留守にすることができませんので、私がお伺い致しました」

懐良は、伏して聞いていたが、看病している重子《しげこ》の手を借りて起き上がった。

「武朝か、遠路ご苦労であった。今川との戦の最中に申し訳ないことである。今日は、征西府の様子を聞かせてくれ」

「征西府では、征西将軍の宮様が堀川満明《ほりかわみつあき》様に命じて各地の諸将と頻繁に連絡を取っておられます。阿蘇惟政殿は、何度も征西府に足を運んでおられますし、八代の名和殿はもとより薩摩の島津殿からも征西府方につくという使いが来ております」

「薩摩の島津か、心強いことである。球磨《くま》の相良前頼《さがらまえより》はどう動いているか」

「懐良の宮様、相良前頼への働きかけのことはどうして知っておられますか」

「良遠が隠居し、後を継いだ頼治より逐次報せが来ているので知っていた」

「相良前頼殿は我らにお味方くださるそうです」

「祝着なことである」

「ところで宮様、宮様の病には星野里の薬師《くすし》たちが万全を期しているとは存じますが、私も菊池に伝来する薬草よりとった煎じ薬をお持ち致しました。一度試してはいただけませんでしょうか」

「試してみよう」

この薬を飲み始めた懐良は、食が進むようになって病はやや回復した。

四日後の十一日、懐良が、星野実忠を呼んだ。

「武朝も頼治もいつまでも留め置くわけにはいくまい。一つ所望がある。大原合戦の後、よく見せてもらった『はんや舞』を明日にでも催してくれ」

「懐良の宮様の病が回復しましたら披露致すつもりで準備はさせてございます。早速手配致しましょう」

実忠は、ただちに妙見城大広間に舞台をつくるように命じ、この日のうちに準備が整った。

翌日、懐良・武朝・頼治らを正客として「はんや舞」が催された。

臨検役として音頭《おんど》二人が着座すると、僧装束で唐団扇《からだんせん》を持った新発意《しんぼち》の招きにより大太鼓打ちが、連《むらし》やチンカン坊などの子役を伴って登場した。

囃子方の笛に合わせて、風流《ふりゅう》が演じられたのち、袢を着け扇を持った二十人の舞い手による「はんや舞」が始まった。

「ハンヤ　変わる心はだれゆえか、ハンヤ　松にも風はおとずるる　ハンヤ……」の歌詞にあわせて二十人の舞が繰り広げられた。

「何度見ても心が洗われる。大原合戦の後にはこの舞を見て国家安穏と五穀豊穣を祈ったものだ」

と懐良が言うと、武朝もうなずいた。

「四年前、松囃子能《まつばやしのう》を征西将軍の宮様に披露致しましたが、この舞にはまた変わった趣がございますね」

この「はんや舞」は、その後も残り、星野村麻生池の側にある麻生神社に今なお奉納されている。

数日後武朝は、懐良の病が安定したのを見届けて「たけ征西府」に帰った。

懐良の様態は一月ほどは安定していたが、二月下旬になると再び悪化し、重子をはじめ星野実忠らが必死の看病に当たった。

館には菊池武朝が再び見舞いに参上したのをはじめ、五條頼治や黒木・河崎・秋月など征西府方の諸将が集まった。

また、大円寺《だいえんじ》の僧らも護摩《ごま》に秘法を尽くして病の平癒を祈願したが、懐良は、三月二十七日危篤に陥り、午刻《うまのこく》（十二時頃）に五十五歳の生涯を閉じた。

懐良の遺体は、隠密裏に火葬にふされ、星野里玉水山《ぎょくすいざん》大円寺において仮の葬儀がおこなわれた。

その後、遺骨は五條頼治、星野実忠、樋口元鎮《ひぐちもとしげ》らの警護のもと懐良の遺言により八代悟真寺《ごしんじ》まで運ばれ葬儀がおこなわれた。

また、葬儀の導師を務めた大円寺住職義円真仙大和尚《ぎえんしんせんだいおしょう》は、葬儀が終わると分骨を星野里に持ち帰り、玉水山大円寺裏山・大明神山《だいみょうじんやま》に埋葬し、五輪塔を建てて祀った。

五條頼治の決意

四月十日申刻《さるのこく》（十六時頃）、五條頼治《ごじょうよりはる》は、懐良《かねなが》の葬儀が終わると栗原貞頼《くりはらさだより》（貞盛嫡男）らとともに矢部里《やべのさと》に帰った。

矢部里では、八代での葬儀の報告をするために、まず所野《とこんの》にある良成《りょうせい》の妻政子《まさこ》・嫡男武良《たけよし》の館に向かった。所野には政子たちの館を守るように五條家の家臣団の館が十棟建てられていた。

「政子様、八代での葬儀を終えてまいりました。征西将軍の宮様には、帰路『たけ征西府』でお目にかかってまいりました」

「ご苦労様でした。宮様の御様子はいかがでしたか」

「お元気でしたが、政子様と武良様のことを案じておられました。政子様に『武良を強く育てよ』と伝えてくれとのことでした」

政子が目に涙を浮かべて言った。

「武良は五歳になります。栗原貞頼様のお子様らとともにたくましく育っておりますが、学問についてのことは不足しております。ご指導をよろしくお願い致します」

頼治は館で武良の年齢を聞き、時がたったのを感じた。

矢部里の五條館《ごじょうやかた》は、高屋城《たかやじょう》の麓、矢部川の左岸二《ふた》ッ尾《お》に三棟建てられていた。

頼治には、良遠《よしとお》隠居後、中央の大きな館があてられていた。館に着くと渚《なぎさ》と嫡男頼量《よりかず》、長女梢《こずえ》が出迎えた。

「父上、お帰りなさい」と頼量と梢が駆け寄ってきた。

「今帰った。皆元気なようだな。どれどれ大きくなったようだな」

と声をかけ頼治は子供たちを交互に抱き上げた。

「頼治様、ご苦労様でした。夕餉はどのようになさいますか」

「父上と母上に葬儀の報告をした後、家族全員での夕餉としよう。準備を頼む」

頼治は着替えないまま東棟の良遠の館を訪ねた。

「父上、ただいま帰りました。八代での葬儀、無事に終えてまいりました」

「長い旅、ご苦労であった。私も参列すべきであったが、最近は足が弱って遠出ができず申し訳ない」

良遠の妻信子《のぶこ》が葛湯を運んできた。

「お帰りなさい。今回はゆっくりされますか」

「そのことですが父上に少し相談がありますが」

「席を外しましょうか」

「ご一緒にいてください。できましたら、範子《のりこ》母上にも同席いただけませんか」

すぐに頼治の実母範子が暮らす西棟の館に使いが出された。

四人が揃うと頼治は、決意を良遠に打ち明けた。

「父上、八女郷東部を征西府の永遠の拠点にしたいと存じます。いかがお考えですか」

「それは、兄良氏《よしうじ》がすでに考えていたこと、当然ではないか」

「九州の吉野にしたいと存じます。今までとは少し違った意味があります。肥後の征西府方が厳しい戦いを強いられておりますので、万一のことがあれば征西将軍の宮様を矢部里にお招きしたいと考えます」

「頼治の考えには同意するが、そこまで考えるとしたら相当の覚悟がいる。矢部里は山脈ばかりで多くの兵は養えない」

「四、五年の歳月をかけて取り組んでみようと考えます」

「範子様はどうお考えですか」

良遠が範子に尋ねた。

「私は政《まつりごと》のことはよくわかりませんが、矢部里に住んで十年になります。この里に暮らす人々も年々増えているようです。吉野のようにできるのではないでしょうか。この機会ですのでお願いがありますが」

「母上、何なりと申しつけてください」と頼治が言った。

「私は海育ちですので、少しでも皆様の役に立つように、鰯《いわし》・鯵《あじ》などの干物や海草などを集めております。また、川魚も干物や塩漬けにしております。それらを蓄える倉庫がほしいのです」

「どのようにして集めておられるのですか」

信子がつけ加えた。

「良遠様が、四国の河野《こうの》道直《みちなお》殿に使いを送られるたびに、センブリなどの薬草、猪肉・椎茸・ゼンマイの干物などの山の幸を持たせ、魚の干物や海草などの海の幸と交換しておられます。川魚は童《わらべ》たちに捕り方を教えて捕らせておられます」

「すぐに建てさせましょう。しかし、この程度のことでしたら、私に相談せずとも父上に諮《はか》って進めてもらっても良かったのですが」

「良遠様には話してはみたのですが、『自分は隠居しておる。頼治の差配を待たないと政が乱れる』と断わられました」

頼治が苦笑しながら言った。

「父上、隠居されても遠慮なさらず思うようになさってください。遠慮されると私が困ります」

「けじめはつけておかないとな。ところで難攻不落の拠点にするにはどの程度の兵が必要だろうか。城も高屋城のみでは足りない」

と良遠が口元を引き締めて尋ねた。

「最低千人の兵は必要でしょう。今大渕里《おおぶちのさと》の月足《つきあし》・大渕の兵を加えても五百人程度ですので、倍近くに増やさなければなりません。まずは田畑の開墾ですが、今までに開いている場所のみではとても足りません。新たな場所を探さねばなりません」

「そのことだったら信子がくわしい。最近は山菜・薬草採りに熱心になっておって、山民《やまのたみ》の案内で矢部里の奥深くまで出かけている。信子、知っていることはないか」

「杣王《そまおう》・杣次《そまつぐ》様たちが山民に命じて田畑になる場所を探しておられるようです。水もあり、平地があり田畑が開けるような場所を数カ所選ばれているようです」

「それは良いことをお聞きしました。父上、銭と用具のことですが……　矢を売った銭が少々はありますが不足します。採取した砂金を銭に換えるにはまだ時間がかかりそうです。懐良の宮様よりいただいた銭に手をつけてよろしいでしょうか」

「銭は、いかほどあるのか」

「千人の兵を五年ぐらい養える銭があります。懐良の宮様は、良氏が精魂傾けた御免革《ごめんがわ》で得た銭であるから我らで有効に使えとの命でございました」

「よし使え。早速取りかかろう」

酉刻《とりのこく》（十八時頃）になると、久々、いや初めての五條家全員が揃った夕餉が始まった。

良遠・範子・信子が上座に座り、頼治・渚・頼量・梢、良実《よしざね》・良綱《よしつな》・頼連《よりつら》・頼重《よりしげ》、良遠の次女で杣次の妻となっている瑞穂《みずほ》夫妻と三人の子供たちが居並んだ。

杣次は瑞穂を嫁に迎えたのを機に、五條の家臣となり旧来の栗原姓を名乗るようになっていた。

給仕には、五條館を囲むように建てられている江田《えだ》一族の女たちが当たった。

「さあ始めよう。我らが一緒に夕餉をとるのは初めてのことである。ゆっくりと楽しんでくれ」

子供たちが「いただきます」と一斉に声を上げた。

「炊き込みご飯だ。鶏の肉と椎茸が入っている」

「えのは（やまめ）も並んでいる」

「猪の肉もある」

子供たちの喜ぶ声が飛び交った。

梢が尋ねた。

「母上、この黒い草のようなものが美味しい。何ですか」

「これは、ひじきという海草です。範子おばあさまが四国より取り寄せられたものですよ」

頼治が目を細めて機嫌良く言った。

「この山里で海の幸を食べられるとはありがたいことです。父上、ここからの城の眺めも見事ですね。山桜が夕日に映えて実に美しい」

「私も気に入っているが、範子様もいつも褒めておられる」

急に真顔になった頼治が尋ねた。

「ところで父上、矢部里にはこのような城がいくつ必要でしょうか」

「高屋城以外に二つの城が必要だろう。しかし、頼治にも考えがあるだろう」

「私も三つの城を考えていました。一つは、鬼塚《おにつか》の上にある山頂が平らになっている山に、今一つは、津江里《つえのさと》を越えるところを考えています」

頼治が杣次に尋ねた。

「杣次殿は、どう考えられますか」

「鬼塚のアイノツルとよばれている山は、前面が崖になっており城には最適でしょう」

「津江里よりの守りを固めるとなりますと竹原《たかわら》か柴庵《しばいお》付近の山となりましょうが、今開墾をおこなっている虎伏木《こぶしき》にある山もよいかと思います。一度現地まで足をお運びください」

この日の夕餉は、日が暮れて子供たちの声が消え、寝静まった後も明かりを灯し夜更けまで続いた。

山脈の要塞

頼治《よりはる》は、翌日から精力的に動いた。

まず、杣次《そまつぐ》の案内で矢部里《やべのさと》各地を朝から日暮れまで見て回った。獣道《けものみち》しかないようなところばかりであったが、杣次はさすがに山民《やまのたみ》、矢部里の山脈《やまなみ》を隅々まで熟知していた。

この探索に頼治は、栗原貞頼《くりはらさだより》・江田行宗《えだゆきむね》に加えて十二歳の嫡男頼量《よりかず》も同行させた。

五月一日は五月晴れであった。この日、一行は早朝より矢部川の源流となっている釈迦岳《しゃかだけ》と呼ばれている山脈の最高峰の山に登った。

杣次は、釈迦岳の麓に着くと頼治に言った。

「一息入れましょうか」

「そうしよう」

頼治は水をうまそうに飲みながら川沿いの平地、付近の山を見渡した。釈迦岳の麓には人里はなかったが川沿いに平地があり、なだらかな山の斜面があった。

「矢部里にこのようなところがあったとは」

と頼治はつぶやき、杣次に尋ねた。

「杣次殿、釈迦岳や隣の山を越えてこの場所に来ることは可能ですか」

「今から登ればわかりますがおそらく不可能でしょう」

「ここに征西将軍の宮に住んでいただければ憂いがない」

一行は、矢部川の源流となっている谷沿いに山頂を目指した。山頂に近い岩場にはシャクナゲが白い花をつけていた。

頼量が感嘆の声を上げた。

「父上、シャクナゲの花が見事ですね。私はこのように群れて咲いているのを見るのは初めてです」

「私もこのように咲き誇っているのは初めて見た。我らを祝福してくれているようだ」

一行は、道なき道を探しながら未刻《ひつじのこく》（十四時頃）には山頂にたどり着いた。

栗原貞頼が驚いたように尋ねた。

「杣次殿、この山頂に仏像がありますがこれは何ですか」

「この山は私ども山民を守ってくれる神聖な山です。私どもの先祖が感謝してお釈迦様をお祀りしているものです」

山脈を遠望しながら頼治が言った。

「この山は高いのでずいぶんと遠くまで見えるなあ。海まで見えると良いが」

この言葉を聞いて杣次が応えた。

「春には海が見えることは少ないのですが、秋から冬にかけては見えます。ゆっくりしたいのですが、日暮れまでには里に戻らねばなりません。そろそろ山を下りましょう」

翌日、頼治は五條館《ごじょうやかた》に主立ったものを集めて今後の方針を語った。

「皆の者、矢部里を難攻不落の要塞にするための今後の手立てを示したい。城は高屋城の他にアイノツルと虎伏木《こぶしき》に新たに築くことにする。アイノツル城築城には栗原貞頼、虎伏木城には江田行宗が当たれ。兵を養うための田畑の開墾は三百戸分とする。釈迦岳の麓を中心に五十戸、竹原《たかわら》に四十戸、虎伏木に四十戸、残りの百八十戸分は適地を探しながらおこなう。釈迦岳の麓の開墾には堀口貞通《ほりぐちさだみち》、竹原には藤原信正《ふじわらのぶまさ》殿、虎伏木には江田行宗にあたってもらいたい。また肥後へ通じる柏木川《かやぎがわ》沿いには中《なか》司時隆《しときたか》殿にあたってもらいたい」

頼治は、菊池隈部城《くまべじょう》落城の折、良成《りょうせい》の妻政子、嫡男武良らとともに逃れてきていた藤原・中司らの公卿らにも任務を与えた。

中司時隆が尋ねた。

「これだけの開墾を始めることになりますと、農具・人手が相当必要ですがどう手配されますか」

「銭は懐良《かねなが》の宮様から頂いた軍用金の半分を使う。人手は杣次殿に依頼して山民の力を借りねばなるまい。杣次殿、山民の手配はできそうですか」

「頼治殿、山民は山脈沿いに古くから深いつながりがあります。今回は八女郷《やめのさと》・津江里《つえのさと》はもとより肥後・日向からも応援を出してもらう手配が整いました。銭の他に範子《のりこ》様が手がけられている海の幸が役に立っております」

こうして、矢部里の要塞化が始まり、矢部里には人が増えだした。

しかしこの間にも、懐良の他界を知らない今川方の八女郷攻撃が続き、十月には頼治は調一統《しらべいっとう》とともに総力で黒木里の防衛に当たらねばならず、矢部里の要塞化は思うようには進まなかった。

元中元年（一三八四）七月二日、頼治のもとに良成《りょうせい》よりの使いが到着した。

使いは堀川満明の家臣安部武宗《あべたけむね》であった。

「頼治殿、先月二十六日、征西将軍の宮は菊池武朝《きくちたけとも》様らとともに『たけ』より宇土城《うとじょう》に移られました。宮様よりの書状をお持ち致しました」

「ご苦労であった。ゆっくり休め」

と言うと、頼治はすぐに書状に目を通した。書状には、援兵を送ってほしいという旨のことが書かれていた。

「委細承知したと伝えてくれ。書状をしたためるので今日は休んで明日出立致せ」

翌日、頼治は、安部武宗に書状を与えて宇土に帰した。

書状には「矢部里を要塞化していること、四百人の援兵を送ること」がしたためられた。

数日後、頼治は、栗原貞光《さだみつ》を侍大将にして四百人の兵を宇土城に向かわせた。

今川方の八女郷攻撃に備えねばならず、四百人以上の援兵は無理であった。しかし、名和顕興《なわあきおき》を中心に相良前頼《さがらまえより》・阿蘇惟政《あそこれまさ》・島津元久《しまづもとひさ》らが征西府方として活動し、宇土城を支えはじめると体制が整い、援兵は八女郷に帰された。

矢部里の要塞化は着々と進み、元中四年（一三八七）には、高屋城以外に虎伏木城・アイノツル城が完成し、新たに栗原城の築城が始まっていた。

十月十七日午刻《うまのこく》(十二時頃)、五條館に良成からの使いの一行五人が着いた。

「五條頼治様、由利信濃守《ゆりしなののかみ》と申します。本日は、征西将軍の宮様よりの書状をお持ち致しました」

「ご苦労であった。宮様は息災でおられるか」

「宮様はすこぶる健やかにお過ごしです」

「早速拝見しよう」

書状に目を通している頼治の目が潤んだ。

「ありがたいことである。たいした働きもしておらぬのに頼量《よりかず》の元服まで考えていただくとは」

信濃守は、頼治の八女郷での誠心誠意な征西府方としての活動をたたえ、剣を授けるとともに、頼治の嫡男頼量の元服に際しては、良成の名前の一字「良」を与え「良量《よしかず》」と名乗ることを許すとの口上を伝えた。

書状より目を離した頼治が言った。

「信濃守殿、長い道中お世話をかけた。本日はささやかな夕餉の宴を催そう。しばし、おくつろぎください」

「お気遣い痛み入ります。しかし、矢部里のことを宮様に報告しなければなりません。道案内を頼んだ大渕忠光《おおぶちただみつ》殿より道すがら説明を受け、ここが天然の要塞であることはわかりました、夕餉までの時間に矢部里をできる限り案内していただけませんか」

「承知致しました。早速案内致しましょう。良量、馬を手配致せ」

「騎馬で行けるのですか」

「城の上までは無理ですが、麓までは山道を整備しています。すでに忠光より説明があったと存じますが、紅葉が映えている断崖絶壁の山が高屋城です」

「すごい城ですがどこから登りますか」

「ここからは山民でないと登れませんので、所野《とこの》付近まで下って山の西方より登ります」

小半刻《こはんとき》（三十分）後、頼治は、良量・栗原貞光を伴って、一行五人を案内し東に向かった。

渓流沿いの小道は馬が通れるように整備されていた。ほどなく、一行は渓流が分かれている付近にさしかかった。

頼治が馬を下りて言った。

「信濃守殿、築城中の栗原城まで歩いてみましょう」

一行五人は、築城中の山城に向かった。完成間近の城には、百人ほどの民が働いていた。栗原城の築城には栗原貞頼があたっていた。

信濃守が尋ねた。

「頼治様、ずいぶんと多くの民が働いておりますが、すべて矢部里の民ですか」

「そのことは栗原貞頼に説明させましょう。貞頼」

「矢部里だけでは人手が足りません。七割方は津江里・星野里《ほしののさと》の山民です」

「矢部里の守りに人手を割いているからですか」

「そうではありません。矢部里では田畑の開墾が十カ所ほどでおこなわれており人手を割いているからです」

その後、一行は虎伏木城に向かった。

虎伏木城の麓には、築城を指揮した江田行宗が出迎えに出た。江田行宗は城の完成後、麓に館を構え、この谷沿いの田畑の開墾にあたっていた。

道すがら由利信濃守が頼治に尋ねた。

「この城はどこに対する備えですか」

「ここは峠を東に抜けると豊後に通じます。大友に対する備えの城です」

「山脈を越える敵にも備えるとは、まさに難攻不落でしょう。ところで江田行宗殿、あちこちに民が働いているのが見えますが田畑の開墾ですか」

「そうです。我らは、頼治様よりこの地を中心に八十戸分の田畑を開墾するように命じられています」

由利信濃守は、この日の矢部里見聞が記憶に鮮明に残り、宇土城に帰ると良成や側近に対して矢部里の堅固さを詳細に報告した。

六　茜雲の彼方で

山脈の戦い

山脈《やまなみ》の要塞が着々と完成しつつあった元中六年（一三八九）三月十五日、懐良《かねなが》の妃重子《しげこ》が星野里《ほしののさと》で他界した。

三月十七日、五條頼治《ごじょうよりはる》は主立った者三十人を伴い、星野里玉水山大円寺《ぎょくすいざんだいえんじ》で営まれた葬儀に出席した。葬儀には、黒木・木屋・河崎・星野などの調一統《しらべいっとう》をはじめ、征西府方の諸将が参列した。

葬儀後、諸将は会合を持ち、翌年高良山《こうらさん》を越えて筑後北部の今川方を攻撃することを約した。今川方勢力の分散を図り、今川方の征西府攻撃を鈍らせるためであった。

元中七年（一三九〇）一月十八日、五條頼治は調一統と合わせて二千の兵で、高良山北方の今川方を攻撃した。平地での戦闘は一方的な勝利であったが、今川方の高良山守備部隊は山を動かなかったために、守備部隊の攻撃はできずに引きあげた。

この動きはただちに宇土城《うとじょう》を攻撃中の今川了俊に報告されたが、了俊は「高良山を動かず死守せよ」と命じたのみで、八女郷《やめのさと》への攻撃はしなかった。

この年の九月、川尻《かわじり》・宇土城が陥落し、征西府は八代城《やつしろじょう》に移った。

元中八年（一三九一）八月三十日申刻《さるのこく》（十六時頃）、矢部里《やべのさと》五條館に良成《りょうせい》からの使者が来た。

「頼治様、橋本親幸《はしもとちかゆき》でございます。去る二十四日、八代城が落城致しました」

「宮様はご無事か」

「はい。高田《こうだ》の御所に隠遁され再起を期しておられます」

「宮様がご無事なら何よりである。それで、高田の御所はどれくらいの兵で守っておるのか」

「守るというより、身を潜めている状態にございます。征西府直属部隊は最後の戦いで四散し、御側衆だけでお守りしております。しかし、御所に通じる要所には名和様の兵が配置されており、危険が迫れば脱出する手はずにはなっております」

「あいわかった。今日は矢部里で夕餉をとり宿泊せよ。明日帰るがよい」

「良量《よしかず》、来客室に案内致せ」

酉刻《とりのこく》（十八時頃）より、橋本親幸ら三人を囲んで夕餉を兼ねた宴が始まった。

頼治は、皆が着座すると、一つだけあいている上座に良成の妻政子《まさこ》を案内してきた。

「使いの方々にお引き合わせいたそう。この方は、宮の后《きさき》政子様である」

一同が平伏した。

政子が凛とした声で言った。

「皆々様面《おもて》を上げられませ。今宵は宮様の御様子などを直接尋ねたく、招きに応じました。ゆるりと話を伺いましょう」

「使いの方々、名乗られよ」

と頼治が言い、橋本親幸、安部武宗《あべたけむね》、五郎丸義幸《ごろうまるよしゆき》、楠正綱《くすのきまさつな》の四人の使いが次々に政子に挨拶を言上した。

そして頼治の「さあ、始めよう。酒を注げ」の声で宴が始まった。

四人の使いは、膳に並べられた猪の肉と干し椎茸やタケノコの煮物、えのは（やまめ）の塩焼きなど山の幸の他に、ひじき・鯵や鯖の干物など海の幸が並んでいるのに驚いた。

ほどなくして、政子が尋ねた。

「宮様は息災でおられますか」

橋本親幸が答えた。

「至って息災でおられます。朝餉の前には、一刻《ひととき》（二時間）ほど弓・剣など武術の鍛錬、朝餉の後は歌を詠み、写経などをして過ごされております」

「我らに伝言などはありませんか」

「政子様に、武良《たけよし》様のことがその後どうなったか伺ってくるように命じられました」

「そのことは、杣次《そまつぐ》殿」

杣次が説明した。

「『山民《やまのたみ》として育てよ』という宮様の仰せでしたので、恐れ多い事ながら私と瑞穂《みずほ》の子供として育てております。この館に連れてきておりますので、後で挨拶をさせます」

宴が進み、ろうそくに火が灯され宴たけなわになった頃、頼治が言った。

「使いの方々、皆の者に重大な話がある。私は、宮様を矢部里にお迎えしようと考えている」

栗原貞頼《くりはらさだより》が言った。

「異存ございません。矢部里の城づくりが始まったときからそう考えておりました」

他の一同も一様にうなずいた。

「使いの方々、このことを宮様にくれぐれもお伝えください」

使いが帰り、半月後の九月十八日未刻《ひつじのこく》（十四時頃）、五條館に報せが届いた。

「八代の陣を引き払った大友親世《おおともちかよ》が八女郷攻撃のために筑後へ兵を進めています」

「ご苦労であった。して兵の規模はいかほどであろうか」

「明確にはわかりませんが、四千人以上に及ぶと考えられます」

頼治は、

「あいわかった。軍勢が動き始めたらまた知らせてくれ」

と言って「些少であるが役に立ててくれ」と銭の袋を渡した。

頼治は緊急に主立ったものを集めた。

栗原杣次、栗原貞頼・貞光《さだみつ》父子、江田行宗《えだゆきむね》・行忠《ゆきただ》兄弟、月足秀久《つきあしひでひさ》・秀貞《ひでさだ》父子、中司時隆《なかしときたか》・藤原信正《ふじわらのぶまさ》らの公家衆、堀口貞通《ほりぐちさだみち》（新田一族）らが酉刻《とりのこく》（十八時頃）までには集まった。

大渕里《おおぶちのさと》の大渕忠光《おおぶちただみつ》・忠行《ただゆき》父子は到着していなかったが、頼治は大友勢の動向を伝え、方針を述べた。

日頃、温厚で冷静沈着な頼治の顔は緊張し、鬼のような形相で皆に呼びかけた。

「大友勢が我らを討つために軍勢を進めている。座してこの地を蹂躙させてはならない。我らは、調一統と協力してこれを殲滅《せんめつ》しようではないか」

「おお」と皆が応じた。

皆の賛同の声に落ち着いた頼治が、今度は自分に言い聞かせるように言った。

「大友親世が動くとなれば、備えは黒木里《くろぎのさと》だけではなく、山脈を越えた東の津江里《つえのさと》にもしなければならぬ。皆はいかに考えるか」

江田行宗が応えた。

「よもや山脈を越えてくることはありますまいが、山民が手引きをするとなれば軍勢の移動も不可能ではありません。津江里の備えは必要と存じます」

「攻め込まれてからでは遅い。兵を配置しよう。杣次殿、いかほどの兵があればよいか」

「山脈での戦いです。一度に多数の軍勢で攻めることは不可能ですので二百人の兵があれば十分です。それ以外に私が、弓矢に長《た》けた山民を三百人ほど集めましょう」

「よしわかった。津江里の守りには江田行宗、藤原信正殿が二百の兵であたってくれ。後は万事杣次殿に相談せよ。五十人を連絡役として残し、総勢で黒木里に向かう。矢部里には栗原貞頼が残れ」

こうして方針が決定すると、頼治はいつもの温厚な頼治に戻った。

「皆の者、今回の戦は厳しく長い戦いとなろう。今宵は夕餉の準備をさせておる。広間に参ろう」

広間に移ると、遅れていた大渕忠光・忠行父子も到着した。

一同が広間に着座すると、頼治が、

「父上が皆の者に挨拶をされると申されておる。しばし待て」と命じた。良遠《よしとお》は寄る年波のため、病に伏す日が多くなっていた。衣服を整えた良遠が、頼治に支えられて皆の前に立って言った。

「大切な時期に病に伏し申し訳ない。宮様をお守りするのは、私の悲願であった。亡き兄、良氏《よしうじ》も草葉の陰でそれを望んでいるであろう。皆の武運を祈っている。今宵はゆるりとくつろいでくれ」

「ははっ」と皆が平伏した。

五條につながる者が一堂に会し、夕餉をとるのは初めてであり、夕餉は歓談のうちに一晩中続いた。

翌日から戦の準備が始まり、九月末には配置が終わった。

頼治は、五十人を大渕里の守りと連絡役に残し、七百人を率いて黒木里猫尾城《ねこおじょう》に拠った。

猫尾城に入ると、木屋行実《きやゆきざね》・黒木統実《くろぎむねざね》らの諸将と作戦会議を開いた。

まず、頼治が口を開いた。

「行実殿、久しぶりでございます。今回の戦、大友方は、我らを殲滅するつもりのようですが、いかに戦ったら良いか、行実殿の存念をお聞かせください。また、この付近の絵図を準備いただけませんか」

六十歳になる木屋行実が、年に似ず若々しい声で応えた。

「頼治様、さすがですね。絵図は用意しております。今回は地の利を生かさねば勝ち目はございません。ところで頼治様、七百人もの兵を率いておられますが、矢部里には兵を残されておりますか」

「豊後へ通じる津江里の守りには、江田行宗の兵二百人と杣次率いる山民三百人を配置しておりますので心配いりません」

「残りが七百人とはたいしたものですね」

「亡き懐良《かねなが》の宮様が残されていた銭のお陰です。ところで統実《むねざね》、城の守りは何人ほどいればよいか」

「敵の軍勢にもよりますが、八百人あれば十日ぐらいは大丈夫でしょう」

「私もそう見ていた」

「頼治様、兵は黒木一族と合わせると千七百人になります。兵を城の守りと攻撃部隊に分けてはいかがでしょうか」と木屋行実が進言した。

「私もそう考えておりました。今回は守るだけではなく打撃を与えて二度と侵入を許さないようにしなければなりません。攻撃部隊の編成はいかが致しますか」

「頼治様のこと、すでに存念がおありと存じますが、私の考えを申し上げます。

城の守備部隊以外の九百人を三部隊に分けます。三百人を猫尾城の南、矢部川左岸の山麓に展開させ、城攻めを牽制します。もう一部隊を黒木平の北の丘陵沿いに展開させ、夜襲部隊とします。残りの三百人を北川内平《きたがわうちだいら》に配置し、河崎・星野一族と連絡を取って戦います」

「さすが行実殿、黒木平と北川内平のことは考えておりましたが、矢部川の南への配置は考えておりませんでした。異存はございません」

猫尾城

「三百人の部隊が総攻撃を受けるようであれば一時、木屋城《きやじょう》に退き、ころあいを計り、打って出ればよいでしょう。さて、城には私と頼治様が残るとして、誰を配置するかが問題だが……

まず、三百人の部隊ですが私の嫡男統美《むねよし》に木屋の兵百人を指揮させます。頼治殿の兵二百人を加えていただけないでしょうか」

「わかりました。大渕忠光・月足秀久らの二百人を当てましょう。黒木平北方の夜襲部隊は、統実《むねざね》そちが地理に明るい。頼む」

「承知致しました」

「北川内平には、栗原貞光《くりはらさだみつ》・堀口貞通《ほりぐちさだみち》部隊三百人を当てようと存じますが、黒木一統からも相談役・道案内をつけてください」

「一族の樋口成実《ひぐちなりざね》と調義実《しらべよしざね》をつけましょう」

軍議が終わると、頼治が行実に話しかけた。

「それにしても稲の収穫前のこの時期に兵を動かすとは大友親世《おおともちかよ》にも困ったものだ。戦が長引けば収穫ができなくなる」

「戦ばかり続けているうちに民や兵のことを考えなくなったのでしょう。少し早いのですが、収穫できないことはありません。戦場《いくさば》となる田の稲を戦の前に刈らせましょうか」

「兵たちは喜ぶでしょう。大友勢の移動は狼煙《のろし》と使いが知らせるようになっています。報せが来てからでも配置にはつけます。明日から刈らせてください」

軍議は終えていたが、頼治と行実は、黒木統実とも合議し諸将を再度召集した。

ほどなく諸将が参集し、

「御一同、戦の前に戦場となる黒木平の稲の収穫をおこなうことにした。行実殿と合議し決定した。刻《とき》がない。明日から全将兵で収穫にあたってもらいたい。持ち場は、黒木統実殿に決定してもらうことにする」と頼治が命じた。

この決定は正しく、多くの兵は喜び、戦いの士気を高めることになった。この時代、専業の武士団はごく一部であった。兵の大部分は農業を営んでおり、農繁期には戦を避けるのが自然であったからである。

十月二日より千六百人の兵たちが稲の収穫にあたり、翌日までにほぼ収穫が終わった。

十月四日、水縄山《みのうさん》より上がった狼煙が、次々に伝わり、大友勢が生葉郷《いくはのさと》を移動中であることを知らせた。

十月七日、高良山の西麓を迂回した大友次郎親氏《おおともじろうちかうじ》が、三千の兵を率いて八女郷に進入し、河崎一族の守る犬尾城には目もくれずに黒木盆地に入り、赤坂《あかさか》（黒木町本分）に陣を構えた。赤坂は、猫尾城より半里（二キロ）の丘陵である。

十月八日、大友親氏は城方の様子を見るために二千の兵を動かした。

城方の頼治・行実は、遠望するだけで動かず、対岸にいる木屋統美《きやむねよし》率いる三百人の部隊だけが動いた。

十月九日、大友親氏は総力で猫尾城に攻めかかったが、千人を木屋統美の部隊に削かねばならず、二千人での城攻めとなった。

秋晴れのなか、辰刻《たつのこく》（八時頃）より始まった攻防は、山に陣取った城方が有利であった。

頼治・行実は、城を打って出ることはせずに「城に登ってくる兵だけを射止めよ」と命じ、弓矢を浴びせ続けた。矢をかいくぐって登ってくる敵は大石を落とされ転げ落ちた。

親氏は、未刻《ひつじのこく》（十四時頃）まで城攻めを続けたが、兵の死傷者が増え続けるのを見て、一旦赤坂の陣まで退却した。

親氏は、部下に兵の死傷者を報告させた。この日の戦いで、戦死者は三十人と少なかったが、負傷者は三百人にも及んでいた。

申刻《さるのこく》（十六時頃）、親氏は諸将を集めて今後の戦について命じた。

「敵は千二百人と見た。我らの兵は倍以上である。明日も城攻めを続けるが、明日は搦め手（裏門）攻めに兵力の半分を当てることにする。また、高良山越えの如法寺《にょほうじ》若狭守《わかさのかみ》氏信《うじのぶ》の部隊も北川内平よりここに向かうであろう」

部下の一人が口を挟んだ。

「殿、軍議中ではありますが、猫尾城の東方の山に狼煙が上がっています。何事でしょうか」

秋晴れの空に白い狼煙が間隔をおいて三本上がっていた。

大軍を頼み、親氏は楽観的になっていた。

「心配致すな。我が大友別働隊が津江里より矢部里を攻撃することになっている。その火急を知らせる狼煙であろう。五條は兵を退かねばなるまい」

この狼煙は、猫尾城の頼治と行実も見ていた。

「三本狼煙が上がっています。頼治様、大友勢を撃退したのではありませんか」

「もともと、東からの進入は、山民の手引きがなければ不可能ですので首尾よくいったものと思われます」

「また今宵も良い報せがまいるでしょう」

亥刻《いのこく》（二十二時頃）、西に傾いた月明かりの中を、一日中動かずにいた黒木統実率いる三百人の夜襲部隊が満を持して動き出した。

親氏は夜襲を警戒して、猫尾城と対岸の部隊には五百人の兵を配置して備えていた。しかし、この日の戦に参加していない兵の存在には気づかなかった。

黒木統実は、部隊を二つに分けた。百五十人を自らが指揮し、残りの百五十人を一族の椿原実隆《つばはらさねたか》に率いさせた。

二人は、夜襲の経験豊富な行実に「敵は殺さずともよい。一太刀浴びせながら敵陣を駆け回ってくればよい」と教えられていた。

子刻《ねのこく》（零時頃）、赤坂の裏山に迂回し、黒木統実は本陣西方より、椿原実隆は東方より鬨《とき》の声を上げて切り込んだ。

夜襲部隊は、「敵だあ、敵だあ」と叫びながら敵陣を駆け回った。闇の中である。大友方は、たちまち混乱に陥り同士討ちも始まった。

小半刻《こはんとき》（三十分）後、黒木統実は、ドン、ドン、ドン、ドンと引きあげの太鼓を鳴らした。夜襲部隊は一斉に引きあげた。

この夜襲の効果は大きかった。死者は数人に留まっていたが、闇の中、同士討ちで五百人を越える負傷者が出ていた。

翌十日、親氏は負傷者の多さに驚き、正面よりの城攻めをあきらめ、調一統の一部に密使を送り分断を図ろうと画策したが成功しなかった。

十月十一日早朝、生葉郷《いくはのさと》より高良山を越えてきた大友の別働隊如法寺若狭守氏信の率いる千五百人が、北川内平に攻め寄せた。栗原貞光らは河崎・星野一族と合力し、午刻《うまのこく》（十二時頃）まで防戦したが大友方を打ち破れず、援兵を依頼してきた。

頼治は、黒木統実の部隊三百人を急派した。これで戦況が変わり、大友方は敗色濃厚となり多くの兵が倒れ、北川内平より退却をはじめた。

またこの日、津江里で戦っている江田行宗からの使いも来た。

使いの江田行忠が頼治に報告した。

「十月八日、大友方の日田勢千人が津江里へ討ち入りましたが、防戦に努め、九日には撃退致しました」

「どのような戦であったか」

「津江里は狭い山道しかありませんので大軍の移動はできません。太刀を交すことはなく、我らは山陰に身を潜め、数十人ずつ山を登ってくる敵を弓矢で射るだけでした。それでも、大友方は必死で我らを捜し攻撃を加えましたが、我らが危うくなると山民の弓部隊が現われ敵を攻撃致しました。おそらく、五十人近い兵が射倒され、負傷者は三百には及んでいると思われます」

北川内平の大友勢が敗退したことは、大友親氏にも知らされた。

大友親氏は、五條の兵が動かないのを見て、津江里よりの矢部里進入も失敗したことに気づき、黒木平に留まり逆に包囲されることを恐れ、牧口《まきぐち》（八女市忠見）まで兵を退き、了俊の命で翌十二日には八女郷を去った。

堀川満明

この戦の勝利の意味は大きかった。大友親世《おおともちかよ》は、五條《ごじょう》・調《しらべ》一統《いっとう》が、天険を利用して予想以上に強力な力を持っていること、多くの兵を養う財力を持っていることを知ると、八女郷《やめのさと》を攻める愚を悟り、この後しばらくは八女郷に兵をさし向けることはなかった。

この戦《いくさ》の仔細は、ただちに良成《りょうせい》に報告された。

十一月十日、良成直筆の書状が矢部里《やべのさと》五條館に届いた。

書状には、

「連絡をしていないので、疎遠に感じられるでしょうが、この間の事情を察してください。住吉よりの勅使が年内に下向してまいれば、はっきりとしないことなどが判明すると思われます。私は常にそちらの山中の様子を察しています。心静かなる幽閑の境地の住居ではなかろうかと……」

という旨のことが十一月三日付けでしたためられていた。

涙ながらに繰り返し書状を読んだ頼治《よりはる》は、良成を矢部里に招く決意を新たにした。

十二月九日、頼治は堀川満明《ほりかわみつあき》に宛てて書状を書き、先頃の戦の戦勝報告を改めておこなった。

この間の書状のやりとりについては、今なお五條家文書に残されている。

この書状が八代高田御所《やつしろこうだごしょ》に届いた数日後の十二月十五日、良成は矢部里へ移る決意を固めた。

十二月十六日、良成は「数日後に八代を発つ」と、使い五人を矢部里に向かわせた。

十二月二十日申刻《さるのこく》（十六時頃）、五人の使いが五條館に到着した。

「頼治殿、宮様の側に仕えております新宮重光《しんぐうしげみつ》でございます。宮様が矢部里に移る決意を固められました。今頃はすでに八代を発たれているのではないかと存じます」

「ご苦労であった。ところで宮様の道中は大丈夫であろうな」

側に控えていた原島三郎《はらしまさぶろう》が答えた。

「阿蘇惟政《あそこれまさ》殿が途中まで手引きされ、その後は菊池一族の手勢が護衛する手はずになっております」

「安堵した。五人とも八代に帰るわけではあるまい。落ち着き先は、明日決めよう。本日はこの館にとどまれ。夕餉の準備をさせよう」

翌日、頼治は、四百人の兵を率いて黒木里猫尾城《くろぎのさとねこおじょう》に入った。

十二月二十五日午刻《うまのこく》（十二時頃）、良成一行が小栗峠《おぐりとうげ》を越えたとの早馬が到着した。

頼治は、木屋行実《きやゆきざね》と相談し八百人の部隊を出迎えに出した。部隊が、矢部川沿いに黒木平を下ると、谷川（八女市立花町）付近より矢部川左岸を遡ってきた「金烏《きんう》の御旗《みはた》」を掲げた良成の一行五十人が現われた。

一行は、高田の御所を発つときには目立たないように十人程度の小人数で行動したが、菊池を越える頃から徐々に合流し、五十人まで増えていた。

良成一行は、八百人の部隊を見つけると「おおっ」と安堵の声を上げた。

一行は次々に川を渡った。頼治と行実は部隊を平伏させ良成一行の渡河《とか》を待った。

平伏している頼治らの前に立った良成が、大きく響き渡る声で言った。

「ご苦労である。面《おもて》を上げよ。永年の忠節、良成心より礼を申す。本日のこと終生忘れまいぞ」

皆が再び平伏した。

良成は、猫尾城に入る前に、調一統が創建した津江《つえ》神社と素盞鳴《すさのお》神社に参拝し、今日までのご加護を感謝し、今後の武運を祈願した。

二日前、頼治・行実は、八女郷の諸将に「征西将軍の宮様、まもなく黒木里に到着」の報せを送っていた。良成との結びつきをさらに強めようと考えたからであった。

申刻《さるのこく》（十六時頃）より、猫尾城内で良成を歓迎する宴が始められた。

冒頭、五條頼治が挨拶した。

「征西将軍の宮様、よくぞ八女郷においでくださいました。本日は、木屋行実殿と黒木統実《むねざね》殿の計らいで歓迎の宴を催すことができました。八女郷の諸将もすべて参集しております。お見知りおきください」

良成が心を込めて礼を言った。

「私がこうしておれるのは、一重にそなたたちのお陰である。先頃の大友勢との戦のこと、頼治より承っている。ご苦労であった」

宴が始まりしばらくすると、堀川満明が立って、良成の側近の公家と諸将を引き合わせた。

「堀川満明でございます。本日は皆様ご参集いただきありがとうございます。せっかくの機会ですので我ら供回りのものをお見知りおきください」

堀川満義《みつよし》・藤井慶行《ふじいよしゆき》・坊門定秀《ぼうもんさだひで》らの公卿、橋本親幸《はしもとちかゆき》・岳統行《たけむねゆき》らの武者が紹介された。

それが終わると頼治が言った。

「調一統《しらべいっとう》の方々も名乗っていただけませんか」

最年長の木屋行実が挨拶した。

「木屋行実にございます。当年六十歳になりました。黒木統実が若いので後見として、猫尾城に入っております」

その後、調一統が順次挨拶し、河崎祐実《かわさきすけざね》が挨拶した。

「北川内平、犬尾城の麓付近を領しております河崎祐実でございます。黒木里への入り口にあたりますので一族力を合わせて敵を防ぎたいと存じます」

星野実忠《ほしのさねただ》が最後に挨拶をした。

「星野実忠でございます。日々、懐良《かねなが》大将軍の宮様の御陵をお守りしております。また、星野里北側は水縄《みのう》山地にあたりますので、今川方の動きを逐次探っております。何か動きがあればお知らせ致します」

舞なども披露され、宴は和やかに続いた。

大渕里

翌日、良成《りょうせい》一行は四百人の兵を従えて黒木里《くろぎのさと》を発ち、矢部里《やべのさと》に向かった。

頼治は、大渕里《おおぶちのさと》に着くと兵の半数を矢部里に帰し、良成一行と二百人の兵は大渕里に留めた。良成に大渕里を理解してもらうためであった。

一行は、大渕城の麓にある大渕忠行《おおぶちただゆき》の館に宿泊した。

夕餉の席で、頼治が説明した。

「ここは、三十年以上前、征西府直属部隊の根拠地を作るために亡き父、良氏《よしうじ》が田畑の開墾を始めたところでございます。まだ、大原合戦の前でございました。当時、大渕忠行の父忠光《ただみつ》は栗原を名乗っておりました」

「どうして大渕に姓が変わったのか」

「そのことは、大渕忠行より説明させましょう。忠行、説明申せ」

「我らは、この地を故郷にするつもりで開墾にあたっておりました。この地の民とも親しくなり、この地に代々続く大渕の姓を名乗りたいと考えるようになりました」

「いつ頃から名乗っているのか」

「大将軍の宮様が高良山《こうらさん》より矢部里高屋城《たかやじょう》に移られる折に『大渕』『月足《つきあし》』を名乗ることをお許し頂きましたので二十年近くになります」

側で黙ってこの会話を聞いていた堀川満明《ほりかわみつあき》が尋ねた。

「大渕里はいかほどの広さですか」

「矢部里よりは狭いのですが、それでも結構な広さです」

「田畑の開墾は終わっていますか」

「矢部川沿いは我らの手でほぼ終えていますが、支流や谷川沿いなどには及んでおりません」

また、思いにふけったように押し黙って話を聞いていた橋本親幸《はしもとちかゆき》も尋ねた。

「大渕殿、矢部里に入る道は矢部川沿いのみですか」

「私は通ったことがございませんが、もう一つの道がございます。その道については妻の小百合《さゆり》より説明させましょう」

小百合は里の長《おさ》、大渕幸時《おおぶちゆきとき》の娘で、大渕里のことは熟知していた。

「冬野川《ふゆのがわ》と里の者が呼んでおります川沿いに肥後から矢部里に抜ける道がございます。この道の方が矢部の里に行くには容易だと存じます。あまり知られておりませんが、山民《やまのたみ》や肥後の方々はこの道を利用しています」

堀川満明が再度尋ねた。

「小百合殿、この道沿いには民は住んでいるのですか」

「冬野というところに数戸の山民が住んでいるだけでございます」

今度は頼治が尋ねた。

「忠行、この道のことは知ってはいたが、容易に矢部里に入れるとは考えていなかった。矢部里の守りには重要なことである。宮様を矢部里へ案内する途中であるが、私にその道を案内してもらえないか」

「征西将軍の宮様、頼治様が望まれるならばそう致しましょう」

黙って会話を聞いていた良成が言った。

「忠行、私も案内せよ」

翌十二月二十七日、良成と頼治は、矢部里入りを遅らせ、忠行の手配した民の案内で、冬野川沿いの山道を矢部里に向かうことにした。

出発に先立ち、案内の者が、「肥後道《ひごみち》より城山《しろやま》越えの方が近いですがどちらを通りましょうか」と忠行に尋ねた。

「肥後道にしてくれ」

案内の民は「わかりました」と答えると、館から矢部川沿いに少し降り、冬野川の合流する付近より山道に向かった。

山道は、馬が通れるようには整備されていなかったが、人の往来はあるらしく、樹木は切られていた。

十人の一行は、樹木が生い茂った薄暗い山道を半刻《はんとき》（一時間）ほど進んだ。急斜面に切り立っていた山が、緩《ゆる》い斜面に変わり明るくなった。

忠行は「宮様、少し休みましょうか」と言って、案内の者に休憩を命じた。

良成が尋ねた。

「忠行、矢部里に抜ける峠までどれくらいあるか」

「案内の者の話では、三里《さんり》（十二キロ）ということでございます」

堀川満明が頼治に向かって言った。

「陽が見えるようになりました。かなりの平地がありますね」

「私もそのことが気になっておりました。矢部里ではこのような場所を探して田畑を開いております」

この会話を聞きながら、同行していた橋本親幸・岳統行《たけむねゆき》は、紙と筆を取り出し、絵図のようなもの描いていた。

休憩後、一行はなだらかで、冬陽が注ぐ山道を東に進んだ。冬野川にはなだらかな山から何本もの小川が流れ込んでいた。

午刻《うまのこく》(十二時頃)、一行は再び休憩した。

案内の者が説明した。

「峠までは小半刻《こはんとき》(三十分)ほどです。ここは、地元の者が冬野と呼んでいる所です。数戸の山民が暮らしています。野鳥や猪、ウサギなどがよく捕れると聞いております」

休息後、一行は急斜面を登り、ほどなく峠に着いた。

ここでも橋本親幸と岳統行は、紙と筆をとりだした。

峠からは、冬晴れで遠くまで矢部の山脈を見ることができた。

頼治が良成と忠行に尋ねた。

「この間道沿いには備えが必要だと考えますが」

良成が「私もそう考えた」と応え、忠行も賛同した。

忠行が「ここまででよい」と案内の者に命じ、一行は登ってきた山道を下った。

頼治は、館に戻るとすぐに良成に進言した。

「宮様、今から冬野川沿いの備えについて相談したいのですが」

「私にも存念がある。忠行、満明を呼べ」

四人が館の客間に集まると、良成が言った。

「冬野川沿いの備えについては皆が必要を感じていると思う。問題は誰をあてるかである。皆の存念を聞きたい」

堀川満明が言った。

「宮様、橋本親幸、岳統行の一統ではいかがでしょうか」

「忠行の手の者もいると思うが」

「私も含めて八代より宮様に随《したが》ってきた者には根拠地がありません。公家衆はともかく武者には住む場所・守る場所を与えたいと存じます。忠行殿、冬野川沿いの開墾と備えは我らの手の者にあたらせてください」

「異存はございません」

頼治が尋ねた。

「ところで満明殿、橋本・岳一統の武者は何人いますか」

「今ここには二十人ほどですが、肥後より遅れて矢部里に向かう者もおりますので、三十人にはなると考えられます」

良成が決定した。

「冬野川沿いの備えには、親幸と統行を当てよう。二人を呼べ」

二人はすぐに客間に来て平伏した。

堀川満明が言った。

「両名とも頭を上げよ。征西将軍の宮様の命である。二人は本日見聞した冬野川沿いの備えと田畑の開墾をせよ」

橋本親幸が応えた。

「承りました。ありがたいことでございます。宇土での戦の折に倒れました兄、親政も拠るべき里のことを常々申しておりました。草葉の陰で喜んでいることでしょう」

親幸同様、宇土の戦で弟を亡くしている岳統行も目に涙を浮かべてうなずいた。

頼治が尋ねた。

「両名とも冬野川沿いの絵図を描いていたが、備えを命じられることを予想していたのか」

岳統行が答えた。

「予想はしておりませんでしたが、備えの任務を与えていただくようにお願いするつもりでした」

「何戸分ぐらいの田畑の開墾ができると考えたか」

「八十戸分ぐらいは開墾できるのではないかと二人で話しておりました。ただ、開墾用の農具や人手がありませんので、八十戸分は無理かもしれないと考えておりました」

「両名の一統は何人いるか」

「ここにおりますのは、五郎丸《ごろうまる》・安部《あべ》などの家臣を含めて十八人でございます。遅れている者たちも含めて三十五人ほどになりましょう」

橋本親幸も答えた

「肥後各地に散っております一族の女子供なども含めると五十人ほどになりましょう」

頼治が言った。

「開墾に全力であたれ。矢部里の開墾も終わりつつある。農具と人手は出せよう」

さらに良成が言った。

「銭も多少残っている。銭も使ってよい。人も遠慮無く使え」

こうして、冬野川沿いの備えと開墾は両名にゆだねられることになり、一統は矢部里で農具などの準備をした後、この谷に入った。

開墾が進むとともに人が増え始め、この谷はいつしか剣持《けんもち》（剣をもって宮を守る）と呼ばれるようになり、川も剣持川と称するようになった。

十二月二十八日早朝、大渕忠行の館を出発した一行は、月足城《つきあしじょう》の麓にある月足秀貞《つきあしひでさだ》の館に一刻《ひととき》（二時間）ほど留まった。

館の客間で、月足秀貞が挨拶した。

「征西将軍の宮様、遠路よくお運びいただきました。しばしおくつろぎください」

「矢部里への入り口の備えご苦労である。ずいぶんと堅固そうな城であるな」

「後で御案内致しますが、山そのものが険しく守りに適しています。しかも、あの城を越えなければ矢部里に入れません。入り口を固めるには最適の場所です」

堀川満明が尋ねた。

「矢部里には、ここからしか入れませんか」

「もう一本道がございます。この月足のすぐ下流に民の家が数十戸ございましたが、そこから川の右岸の山を抜ける道がございます」

「すぐ下流の集落は何と呼びますか」

「枝折《しおり》と呼ばれております。私の妻が育った集落でもあります」

「できればその山道を通って矢部の里に抜けてみたいものだ」

日頃そばに控えているだけで寡黙な満明の嫡男満義《みつよし》が、突然言い出した。

「宮様、私を本日ここに残していただけませんか。枝折から矢部里に入ってみようと存じます」

良成が頼治と顔を見合わせながら言った。

「日頃私に話しかけることも少ない満義が申すのであれば、思案があってのことであろう。許す。秀貞手配せよ」

「承知致しました。しかし、山民《やまのたみ》を手配しなければなりません。今日の山越えは無理だと存じます」

「それでよい。手配せよ」

休憩が終わると、一行は、月足城を見聞した後、満義ら数人を残して矢部里に向かった。山の尾根沿いに椎葉《しいば》・蚪道《いらどう》・西園《にしぞの》より高屋城の麓二《ふた》ッ尾《お》にある五條館に向かった。

尾根沿いの道は、山道ながらよく整備され、人の往来が頻繁なことを示していた。

西園につくと馬が数頭準備されていた。良成らは、用意されていた馬に乗って矢部川沿いの道を上った。

頼治は、所野《ところの》に着くと馬を止めて説明した。

「宮様、前面の崖の上にアイノツル城がございます」

良成が驚いたように言った。

「頼治、どこから登るのか」

「東の山の斜面の山道を登ります。兵と食糧の備えがあれば容易に落ちることはありません」

「あのような崖の上に城を築くには相当の人手と銭が必要であったろう」

「すべて今は亡き大将軍の宮様のお陰です」

頼治は、さらに手を上げて指さしながら説明を続けた。

「申し遅れていましたが、政子《まさこ》様の館はあれでございます。政子様は、今日はすでに五條館でお待ちだと存じます。私の館まで今少しです。出立致しましょう」

一行が、歩を進めると中村《なかむら》と呼ばれる平地に出た。ここには、五百人の兵が出迎えていた。

満明が感服したように呟いた。

「道すがらの田畑の開墾、この兵数、頼治殿が宮様を招かれた理由がよくわかった」

頼治が言った。

「宮様、兵たちにお言葉をおかけください」

良成が張りのある声で兵たちにねぎらいの言葉をかけた。

「皆の者、ご苦労である。頭《こうべ》をあげよ」

堀川満明が後を続けた。

「征西将軍の宮様である。ともに国家の大義と矢部里の民の幸せのために尽くそうではないか」

一旦顔をあげた兵士たちが感動して「ははっ」と再び平伏した。

南北朝合一

良成《りょうせい》一行は、ほどなく五條館《ごじょうやかた》に到着した。館には、五條家の者たちが出迎えに出ていた。

良成は、迎えの中に妻政子《まさこ》の顔を見つけた。良成が、菊池隈部城《きくちくまべじょう》の落城の折、政子と別れてからすでに十年の歳月が流れていたが、政子の容姿は当時と変わらない。

政子は目を細めて微笑み、口元を動かし「お帰りなさい」と言ったようだった。

良成も二度うなずいて応えた。

良成は、五條館に入ると「良遠《よしとお》を弔いたい」と、先月亡くなった良遠を弔うために一人で位牌のある仏間に入った。

良成は、半刻《はんとき》（一時間）あまりも仏間に留まり懇ろに良遠を弔った。

良成に続いて、満明《みつあき》らの側近が次々に弔問した。

この日の夕餉が始まる前に、頼治《よりはる》が挨拶した。

「宮様、八代から遠路よくこの里までおいでくださいました。今よりは、ここを宮様の永遠の故郷となさってください。本日は酒など酌み交わしながらおくつろぎください。堀川殿をはじめ共の皆様も大変お疲れ様でした。近日中に館の手配を致しますので本日はこの館に御宿泊ください。宮様の歓迎の宴は明日にさせていただきます」

ゆっくりとくつろいだ夕餉が終わると、頼治の妻渚《なぎさ》が良成を仮御所へと案内するために来た。

頼治は、御所を釈迦岳《しやかだけ》の麓に作る予定であったが、完成まで五條館の一棟を仮御所とすることにしていた。

「征西将軍の宮様、仮御所で政子様がお待ちです。ご案内致します」

渚は良成を別棟の客間へと案内した。

客間には政子が待っていた。

良成が立ったまま声をかけた。

「政子、息災のようであるな。元気で再会できて何よりである」

政子が正座をして礼をした後、目を潤ませながら応えた。

「宮様、よくぞご無事で。永年のお働きご苦労様でございました」

渚が、

「私はこれで失礼致します。酒など用意致しております。お二人ともゆっくりお休みください」

と言って退出した。

二人になると良成は、いたわるように言った。

「政子、この里の暮らし、いかがか。知己もおらずに寂しくはないか」

酒を注ぎながら、政子が応えた。

「最初の数年はそうでございましたが、十年にもなりますと、この里の者にも知己が増え、楽しく暮らしております」

「日々何をして暮らしているか」

「里の子供たちに文字を教えたり、野菜・花の手入れなどをしています。時には、弓・太刀など武術もしております」

「それは忙しいな。ところで武良《たけよし》は、いかがしておる」

「宮様の仰せのとおり、山民《やまのたみ》の長《おさ》、栗原杣次《くりはらそまつぐ》殿のお子としてたくましく育ててもらっております」

「杣次には妻子がいるのか」

「杣次殿の妻は渚様の妹瑞穂《みずほ》様です。三人のお子がおられます」

「そちたちに苦労をかけるな」

「とんでもないことでございます。宮様にこうして再びお目にかかれましたことが何よりも幸せでございます」

十二月二十九日午刻《うまのこく》（十二時）より、頼治は、釈迦岳より流れ出る小川の谷口に創建したばかりの殊勝寺《しゅしょうじ》境内で、良成の矢部里《やべのさと》入りの歓迎の催しをした。

頼治は、この日に備えて境内に舞台を作らせていた。

舞台正面の講堂には、中央最前列に良成・政子、左右に堀川満明・満義、五條頼治・良量《よしかず》と側近たちが床机《しょうぎ》に座り、後方には中司《なかし》、壬生《みぶ》、藤原などの公家衆と栗原、江田、堀口、原島、江良《えら》、堀下、新宮、郷原《ごうはら》、若杉、新原、石川などの主立った武者たちが座った。

そして舞台と講堂の間、講堂の左右には多くの兵や民たちが集まった。

最初は、童《わらべ》たち三十人による剣舞であった。

ドーン、ドン、ドン、ドンという太鼓の合図で、童たちが舞台に上がった。

整列した童たちは、小太刀を抜いて右手に持ち、時折「エイ」と声をかけながら舞台を駆け回って踊った。一糸乱れぬ剣舞であった。

剣舞が終わり、拍手をしている良成の耳元で「最前列、右から二人目が武良様です」と頼治がささやいた。

良成は、

「あんなに大きくなっているのか。時の流れは、早いものだな」と感慨深げに政子に言った。

次には娘たちが十人出てきた。

娘たちは、鼓《つづみ》と「矢部里には釈迦岳《しゃかがだけ》、神窟《かみのいわや》の八女津媛《やめつひめ》、古い太古の時代より八女郷の守り神……」という童たちの唄に合わせて、舞を繰り広げた。

公卿衆《くげしゅう》も、「こちの座敷はヤーエ祝いの座敷、鶴と亀との舞い遊ぶ……」と公卿唄を唄った。この公卿唄は、平成の今まで矢部村に伝わっている。唄い方はみやびで切々たる哀調を今なお残している。

一刻（二時間）ほど続いた催しは、八女津媛神社の浮立《ふりゅう》で最高潮に達した。

杣次の嫡男康義《やすよし》が、僧の法衣をまとい頭巾をかぶり、五色の布をつけた雨傘と「天下泰平、国家安全」と書かれた大団扇《だいだんせん》を持って「真法師《しんぽち》」（全体の指揮者）を務め、境内に上がってきた。

康義が、

「東西、東西、御鎮《おしず》まり候へ。御鎮まり候へ。茲許《ここもと》に罷《まか》り出でましたる者は、江州比叡山《ひえいざん》の麓に住居をなす真法師にて候。天下泰平《てんかたいへい》、国家安穏《こっかあんのん》の御世《みよ》の時……」

と口上を述べ始めた。

その後に大太鼓、小太鼓、鉦《かね》を持った六人が、太鼓を打ち、鉦を叩き舞い踊りながら続いた。行列には、猿面や小紋の裃《かみしも》を着た童、笛吹き十人が続き、更に氏子の老若男女が思い思いの仮装をして囃《はや》子方《しかた》として加わった。

「何とも風情がございましょう」

政子が良成に話しかけた。

「政子は初めてではないのか」

「はい。私は、毎年十二月におこなわれますこの浮立を楽しみにしております」

催しが終わると、栗原杣次が武良を伴って良成の前に進み出た。

「征西将軍の宮様、本日剣舞を舞いました私の次男武良でございます。武良、宮様に挨拶を申しあげよ」

「栗原武良でございます。以後お見知りおきください」

「素晴らしい舞であった。武良、年はいくつか」

「今年十一歳にございます」

幼顔に似合わず大人びた話しぶりが可愛く、またおかしくもあった。

良成が、うなずきながら目を潤ませている政子を見た後、

「武良、見事な舞であった。褒美を取らせよう」

かたわらの満明が一振りの懐刀を持ってくると、

「これは我が母上の形見の守り刀、そちに取らせよう」と刀を授けた。

やがて主立った者たちは、殊勝寺より五條館に場所を変え宴《うたげ》となった。

宴が始まり、半刻ほど経った頃、大渕里枝折《おおぶちのさとしおり》に残っていた堀川満義《ほりかわみつよし》が五條館に着いた。

「宮様、勝手を申しましたが、矢部川右岸より矢部里に入ってきました」

「ご苦労であった。どのような道であったか」

「人一人が通れる程度の山道でしたが、途中八升蒔《はちしょうまき》・平野《ひらの》という所には里人も住んでおりました。

宮様、お願いがございます。頼治殿のお許しがいただければ、私を枝折に住まわせてはいただけませんか」

「どうするつもりだ」

「我ら堀川一族には根拠とする場所がございません、枝折を根拠に田畑の開墾をしたいと存じます。

肥後に残しております一族郎党も呼びよせねばなりません」

「満義の存念はよくわかった。頼治、いかがであろうか」

「満義殿があの地にあれば、心強い限りにございます。異存はございません」

日が沈み宴が終わると、良成と政子は寝所となる部屋に移った。

ほどなく、頼治が満明を伴って良成の部屋を訪れた。

「お疲れのところ申し訳ございません。少しばかりお話が……」

「遠慮致さずとも良い。催し、宴、今日はまことに楽しい一日を過ごさせてもらった。そして、話とは何だ」

「都よりの噂では栄山寺（奈良県五條市）では御兄君の後亀山帝《ごかめやまのみかど》が足利義満と講和を結ぶという話が進んでいるとのことにございます」

「その噂は私も聞いていたが、武家方の謀略と考えていた。真実か」

「栄山寺から確かな者が本日参って報告致しました。間違いないようです」

「誠とすれば、我らと我らに随《したが》ってきた者どもは、すべてうち捨てられるではないか」

「今川了俊の手の者が私に会いたいとも申しておりますので、九州でも和議に向けての動きがあるのかもしれません」

「私は断じて認めない。そちたちはどう考えておる」

頼治が言った。

「今までの大義が成り立ちません。私はあくまで宮様と宮様に随ってきた皆様をお守り致します」

満明もうなずいた。

「頼治殿が申されるように、武家方と和睦しても、我らには八女郷以外に帰るところはありません。この地を守り再起を図りましょう」

頼治が言った。

「いずれにしろ、栄山寺に使者を立て真偽を確かめましょう」

翌日以降、良成は、精力的に矢部里各地を視察した。

三十日、「東の備え、虎伏木城《こぶしきじょう》と津江里《つえのさと》を見たい」という良成の希望で、頼治は虎伏木城に良成を案内した。矢部川沿いに東へ登ると、川が二つに分かれたところに橋があった。

頼治は、橋の手前で立ち止まり説明した。

「宮様、あの橋を渡り左手に見えるのが虎伏木城でございます。麓の階段付近には出迎えの兵が出ているようでございます」

橋を渡ると江田行宗《えだゆきむね》が出迎えた。

「征西将軍の宮様、この城を訪れていただきありがとうございます。早速、御案内致します」

階段を上って城に着くと良成が声をかけた。

「この山中にこれだけの城を築くとは大変な苦労であったろう。難攻不落と思える」

「城づくりから、田畑の開墾まで山民《やまのたみ》が手伝ってくれまして、思いのほか早く完成致しました。あの雪化粧《ゆきげしょう》の山をご覧下さい。筑後・肥後・豊後にまたがる三国山《みくにやま》でございます。築城には、三国の山民が集まりました」

堀川満明が尋ねた。

「山民は、今はもういないのですか」

「この城の備え、田畑づくりは江田・郷原・若杉など我ら武者一族だけでは到底できませんので四十人ほどの山民が、家族を呼びよせて暮らすようになっております」

この城は、この後もこの地の人々の象徴となった。今は廃校となっている矢部村高巣《たかす》小学校の校歌の一節に「六百余年のいにしえに　皇子《みこ》のいませし虎伏木城　ああ虎伏木城　ああ虎伏木城」と歌われたことがそれを示している。

城の客間で、行宗が言った。

「征西将軍の宮様、皆様方、どうぞおくつろぎください」

女たちが、干栗・里芋の煮物・葛湯《くずゆ》などを運んできた。

「午刻《うまのこく》（十二時頃）を過ぎております。粗末な物ですがお召し上がりください」

良成が葛湯を飲みながら尋ねた。

「腹の底から温まる。誠においしいものだな。この里で作っている物か」

「はい。これを飲みますと身体が暖まり、疲れもとれますので山民たちが好んで持ち歩いておりました。我らも山民に教わり作っております」

城で休息した一行は、その日のうちに新しく開墾された竹原《たかわら》より津江里《つえのさと》に出て、津江信経《つえのぶつね》に会って五條館に帰った。

翌大晦日《おおみそか》、良成は、頼治の案内で御所の候補地である釈迦岳の麓を訪れた。

「ここはよい」

良成は、この地を気に入った。

年が明け、元中九年（一三九二）の正月を迎えた。元旦こそゆっくりとくつろいだ良成であったが、二日以降は、矢部里をはじめ八女郷各地より、多くの諸将が年始の挨拶に訪れ、多忙な年始となった。

一月七日、堀川満明・満義親子は「宮様を支える拠点を一つでも多く作ります」と大渕里枝折に移った。

一月十日、大雪が降った。例年のことであったが、この日から一カ月半、矢部里は雪に閉ざされた。この間、良成は朝餉が終わると殊勝寺に籠り、写経をするのを日課とするようになった。

頼治は、「南北朝合一」の真偽を確かめるために肥後へ向かった。

雪が溶け、新芽が芽吹く頃になると矢部里は山菜採りも始まり活気づいた。

良成は良量《よしかず》に案内させ、矢部里の各地を訪れ、民の暮らしぶりを見て回った。

四月五日、肥後・筑後各地をまわり情報を集めていた頼治が、五條館に戻ってきた。

「宮様、ただいま戻りました。肥後では戦はありません。菊池武朝《きくちたけとも》殿、阿蘇惟政《あそこれまさ》殿とも会うことができました」

「いかがしておった」

「お二人とも今川了俊から和睦の申し入れがあり、迷っておられるようでした。『畿内で近々和睦が成立するので九州でも和睦を急げ』という幕府からの命のようでございます」

「私の考えは伝えてきたか」

「申してまいりました。両名とも再起するための軍勢を集めるのは無理であろうと申しておりました。しかし、仮に和睦をしても宮様が攻撃されるようであれば、万難を排して駆けつけるとのことでした」

「和睦は間違いないようだな。我らも考え方を変えねばなるまい。ご苦労であった。休め」

五月になると、頼治が吉野に送っていた手の者も帰り、同様の報告をした。

大杣御所

御所づくりは、四月より始められた。

頼治《よりはる》は、大原合戦の直前九州に下ってきた新田一族の堀口貞通《ほりぐちさだみち》と江田行靖《えだゆきやす》（江田行光《ゆきみつ》の三男）を御所づくりの担当に命じた。

釈迦岳《しゃかだけ》の麓の御所は、江田行靖が開墾した六本松《ろっぽんまつ》と呼ばれている緩やかな山の斜面に建築されることになった。

谷川沿いの山道から六本松までは、六十間《けん》（百メートル）登らなければならない。

堀口貞通と江田行靖は、山の斜面の整地とそこに通じる階段づくりに人びとを動員し十日後には、御所の用地と階段の整備を終えた。

御所の用地付近は、この頃から大杣《おおそま》と呼ばれるようになり、御所建築も始まった。

二人は、八女郷全域より大工・左官などの匠《たくみ》を集め、建築に全力を挙げた。

良成《りょうせい》の「大きな建物でなくともよい」との命があり、事前に設計がなされ建築材料の切り込みを終えていたこともあって、五月一日には、三棟の御所が完成した。

頼治は、建築現場を訪れては、気づいたことを詳細に指示していたが、特に気を配ったのが御所のまわりの庭園であった。

「宮様を年間を通してお慰め申したい」という頼治の意向で、階段付近にはツツジ、庭園には庭石とともにサザンカ、シャクナゲ、藤、萩、紅葉などの花木が植えられた。

また、御所の前の小山には山桜、湧き水が流れ出てくる付近には池が掘られ菖蒲《しょうぶ》、アヤメなども植えられた。

五月五日巳刻《みのこく》(十時頃)、良成一行は、五條館を出て大杣御所に向かった。

川沿いの山道は馬が通れるように整備され、川沿いの樹木に絡んだ山藤が紫色の花をつけ陽光に映えていた。

一行は、半刻(一時間)ほどで御所の麓山口《やまぐち》に着いた。ここには、田畑が開墾され新しい民家が十数戸建てられていた。

山口では、堀口貞通一族と郎等三十人の武者が出迎えた。

堀口貞通が進み出た。

「征西将軍の宮様、御所へのお移りおめでとうございます。我ら一同、頼治様より御所の警護を申しつけられております。よろしくお願い致します」

「ご苦労である。民の家が皆新しいが、田畑の開墾はそちたちがおこなったのか」

「そうでございます。八年の歳月をかけてここまで開墾致しました。御所までは今一息でございます。私の館で葛湯などお召し上がりください」

一行は、貞通の館で葛湯を飲んだ後、しばらく川沿いに山道を進み、御所へ通じる階段を上りはじめた。

階段の両側にはツツジが植えられ、赤や白の花をつけていた。

「新しく植えられているのにもう花をつけているな。来年には、さらに見事な花をつけるであろうな」

と良成が頼治に話しかけた。

「今年花を咲かせるかどうか危ぶんでおりましたが、花をつけたのは何よりでございます」

未刻《ひつじのこく》（十四時頃）より、新築なった御所で、祝いの宴《うたげ》が催された。

宴の冒頭、良成が一同をねぎらった。

「皆の者、御所建築、永年にわたる田畑の開墾、戦への出陣、重ね重ねの忠節ご苦労であった」

この日の宴には、黒木・星野・河崎など調一統《しらべいっとう》も参加し、良成を守る体制が整った。

平穏な日々が続いていた十一月十日、京都より大杣御所に二人の使いが来て口上を述べた。

「宮様、去る十月二十五日、後亀山帝《ごかめやまのみかど》が後小松帝《ごこまつのみかど》に皇位を譲られ、武家方との和議が成立致しました。九州でも和議を結ぶようにとの勅命でございます」

目をつぶってそれを聞いていた良成が静かに言った。

「ご苦労であった。予想していたとおり、帝が皇位を譲られたか。武家方への屈服であるな。しかし、私がそれを認めるわけにはいかない。大義は何よりも大切なものだ」

「帰ったら、『良成は大義に生きる』と伝えてくれ。本日はくつろぎ、明日出立致せ」

「宮様、お願いがございます。私たちの役目は終わりました。私たちには帰るべき都はありません。この里においていただけないでしょうか」

「そちたちが望むならそう致せ。満明《みつあき》、頼治と合議し手配を致せ」

ほどなくして、菊池武朝《きくちたけとも》と阿蘇惟政《あそこれまさ》からも、今川了俊と和睦したとの報せが届いた。

翌明徳四年（一三九三）五月十日、良成は、八女郷諸将を大杣御所に集めた。

「一同の者、山里まで参集してもらって痛み入る。本日は今後の方針について私の存念を伝えておきたい。

皆の者も承知しているとおり、都・九州とも武家方との和議がなった。私は、私を支えてくれ命を落とした者たちのためにも大義を捨てるわけにはいかない。ここ矢部里で皆の暮らしが成り立つように働きたい。今川了俊が、戦を仕掛けることはあるまいが、油断はできない。今しばらく了俊の動きを見たい。皆の者は、それぞれの所領が侵されないように互いに助け合って力を蓄えよ」

良成の方針が伝えられた後、久々に一堂に会した八女の諸将たちによる宴が始まった。

宴の場は、庭園と小山の見える南側の講堂であった。

宴が進み、やや顔を赤らめた木屋行実《きやゆきざね》が言った。

「宮様、藤が見事な花を咲かせておりますなあ。お願いがございますが……」

「行実、そちの願いは何でも聞かねばなるまい。申してみよ」

「藤を見て思いつきましたが、藤は強い葛《かずら》です。黒木里《くろぎのさと》に宮様と調一統の絆の象徴として、宮様自ら藤を植えていただきたいのですが」

微笑みながら聞いていた良成が応えた。

「承知した。しばらく待て」

「宮様、それではこの行実まだまだ死ねませんなあ」

連歌の会

八女の諸将が力を蓄える約束を交わして散会してから二カ月後、誰もが予想もしないことが起こった。

白虎山城《びゃっこやまじょう》（みやき市）の今川了俊《いまがわりょうしゅん》が、良成《りょうせい》を連歌の会に招待してきたのである。

七月十日、大杣御所《おおそまごしょ》に、黒木統実《くろぎむねざね》に案内された了俊からの使いが到着した。

黒木統実が言上した。

「宮様、了俊殿から『宮様を連歌の会に招待申し上げたい』という使いが猫尾城《ねこおじょう》に再三参りますので、行実《ゆきざね》と相談のうえ案内致しました」

使いが、言上した。

「征西将軍の宮様、お目どおりいただきありがとうございます。九州探題よりの書状をお持ち致しました」

堀川満明《ほりかわみつあき》が書状を受け取り良成に渡した。

良成が、ゆっくりと書状に目を通した。良成は、長い書状を表情を変えずに繰り返し読んだ後、

「満明、頼治《よりはる》、そちたちも読んでみよ」

と書状を満明に渡した。

二人が読み終わると、良成が、

「ご苦労であった。本日はこの地に留まれ」

と使いに向かって言った。

良成は、使いを立ち去らせ、頼治・満明らに連歌の会に参加すべきか否かを諮《はか》った。

頼治が言上した。

「宮様、了俊は、水島の陣で少弐冬資《しょうにふゆすけ》を謀殺しており、安心できません。私は連歌の会の招待には応

じない方がよいと考えます」

満明の考えは違った。

「頼治様の申されるとおり心配はありますが、了俊の気持ちが書状のとおりだとすれば、連歌の会を受ければ平穏が訪れます」

頼治が言った。

「宮様はいかようにお考えですか」

「正直判断しかねているところである。大義のために戦い続けたいところであるが、了俊の気持ちがこの書状のとおりであればそうもいくまい」

「それはどういう意味ですか」

「了俊は今までの非礼をわびたうえで、中央での南北朝合一後の九州の平穏を願い、征西府方諸将の安堵をはかると申してきている。私が大義を通せば、そちたちと調一統《しらべいっとう》を破滅に導くことになる。招待を受けようかとも考えている」

「宮様がそこまでお考えでしたら反対は致しませんが、連歌の会の場所は、我らが宮様をお守りすることができる場所にしてください」

この後、数度のやりとりがあり、連歌の会の場所は調一統の勢力圏に近い湯が湧き出ている船小屋《ふなごや》（筑後市船小屋）に設定された。船小屋付近はこの当時、了俊の家臣朝山小次郎《あさやまこじろう》の領地でもあり、会場には最適であった。

八月五日、最初の連歌の会が催されることになり、会場となる館には、五條・調一統の兵五百人が配置された。

了俊は、白虎山城よりわずかに百人の兵とともに館に参着し、敵意がないことを示した。

了俊は歌人でもある。連歌の会は、打ち解けた雰囲気で進行し、会が終わると宴が催された。

宴の席で、同席していた朝山小次郎が良成に話しかけた。

「良成の宮様、見事な歌でございました。ところで、文章《もんじょう》（随筆）はなされますか。都に文章を書く吉田兼好という面白い坊主がおりました」

「文章も趣がある。了俊殿はいかがか」

「兼好法師より、『徒然草《つれづれぐさ》』という文章を預かってはおりますが、世に紹介する機会もなくそのままになっております」

この文章は、のちに了俊の手で人々に紹介された。

連歌の会は、この後もたびたび開かれた。

翌応永元年（一三九四）の九月、堀川満明が御所を訪ねた。

「連歌の会もさることながら、宮様、木屋行実《きやゆきざね》殿との約束はどうなさいますか」

良成が答えた。

「行実との約束である。藤を植えよう。しかし今は九月である。春先でないと無理であろう」

「春先に植えることだけでも知らせてはいかがでしょうか」

「満明、そなたが直接出向いて行実に知らせてくれ」

翌日、堀川満明は、黒木里を訪れて行実と会い、三月一日に植樹することを約束してきた。

半年後の応永二年（一三九五）二月二十八日、良成は、藤の植樹をするために黒木里に向かった。

途中、堀川満明の希望を聞いて、大渕里枝折《おおぶちのさとしおり》の堀川満義《みつよし》の館に立ち寄り、山間の田畑の開墾の状況を聞くことにした。

三年の歳月が開墾を進ませ、堀川満義はこの地に根を下ろしていた。

館で良成が尋ねた。

「田畑の開墾は順調と聞いているが、どの程度進んでいるのか」

「土穴《つちあな》・八升蒔《はちしょうまき》・平野《ひらの》など、ほぼ開墾は終わりました。四十戸を養える新たな田畑を開墾致しました。すべて宮様から頂きました銭のお陰でございます」

満義の妻が葛湯を運んできた。

「征西将軍の宮様、満義の妻弥生《やよい》でございます。葛湯をお持ちしました」

葛湯を飲み干した良成が言った。

「うまい。そなたが満義の妻か。月足秀貞《つきあしひでさだ》の妻の妹にあたるそうだな」

半刻《はんとき》（一時間）ほどこの館に留まった一行は、枝折を出発し、途中大渕忠行《おおぶちただゆき》の館にも立ち寄って、申刻《さるのこく》（十六時頃）には猫尾城《ねこおじょう》に到着した。

良成は、早速植樹のことについて木屋行実らと打ち合わせをした。

「行実、植樹の場所は、民がよく訪れ楽しめる場所がよいが、以前に参拝した素盞嗚《すさのお》神社ではどうだろうか」

「最適だと存じます。私もそう考えておりました」

「植える藤は、一株準備はしてきたが、黒木里にも美しく強い藤があればそれも植えよう。適当なものはないか」

黒木統実が目を輝かせて言った。

「ご存じだとは思いますが、木屋城の麓に暮らす杉本某《なにがし》とかいう者が藤の花を育てております。一応準備をさせてはおりますが」

「宮様、統実が準備しているようですが、いかがでしょうか」

「それはよい。早速手配せよ」

翌日巳刻《みのこく》（十時頃）、良成は、諸将とともに素盞嗚神社に参拝し神社の境内に藤を植樹した。良成は、寒風の吹く中、杉本三郎の助けをかりながら「強く育て、永遠に咲き続けよ」と祈りつつ藤を植えた。

この藤は、年を重ねる毎に成長し見事な花を咲かせるようになり、六百年以上も経った今日も「黒木の大藤」として人々を楽しませている。

こうしてしばらく平穏が続いたが、まもなく事態が急変した。

この年の閏七月二十日、今川了俊が京都に召還され、九州探題職を解かれたのである。

大内義弘《おおうちよしひろ》、大友親世《おおともちかよ》らの将軍足利義持《あしかがよしもち》への讒訴《ざんそ》が直接の要因であった。

「了俊、京都召還」の報は、大杣御所《おおそまごしょ》にも届いた。

八月十日、良成は、主立った者を御所に集めた。

「皆の者、了俊が京都に召還された。今後の九州の動きはいかになるだろうか。存念を申せ」

頼治が言った。

「宮様に随《したが》ってきた諸将が、幕命により直接攻撃を受けることはないでしょう。しかし、それぞれの守護が、勢力を伸ばすための活動を強めることが考えられます」

「八女郷も狙われるか」

「筑前・筑後の諸将は、我らの実力を周知しておりますので、当分手出しはしないでしょう。しかし、豊後の大友親世の動きには警戒が必要です」

「大友親世は、四年前に失敗しているのではないか」

「四年前の八女郷攻撃は、大友部隊だけの攻撃であり、了俊の了解はあったとしても、征西府方勢力の駆逐より、豊かな八女郷の支配を狙ったものとも考えられます」

江田行宗《えだゆきむね》が言った。

「大友は、津江里境《つえのさと》の物見を強化しているようです。油断できません」

この後、津江里境の守りは、さらに強化された。

茜雲の彼方で

八月、良成は、御所の見参平《けんざんだいら》で中秋の名月を愛でる宴を催した。

この日、矢部里の諸将・公家衆は、いつしか公家坂《くげざか》と呼ばれるようになっていた坂道を上り参集した。

酉刻《とりのこく》（十八時頃）までには、五條頼治《ごじょうよりはる》・良量《よしかず》、栗原貞頼《くりはらさだより》・貞光《さだみつ》、栗原杣次《そまつぐ》、堀口貞通《ほりぐちさだみち》、江田行忠《えだゆきただ》、轟信介《とどろきのぶすけ》、津江信経《つえのぶつね》らの諸将、公家衆では藤原・中司《なかし》、壬生《みぶ》ら三十人が顔を揃えた。

進行を務める堀川満明《ほりかわみつあき》が挨拶をした。

「各々方、今宵の中秋の名月を愛でる会に参集していただき、ありがたく存ずる。ただ今から宴を始めます。宮様、お言葉を」

「皆の者、矢部里《やべのさと》でもようやくこのような宴を催すことができるようになった。一点の雲もない秋晴れにも恵まれた。今宵はゆるりと楽しもうではないか」

「こちの座敷はヤー、ヤーエー祝いの座敷、鶴と亀との舞い遊ぶ……」という公家唄が唄われ、宴が始まった。

東向き中央に、良成・政子、堀川満明、五條頼治のために床机席《しょうぎ》が設けられ、その前に膳台が置かれていた。

他の席もほぼ同様に、左右に並べられていた。良成が、この日のため作らせたものでどの座席も新しかった。

十人の女たちが、酒を注いで回った。笛も奏でられた。

戌刻《いぬのこく》（二十時頃）、この頃から御前岳《ごぜんだけ》と呼ばれるようになっていた東の山から満月が上がりはじめた。

政子が良成に言った。

「宮様、山脈《やまなみ》に月が昇りました。星と月が山脈を照らし風情がございますね」

「心が洗われるような眺めだ」

一同の視線も一斉に東の空に注がれ一瞬の静寂が流れ、やがて月を愛でる会話が始まった。

堀川満明が立ち上がり、一同に呼びかけた。

「今宵は和歌などそれぞれ創って披露してもらいたい。宮様のご意向である。頭に浮かんだ者からそれぞれ披露をしてもらいたい」

それぞれが、月を愛でながら思案を始めた。

やがて、各々が、和歌を披露した。

風かよふ大杣御所に残る月夢の名残りの秋のしら露
と良成も自らの和歌を披露した。

この宴は、時折心地よい秋風に髪を乱しながら、夜が更けるまで続いた。

翌日、遅い朝餉を終えてくつろいでいた良成を、頼治と津江信経が訪ねた。

「宮様、お耳に入れておきたいことがございます」

と頼治が、緊張した面持ちで言った。

「何事か、津江信経が同道しているところを見ると、大友に動きがあるのか」

「そのとおりでございます。信経、仔細《しさい》を説明せよ」

「宮様、大友の兵の召集はありませんが、物見や津江里《つえのさと》をうかがう輩《やから》が増えております。近々、大友が津江里方面に兵を動かすのではないでしょうか」

この報告のとおり、十月になると、大友親世《おおともちかよ》は大友道徹《おおともどうてつ》を総大将とする三千人の兵を矢部里に乱入させた。これに対して五條良量を総大将とする矢部勢は菊池武信《きくちたけのぶ》の援軍を得て、矢部川支流の樅鶴川《もみづるがわ》石川内畔《いしかわちはん》で迎えうった。白兵戦となった戦いで、矢部勢は栗原貞光が戦死するなどの犠牲を払ったが、大友勢を破り撃退した。

大友親世は、矢部里の守りが強固であることを思い知らされ、以後矢部里攻撃はおこなわなかった。津江里での戦の勝利は、矢部里に再び平穏をもたらした。

十月二十日、良成は、大杣御所に頼治・良量父子を呼び出した。

御所には、三十人の側近・諸将が控えていた。

「頼治、そちは良い後継を持ったものだ。本日は、良量に、津江里での戦の感状を与えることにした。満明、感状を持て」

感状を受け取ると、良成は、感状を声高らかに読み上げて手渡した。

「宮様、ありがとうございます。宮様からは、名前も頂き、さらに感状まで賜りますとは。良量、このうえない誉れでございます。終生宮様のために働かせていただきます」

良量は、この日終生の忠節を誓ったが、数日後、予期せぬ出来事が起こった。

十月二十五日、良成が突然病に伏したのである。薬師《くすし》の見立ては、永年の心労がたたり数日間しかもたないということだった。

良成は、苦しみながらも意識は、はっきりしていた。

翌二十六日巳刻《みのこく》（十時頃）、良成は、急を聞いて集まってきた諸将・側近を前に言った。

「皆の者、私は長くはもつまい。私の遺言を聞いてくれ。まず葬儀はこの地でごく内輪でおこなえ」

満明が言った。

「宮様、遺言などと、お気が弱い。しっかりなさいませ」

苦しみながらも良成は続けた。

「墓所はこの地としてくれ。私の死は自然とわかる。知らせずともよい。頼治、そちの一族、永年の忠節ご苦労であった。今後は、矢部・大渕里の民のためにのみ力を尽くせ。ゆくゆくは、大友が和睦を申し出てくるであろう。その時がきたら和睦を受けよ」

頼治は、良成の手を握り「宮様……」と言ったきり言葉が出なかった。

「頼治、亡き征西将軍の宮や私に随《したが》ってきた者どもにも、暮らしが成り立つように計らえ。

政子、杣次の子として育っている武良のことは心配いらないが、この矢部で生まれた二人の幼い姫たちは、五條の娘として育ててもらえ……」

大杣御陵

良成の気力は、ここまでしか続かなかった。

良成は、この後意識がなくなり、一刻後の午刻《うまのこく》（十二時頃）、三十五年の波乱に富んだ生涯を閉じた。

葬儀は、翌日、遺言どおり、広く知らされることなく、矢部里の側近・諸将らのみが参列して、殊勝寺にて執りおこなわれた。また、遺骸は、御所の北側に埋葬された。

葬儀の三日後、頼治は、矢部・大渕里の諸将、公家衆を集めて、以後の方針を示した。

「宮様が身罷《みまか》られた今、我らが守るべきは宮様の御陵と御遺族だけになった。我ら五條一族は、矢部里に永遠に残り、宮様の遺言どおり、民の幸せのために働きたい。諸将・公家衆は、開墾した田畑を差配し、この里に留まってもよし、知己があればそこを頼ってもよい。なお、田畑のない公家衆には、新たに田畑を開墾することとしたい。堀川満明殿よりも存念を述べてもらおう」

「私は、大渕里枝折《しおり》に館を構え、宮様の御霊《みたま》を弔うことにしたい。宮様に随ってきた橋本・岳などの諸将は、剣持川一帯にて生業《なりわい》を立てよ」

頼治が、さらに続けた。

「永らく志を一つにして戦ってきた調《しらべ》一統《いっとう》の方々にも、宮様の意向は伝えよう。また、堀川殿が大渕里にて御霊を弔われるのであれば、里の長、大渕幸時とも諮《はか》り、冷泉帝の御世に大渕里に創建されたと伝えられる熊野神社を再建したい」

参列していた公家衆・諸将は、うなずきながら賛意を示した。大渕熊野神社は、頼治によって八年後の応永十年（一四〇三）に再建された。

この後、五条氏をはじめ公家衆・諸将は、矢部・大渕里に残り、代々大杣御陵を見守ってゆくことになった。

五條一族はその後、懐良《かねなが》親王、良成親王ゆかりの宝物を守り続け、戦国・江戸時代を生き抜き、今なお黒木町大渕に在住している。また所縁《ゆかり》の人々は「五條家宝物顕彰会」をつくり、毎年お彼岸の中日に「御旗祭り」をおこない、祭典記念行事を催している。

征西府関連年表

〔南朝〕	〔北朝〕	西暦	月日	事項
元徳 一		一三二九		懐良親王誕生
建武 一		一三三四		建武の新政 五條頼元、懐良親王の傅となる
三		一三三六		後醍醐天皇、吉野へ脱出
延元 二	建武 四	一三三七		懐良親王、伊予忽那島へ入る
四	暦応 二	一三三九		後醍醐天皇崩御
興国 一	三	一三四〇	九月	懐良親王一行、伊予忽那島を発し九州に向かう
二	四	一三四一		懐良親王一行、日向の五辻宮を頼る
三	康永 一	一三四二	五月 一日	懐良親王、薩摩の津（山川港）に上陸、谷山隆信の居城谷山城に入る
			六月一九日	島津貞久、谷山城を攻撃、宮方これを迎え撃ち撃退する
			七月	宮方、島津貞久を千台まで追い詰める
五	三	一三四四	一月一一日	菊池武光、家督を継ぐ
正平 一	貞和 二	一三四六	二月	中院義定、肥後へ先発する
二	三	一三四七	六月	少弐頼尚、内河義真の間の八代和談成立
			一一月二四日	懐良親王一行、谷山を出発し山川港より薩摩半島を迂回して九州西海岸を北上する

三		四	一三四八	一月　二日	懐良親王一行、宇土津に上陸
				一月　五日	楠木正行、四条畷の戦いで戦死
				一月二〇日	懐良親王一行、菊池到着
				一月二四日	高師直、吉野を攻撃し吉野炎上。後村上天皇、賀名生に行幸
				四月	懐良親王、普門品を書写して、筑後高良玉垂宮に奉納
四		五	一三四九	九月一三日	足利直冬、川尻幸俊に迎えられて川尻に上陸する
五	観応	一	一三五〇	三月	足利直冬の将今川直貞、肥前武雄を根拠地にする
				三月	恵良惟澄、合志城攻略
				四月	足利直冬、少弐頼尚に迎えられて大宰府に入る
六		二	一三五一	六月	懐良親王、正平御免革の許可を与える
				九月　一日	菊池武光・懐良親王軍、筑後溝口城攻略、瀬高に進出
				一〇月二五日	懐良親王、軍を筑後国府に進める
七	文和	一	一三五二	二月	足利尊氏、弟の直義を毒殺する
				一一月一二日	足利直冬、大宰府を追われ長門に逃れる
八		二	一三五三	二月　二日	針摺原の合戦、菊池・懐良親王軍勝利する
				四月	懐良親王、高良山に御在所を置く
				七月　九日	菊池武光、一色範氏を肥前菩提寺城に攻めこれを陥れる
一〇		四	一三五五	一二月	一色範氏・直氏・範光、長門へ逃れる

一一	延文 一	一三五六	一月	後村上天皇、懐良親王の上洛を促す
			九月	一色直氏・範光、長門から豊前に渡り九州回復を計るが失敗する。この年、忽那義範死去か？
一三	三	一三五八	一月	菊池武光、畠山直顕を日向穆佐城・三股城に攻め、直顕は日向山中に逃走する
			四月	足利尊氏死去、義詮後を継ぐ
			六月一八日	懐良親王、島津資久の来会を褒する
一四	四	一三五九	一月	大友氏時、豊後高崎城で叛旗をひるがえす
			二月	菊池武光、大友氏時を討ち、筑後妙見城を陥れる
			四月一二日	懐良親王・菊池武光・木屋行実ら、豊後高崎城の大友氏時を囲む
			四月	少弐頼尚、兵を挙げ大宰府を攻め、豊前富田城に陣する
			五月	懐良親王・菊池武光、阿蘇惟村の阿蘇小国の城砦をぬいて菊池に帰る
			八月	大原の合戦、南朝軍勝利する
			一〇月三〇日	五條良氏、肥後隈本にて死去
			一一月一〇日	足利義詮、大友氏時に懐良親王・菊池武光討伐を命ず
一五	五	一三六〇	一月	菊池武安、肥前の少弐方を制圧する
			三月	幕府、斯波氏経を九州探題に任命

一六	康安 一	一三六一		五條良遠、この年矢部高屋城に入る
			五月	懐良親王・菊池武光、日向にて島津氏と戦う
			七月	菊池武光、大宰府を攻撃し、少弐頼尚、宝満山に逃れる
			八月 八日	菊池武光、宗像城をぬき宗像大宮司降る
			八月一六日	城武顕、宝満山城を攻め、少弐頼尚豊後に逃れる
			八月	征西府、大宰府に成立
			一〇月	九州探題斯波氏経、豊後に入る
一七	貞治 一	一三六二	七月 一日	懐良親王、高良大社に参詣する。また、肥前光浄寺自空に令旨を与える
			九月	斯波松王丸、大宰府攻略に向かうが長者原にて、菊池武義・武光らに敗れる
一八	二	一三六三	五月	斯波氏経、周防に逃れる。この年、大友氏時らすべて宮方に降り、宮方九州を統一する
一九	三	一三六四	三月	大内弘世、九州に攻め入るも、筑前芦屋にて菊池武勝に敗れる
			九月二九日	恵良惟澄病死
二〇	四	一三六五	五月二二日	懐良親王、河野通堯に中国・四国を経営させる
			五月三〇日	渋川義行九州探題となるも、九州に入れず帰洛する
二一	五	一三六六		良成親王（六歳）、九州に下る

二二	六	一三六七	五月二八日	五條頼元、筑前三奈木荘にて病死（七八歳）
二三	応安 一	一三六八	二月	懐良親王、良成親王を征西府留守役に残し、七万余騎で上洛計画を立てるも失敗する
			三月一一日	後村上天皇崩御、長慶天皇後継となる
			一二月	足利義満、征夷大将軍となる
二四	二	一三六九	三月	明使揚載、博多に来たり、懐良親王に倭寇の禁止を求む
			一二月	良成親王、四国に進発する
建徳 一	三	一三七〇	三月	明使趙秩来たり、懐良親王に謁す
			九月 二日	今川了俊（貞世）、九州探題に任命される
二	四	一三七一	二月一九日	今川了俊、京都を出発し九州に向かう
			七月 二日	今川義範（了俊の子）、豊後高崎城に入り、菊池武政、これを攻める
			九月二〇日	懐良親王、和歌二首を信濃の宗良親王に贈る
			一一月一九日	今川了俊の弟、仲秋、肥前松浦に上陸
			一二月一九日	今川了俊、豊前門司に上陸
			一二月	宗良親王、懐良親王に御返歌
文中 一	五	一三七二	四月 八日	了俊、中国の山内・毛利などの諸軍を率いて大宰府北方、佐野山に陣する
			八月一一日	有智山城落ちる

			八月一二日	大宰府落城。懐良親王、武光ら高良山に退く
			一一月一三日	今川義範、阿蘇惟村の戦功を賞す
			一一月一六日	菊池武光死去（五三歳）
二	六	一三七三	二月一四日	菊池武政・武安、肥前本告城（神埼市）を攻め、今川了俊と対峙する
			五月　五日	菊池武政、肥前水嶋郷にて今川了俊・仲秋を攻める
三	七	一三七四	四月　三日	征西府軍、筑後生葉村にて、今川了俊の兵と戦う
			五月	菊池武政、高良山に拠り今川軍と戦う
			五月二六日	菊池武政、高良山陣中で病死（三六歳）
			八月　三日	菊池賀々丸（武朝）、福童原の戦いで今川軍に敗れる
			九月一七日	菊池武朝、懐良・良成親王を奉じ高良山を撤退し菊池に帰る
			一〇月一〇日	今川義範、先鋒として肥後に向けて進発する
			一〇月一七日	今川了俊、敗走した南朝方を追い、八女東部に出兵。高城（四条野）が陥落する
			一一月一六日	黒木猫尾城陥落する
			一一月二七日	今川了俊・義範、谷川城に陣を敷き、星野谷にある懐良親王の動静を探る
			一二月二五日	菊池武朝、阿蘇惟武に合力を促す

天授 一	永和 一	一三七五	三月二七日	今川了俊、谷川城を引き払い、辺春越えで肥後に入る
			五月	懐良親王、征西将軍職を良成親王（一五歳）に譲る
			七月一二日	今川了俊、水島（菊池市七城町）を攻める
			八月二六日	今川了俊、少弐冬資を、水島にて誘殺する
			九月 八日	今川了俊、水島で大敗す
			一一月一六日	今川了俊の兵、猫尾城を落とす
三	三	一三七七	一月一三日	肥前千布・蜷打の戦いで菊池・征西府軍大敗する
			二月	懐良親王、高良玉垂宮に願文を奉じる
			三月	懐良親王、筑後矢部に入る
			四月一三日	五條良遠、河野通直に今川了俊が善導寺に着陣したことを知らせる
			四月一八日	懐良親王、大円寺に入在。この年、菊池氏の後を受け、星野氏が金国城（田川市）を拠点とする
			八月一二日	白木原（玉名）の戦いで今川軍、征西府軍を敗る
			八月二五日	合志原の戦いで今川仲秋軍、征西府軍に敗れる
四	四	一三七八	三月一八日	今川了俊、善導寺に陣する
			九月二九日	詫間原の戦いで菊池武朝・良成親王軍、今川了俊を破る
			一〇月	今川義範、猫尾城を攻める
五	康暦 一	一三七九	八月一九日	今川仲秋、菊地城攻撃を開始する

	六	二	一三八〇	八月一三日	今川了俊、菊地城攻撃の戦況を報じ、阿蘇惟村に来援を求める
弘和	一	永徳 一	一三八一	六月二三日	今川軍、菊池隈部城を攻略する
					良成親王・菊池武朝は「たけ」に逃れる
	二	二	一三八二	四月一三日	菊池武朝、大宰帥泰成親王を奉じ豊後に出撃する
				八月二四日	長慶天皇の勅書、良成親王に届く
	三	三	一三八三	三月二七日	懐良親王、妙見城にて没す（五五歳）
					長慶天皇譲位、後亀山天皇後継となる
元中	一	至徳 一	一三八四	六月二六日	「たけ征西府」落城、良成親王、菊池武朝は宇土城に征西府を移す
	四	嘉慶 一	一三八七	七月 四日	菊池武朝・葉室親善、申状を南朝に奉る
				閏五月 五日	阿蘇山、大噴火
				一〇月一七日	良成親王、由利信濃守を使いとして五條頼治に剣を賜う
	五	二	一三八八		この頃、相良前頼・阿蘇惟政・島津元久らが、名和氏中心の連合体制で征西府を擁護
	六	康応 一	一三八九	三月一五日	懐良親王妃、筑後星野にて死去
	七	明徳 一	一三九〇	一月一八日	五條頼治、筑後北部の今川方と戦う
				九月	今川了俊、川尻・宇土城攻略、征西府は八代の名和顕興の居城に拠る

八	二	一三九一	八月	八代城陥落。良成親王、高田御所に隠遁
			一〇月	大友軍、津江・黒木・北川内に侵入、五條良量・木屋行実らに撃退される
			一一月　三日	良成親王、五條頼治に自筆の書状を送る
			一二月　九日	五條頼治、八代堀川殿に宛、申状を送る
			一二月	良成親王、矢部高屋城に移る
九	三	一三九二	一〇月二五日	南北朝合一
				この頃、今川氏と菊池武朝・阿蘇惟政の間に講和成立
	四	一三九三		今川了俊、良成親王を連歌の会に招待する
	応永　二	一三九五	三月	良成親王、黒木素盞鳴神社に藤を植樹する
			閏七月	今川了俊、京都に召還される
			一〇月	大友氏の兵、良成親王を筑後矢部に襲う。五條頼治・菊池武信・津江信経らこれを撃退する
			一〇月二〇日	良成親王、五條良量の勲功を賞し感状を与える
			一〇月二六日	良成親王没す
	一〇	一四〇三	三月	五條頼治、大渕熊野神社を再建

あとがき

小生、八女市の岩戸山歴史資料館に勤務したことがきっかけで、平成二十年十月に磐井を主人公にした「筑紫の磐井」という小説を出版した。その目的は、「岩戸山古墳」のすばらしさを広く知ってもらうことだった。

この小説は、出版記念の祝賀会を開いてもらったり、西日本新聞や読売新聞に紹介記事を書いていただいたこともあって、小生の予想以上に反響があった。

読者の一人、高校の先輩で、新東電算株式会社の社長をされている井手口博登氏より、「八女東部の名所・旧跡を取り上げた小説を書かないか。猫尾城とか五條さんとか後征西将軍とか書いてくれ」

という相談とも先輩の命令とも受け取れる有り難い言葉を頂いた。

井手口博登氏は、黒木町大渕の出身で、地元をこよなく愛されている方である。先輩の言葉ではあるが、自信はないので即座に「無理ですよ」と答えていた。

三年前、東京出張の折、井手口さんにお会いすると、「小説は進んでいるか」と催促された。

小生は、

「少しばかり調べてみましたが、資料が多すぎてやっぱり無理ですよ。しかも八女東部のことは、いろいろな方が書かれています」

と答えた。

「論文はあるが難しすぎる。わかりやすい小説がいい。七、八年かかってもいいではないか。やってみろ」

「はあ」

と生返事をして、その場は終わった。

小生は、福岡に帰り、このことを友人の矢部村在住の郷土史家佐藤一則さんに相談した。佐藤さんからは、「自分も手伝うので是非書いてください」という返事をいただき、「共著で書きましょう」ということで今回の出版になった。

小説を書くための資料集めをしていると、南北朝時代の遺跡・文書やこの時代から綿々として続く苗字などが九州一円に無数にあることがわかった。しかし、初期の目的が、八女地方の史跡や歴史の紹介にあるので、史実に極力近い小説にし、全国的な情勢や九州各地での活動については最低限にとどめた。

小説の主人公は、懐良親王・良成親王を陰で支え続けてきた五條一族とした。また、小説を書くにあたっては、佐藤さんと二人で「五條家文書」「金烏《きんう》の御旗《みはた》」をはじめとする宝物を守り続けておられる五条元輔氏宅を訪問し、貴重なお話を伺うとともに、小説を書かせていただくことを説明した。

表紙及び挿絵は、「筑紫の磐井」の時と同様、青沼茜雲先生に、出版は、「磐井を偲ぶ会」の主宰者であり、新泉社の社長をされている石垣雅設氏の好意に甘えることにした。

この小説を、多くの方々が読まれ、八女地方をはじめとする名所旧跡を訪れていただければ幸いである。

平成二十四年八月

太郎良盛幸

あとがきにかえて

小生が矢部村で暮らすようになって八年が経過した。当初は、二、三年の予定であったが、矢部村をはじめとする八女地方の歴史を研究していくうちに、魅力に惹かれ今日に至った。

三年前に、『筑紫の磐井』を出版された太郎良さんより、「南北朝時代の八女地方を題材にした小説を書くので手伝ってくれないか」という相談を受けたので、時代考証などを手伝いながら二人でこの小説を書くことにした。

ここでは、この小説を補完する意味で、古文書から八女地方の南北朝時代の状況を簡単に触れてみたい。

八女市矢部村は、平成の大合併前までは福岡県南東部、大分県と熊本県境の人口千八百人に満たない筑肥山地の一寒村であった。

南北朝時代、この地は今の村域全体が「高屋城」を形成する城砦地帯であった。村内の中央にある「城山」を中心にしてこの狭い村内に五指以上の城砦（館）が築かれていた。

福岡県の最高峰御前岳・釈迦岳を源流とする矢部川を黒木まで下ると、これらの城砦はたちまち十指では足りなくなる。

一三九五年秋、南北朝時代の終末を飾る戦いが、矢部村の矢部川支流椴鶴川、石川内畔において繰り広げられた。

南朝軍の将は、五條頼治。北朝、武家方の将星は、大友次郎親氏と如法寺若狭守氏信であった。この三人の武将の矢部谷を舞台にした戦いは、四年前の一三九一年十月七日から十二日にかけても行われている。その時の戦いは、九州探題今川了俊の命を受けた大友親世が、すでに八代を陥落させ、九州南朝の最後の牙城となった「矢部高屋城」を攻略させるために、親氏と若狭守を矢部谷に差し向けたものであった。

この戦いで両将は、小説にあるように、筑後向（黒木）、北川内、津江で頼治方の数倍の兵力を擁しながら完敗し、豊後武士団の面目を失い、一方頼治は良成親王より感状を受けている。それだけに、矢部椴鶴川・石川内畔の戦いは、両将の威信をかけたものであり、白兵戦となり壮絶を極めたと考えられる。最終的には、矢部勢が大友勢を撃退し、頼治の嫡男良量が良成親王より感状を受けているが、矢部勢も相当の打撃を受けたことが伝承として今なお残っている。

また、小説にも書いているように、この最後の戦いの数年前に、今川了俊が、良成親王を連歌の会に招待していることも国宝「五條家文書」に残っているのも興味深い。

了俊は、南北朝合一を九州でも実のあるものとしたかったのであろうか、また良成親王は南朝再興の思いを断ちきり、九州の平和のために連歌の会を受けられたのであろうか。

戦国期になると、五條氏は、大友家の与力となって各地の戦いに参加している。大友家の与力となった筑後の武士団の名は「五條家文書」に数多く登場する。しかし、その多くが大友家の戦で最前線に立たされたことを物語る死傷者名簿である。軍功者は少ない。軍功の多くは大友武士団にもっていかれる。武門の習いとはいえ実に哀れである。戦傷のお陰で四百年後の現代に家名を残すことができたのは歴史の皮肉であろう。従って、この小説に登場する人物は、ほとんどが歴史上実在した人びとである。

「五條家文書」には、矢部谷一帯の武将たちも数多く顔を出す。そして、興味深いのは六百年、五百年前の歴史上の人物の末裔がこの地で今なお生活していることである。このような地域は全国的にも非常に珍しい例ではなかろうか。

「五條家文書」に登場する苗字を思いつくままに挙げてみると、清原、栗原、江田、鬼塚、石川、中野、月足、竹山、柴庵、恵日寺、堀川、新原、大渕、南、梅野、篠俣、用木、木工、殊祥寺、北、内田、井干、西、堤、松尾等々があり、これに武将の五條、津江、朽網、黒木などが加わる。また、大友武士団、菊池武士団、公家衆、その他を示すと一頁では収まらない。

南朝の勇将として名高い「三木一草」を始め、新田・北畠と所縁深い姓の多いのもこの地の特色である。あげれば枚挙に遑がない。しかし、南北朝の終焉を飾る戦いに彼らの名は不明である。九州南朝軍の要として知られた菊池の一統もすでに今川貞世の軍門に降り、表だった出兵はない。

この時期、後征西将軍良成親王を最後まで奉じていたのが、五條の一統であり、親王の難波進発以来最後まで御側近くに仕えてきた堀川氏である。随行してきたと思われる楠木・新田の一統も然りである。

さて、矢部の地が懐良、良成両将軍宮の御所であった事を地名に求めることもできる。御霊舎、王の上、王の下、上園、中園、久保園、馬場野、御草野、公家坂、見参平、御側等々である。

この小説は、この地の南北朝時代を紹介する目的で書いたものであるが、時代背景・両親王の足跡をたどる必要上、四国忽那島、薩摩谷山、菊池時代、筑後地区一円についても取り上げた。しかし、すべてを網羅することは不可能である。この小説を読んでいただいたのを機に、この地の歴史を繙《ひもと》くきっかけとし、名所旧跡を訪れていただければ幸いである。

平成二十四年八月

佐藤一則

著者紹介

太郎良盛幸（たろうら・もりゆき）

1945 年、福岡県八女郡矢部村生まれ、八女市在住
1968 年、熊本大学教育学部社会科卒業
1968 ～ 1999 年、福岡県立浮羽東・八女・久留米農芸（久留米筑水）・黒木高等学校社会科教諭
1999 ～ 2006 年、福岡県立福島高等学校定時制・黒木・三池工業高等学校教頭・校長
2006 年、福岡県立三池工業高等学校退職
2007 ～ 2009 年、岩戸山歴史資料館館長
2009 年より日本経済大学教授
著作「八女電照菊の産地形成」『福岡県の農業』（光文館）、『角川地名大辞典 40 福岡』（角川書店）・『福岡県百科事典』（西日本新聞社）に一部執筆、『筑紫の磐井』（新泉社）

佐藤一則（さとう・かずのり）

1943 年、大分県宇佐郡安心院町（現宇佐市）生まれ、矢部村在住
地元の高校を卒業後、会社勤務を経て保険会社代理店を営むかたわら、日本の古代史の研究に勤しむ。八女市矢部村在住を機に地元の南北朝史を研究。

装画・挿絵

青沼茜雲（あおぬま・せいうん）

1935 年、福岡県久留米市生まれ、アトリエを八女郡広川町におく
フランス・サロン・ドトンヌ会員、ノルウェーノーベル財団認定作家、世界芸術遺産認定作家、日展所属。1992 年の国際芸術文化賞受賞をはじめとし、21 世紀芸術宝冠賞、フランス・美の革命展グランプリ、ニューヨーク芸術大賞など数多くの賞を受賞。
2012 年 1 月、フランス芸術最高勲章受章。6 月、イギリスロンドンオリンピック記念展金賞受賞。

図版制作：松澤利絵

九州の南朝

2012年11月15日　第1版第1刷発行

著　者＝太郎良盛幸・佐藤一則

発　行＝株式会社　新 泉 社

東京都文京区本郷2-5-12

振替・00170-4-160936番　TEL 03(3815)1662／FAX 03(3815)1422

印刷・製本／創栄図書印刷

ISBN978-4-7877-1216-5　C1021

筑紫の磐井

太郎良盛幸著　四六判上製・二九二頁・二〇〇〇円＋税

継体・磐井戦争の物語。六世紀初め、北部九州八女の地に巨大な岩戸山古墳を築いた大王がいた。風雲急を告げる朝鮮半島をめぐり、大和の大王・継体に仕掛けられた戦いを有利に導きながらも人びとの平和を願い、身を引いた筑紫の大王・磐井の偉大な生涯を描く。

◎目次